2041
달기지
살인사건

2041 달기지 살인사건

스튜어트 깁스 지음 ◎ **이도영** 옮김

미래인

2041 달기지 살인사건

1판 1쇄 발행 2017년 10월 16일
1판 6쇄 발행 2023년 5월 10일

지은이 스튜어트 깁스 **옮긴이** 이도영 **펴낸이** 김민지 **펴낸곳** 미래M&B
등록 1993년 1월 8일(제10-772호) **주소** 서울시 마포구 동교로 134(서교동 464-41) 미진빌딩 2층
전화 02-562-1800(대표) **팩스** 02-562-1885(대표) **전자우편** mirae@miraemnb.com
홈페이지 www.miraeinbooks.com **블로그** blog.naver.com/miraeibooks **인스타그램** @mirae_inbooks

ISBN 978-89-8394-828-1 03840

"일단 몇 가지는 제대로 짚고 넘어갈 필요가 있겠다.

그동안 영화에서 봐왔던, 우주여행에 대한 것들은

죄다 쓰레기나 다름없다는 사실을."

— 본문에서

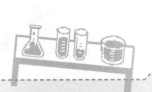

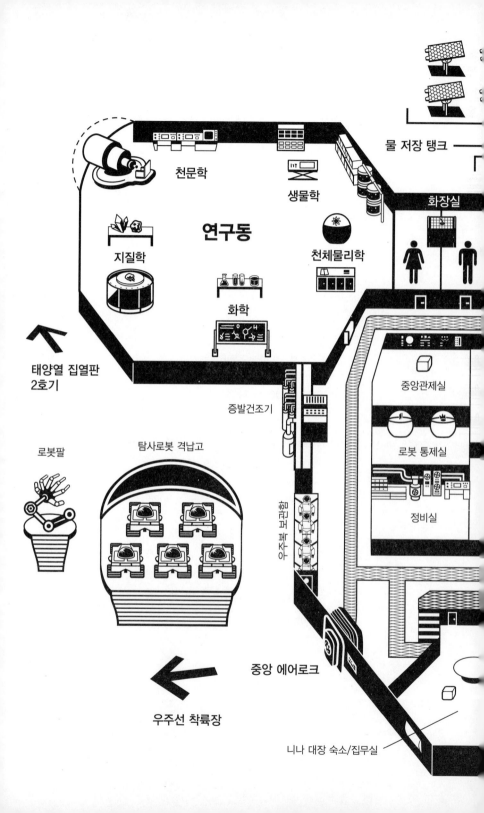

달기지 알파 내 거주구역 구성표

상층

1호실 니나 스택 (달기지 알파 대장)

2호실 해리스–깁슨 부부 가족
– 로즈 해리스 박사 (달 지질학 전문가)
– 스티븐 깁슨 박사 (채굴 전문가)
– 대실 깁슨 (12세)
– 바이올렛 깁슨 (6세)

3호실 맥스웰 하워드 박사 (달 공학 전문가)
키라 하워드 (12세)
*하워드 가족은 제5장부터 등장. 이곳은 그때까지 비어 있음.

4호실 마르케스 부부 가족
– 이리나 브라마푸트라 마르케스 박사 (천체물리학자)
– 티모시 마르케스 박사 (정신과 의사)
– 세사르 마르케스 (16세)
– 로드리고 마르케스 (13세)
– 이네스 마르케스 (7세)

여행객용 특실 현재, 쇼버그 가족이 사용 중
– 라스 쇼버그 (기업인)
– 소냐 쇼버그 (아내)
– 패튼 쇼버그 (16세)
– 릴리 쇼버그 (16세)

5호실 여성 전용 임시 숙소

6호실 남성 전용 임시 숙소

7호실 로널드 홀츠 박사 (내과 의사)

하층

8호실 가스 그리산 (유지·보수 전문가)

9호실 윌버 얀크 박사 (우주생물학자)

10호실 다프네 메릿 박사 (로봇 전문가)

11호실 창 코왈스키 박사 (지구화학자)

12호실 골드스타인-이와니 부부 가족
 – 샤리 골드스타인 박사 (달 농업 전문가)
 – 푸지 이와니 박사 (천문학자)
 – 카모제 이와니 (7세)

13호실 킴-알바레스 부부 가족
 – 제니퍼 킴 박사 (지진 지질학자)
 – 센주 알바레스 박사 (용수[用水] 추출 전문가)
 *킴-알바레스 가족은 제5장부터 등장. 이곳은 그때까지 비어 있음.

14호실 빅토르 발니코프 박사 (천체물리학자)
 *제5장부터 등장. 이곳은 그때까지 비어 있음.

15호실 첸-파투켓 부부 가족
 – 자스민 첸 박사 (달기지 베타 건설을 위한 수석 공학 코디네이터)
 – 세스 파투켓 박사 (우주생물학자)
 – 홀리 파투켓 (13세)
 *제2권에 등장. 이곳은 그때까지 기지 노동자들을 위한 임시 숙소로
  사용됨.

2041
달기지
살인사건

달기지 알파에 오신 것을 환영합니다!

인류 역사상 최초로 건설된 상설 우주기지의 주민이 되신 것을 축하드립니다! 여러분이 생소한 환경에서 생활하는 불편함을 줄이기 위해, 달기지 알파(이하 'MBA'로 줄임)는 지구에서 여러분이 살던 집과 마찬가지로 편안하고 익숙한 환경으로 설계되었습니다. 저희 기술진은 MBA의 모든 분들('달 탐사 우주인'이기도 한)의 안락하고 즐거운 생활에 필요한 모든 것을 제공하기 위해 비용을 아끼지 않았습니다.

다만, 달에서의 생활은 도전정신이 필요합니다. 지구와 이곳에서의 생활은 여러 면에서 분명한 차이점이 있기 때문에, 여러분 대부분은 즐거우면서도 놀라운 경험을 하게 될 것입니다! 부디 시간을 할애하여 이 안내서를 완전히 숙지하시고, 새로운 환경에서 느낄 수 있는 모든 궁금한 것들(그리고 아직 느끼지 못한 궁금증들까지도)에 대한 해답을 찾으시기 바랍니다!

다시 한 번, 여러분의 선택을 축하드립니다. 달에 오신 것을 환영합니다. 새로운 환경에서 마음껏 즐기십시오!

재수 없는 화장실

지구년 2041년

달 생활 188일째

아닌 밤중에 홍두깨

　일단 몇 가지는 제대로 짚고 넘어갈 필요가 있겠다. 그동안 영화에서 봐왔던, 우주여행에 대한 것들은 죄다 쓰레기나 다름없다는 사실을. 유유자적 항해하는 크루즈처럼 편한 우주선? 꿈도 크다 정말. 워프 비행? 그런 게 어디 있다고. 가상현실? 달을 지구처럼 만든다고? 공간이동? 에이, 그런 것들은 너무 믿지 말 것.

　우주에서 산다는 건 죽을 맛이다. 아, 진짜, 진심 그렇다.

　내 이름은 대실(대시) 깁슨. 나이는 12세이고, 지금은 달에서 살고 있다. 정확히 말하면, 달기지 알파에서 살고 있다고 해야겠지.

물론, 여기가 어딘지는 들어봤을 거다. 지구에 사는 사람이라면 모르는 사람이 없겠지. 아마존 열대우림 지역에 몇 년 처박혀 있었다면 모를까.

달기지 알파라는 곳은, 이곳에서 살게 된 사람들만큼이나, 그야말로 대대적인 홍보를 통해 주목을 받았다. 사람이 살 수 있는 최초의 우주기지! 지구를 벗어나 우주에서 생활하는 최초의 인류! 은하계를 접수하기 위한 인류의 영광스러운 첫걸음!

정부에서는 우리 부모님을 합류시키기 위해 사람들을 보냈을 때부터, 온갖 감언이설을 늘어놓으며 우리 가족을 꼬드겼다. 뭐, 그땐 완전히 혹해서 넘어갔지만, 나만 그랬던 건 아니고 우리 식구 모두가 그랬다. 정부에서 파견한 모집 담당자들이 하는 말 한 마디 한 마디가 어쩌면 그렇게 그럴싸하게 들리던지. 달기지 알파에는 지구에 있는 모든 편의시설은 물론, 그 이상의 시설을 갖출 거라고 했다. 우리 가족이 우주에서 생활하는 최초의 가족으로 인류의 역사를 새로 쓸 거라나 뭐라나. 우리 가족이 인간의 한계를 시험하는 새로운 인류가 될 것이라고도 했다.

그런데, 이미 내가 말했듯이, 그건 모두 쓰레기였다.

달기지 알파에서 산다는 건, 정부의 의뢰를 받은 건설업체에서 건설한 거대 깡통 안에서 사는 것과 다를 바 없다. 쾌적하기는 정유공장과 맞먹는 정도랄까. 외부로 나갈 수도 없고, 음식은 엉망인 것도 모자라 죄다 찬 음식뿐이다. 게다가, 화장실의 변기는 중세시대의 고문장치를 떠올리기에 충분하다.

그동안 늘 봐왔던 공상과학영화나 TV 시리즈를 잘 떠올려볼 것. 〈스타워즈〉나 〈배틀스타 갤럭티카〉, 그리고 142가지 버전의 〈스타트렉〉 같은 영화 속에서, 누구 하나라도 화장실을 가는 장면이 있었는지. 그건 미래의 인간들이 각자의 몸속에서 배설물을 스스로 분해할 수 있어서가 아니다. 우주에서 화장실에 앉아 있다는 건, 엉덩이에 고스란히 전해지는 참기 어려운 고통을 감내해야 하는 일이다. 그야말로 엄청난 고통을.

달기지 알파 내에 있는 화장실은 우리가 탔던 우주선보다는 나은 편이다. 무중력 상태에서는, 그게 뭐든 간에, 자기 몸속에서 배출된 것이 얼굴로 정통으로 날아오는 걸 막기 위해, 정말 잠깐이라도 방심하지 말아야 한다.(예로부터 무중력 상태가 어떤지 알려주는 말이 하나 있다. 우주선 안에 초콜릿 조각이 떠다니더라도 절대 먹지 말 것. 초콜릿이 아닐지도 모르니까.) 그렇긴 해도, 달기지 알파 역시 화장실에 가는 건 절대 만만한 일이 아니다. 화장실 가는 게 그렇게나 성가시고 구역질나는 일이라는 걸 알았더라면, 난 절대 지구를 떠나는 데 찬성하지 않았을 거다.

그건 바로, 그렇게 끔찍한 화장실에서, 내가 꿈에도 생각 못 했던 골치 아프고 위험한 상황과 엮이게 됐기 때문이다.

이쯤 되면, 나라는 사람을 어디에 데려다 놔도 그저 징징거리기나 하고 고마운 줄 모르는 꼬마쯤으로 생각할지도 모르겠지만… 절대 그렇지 않다. 우리 부모님이 달에서 살겠다는 끔찍한 결정을 내리기 전까지, 난 여느 아이들과 마찬가지로 행복하게 살고 있었다. 어쩌면, 마찬가지가 아니라 그 이상이었을지도 모른다. 우리 가족은 하와이의 빅아일랜드에서 살았다. 정말 끝내주는 곳이지. 엄마는 마우나케아 산 꼭대기에 있는 W. M. 켁 천문대에서 천체망원경을 다루는 일을 했다. 천체망원경은 해발 900미터나 되는 높은 곳에 있지만, 와이메아 시내에서 원격으로도 조작이 가능했다. 그 말은, 우리 가족은 해변에서 살 수 있었다는 뜻이다. 그 덕에 내 어린 시절은 꽤나 유유자적하고 목가적이었다고나 할까, 친구들도 많았다. 학교에서도 잘 지냈고, 웬만한 운동부 명단에는 내 이름이 올라가 있었다. 주말만 되면 서핑을 즐겼고, 종종 파도 속에서 돌고래들을 목격하기도 했다.

그런 와중에, 국가의 부름이 있었다.

뭐랄까, 우리 부모님은 특별한 재능을 가진 분들이었다. 엄마는 저명한 학회지에 달을 구성하는 맨틀과 핵의 밀도에 관한 연구 결과가 실릴 정도로 달의 지질에 관한 전문가였고, 아빠는 환경 친화적인 채굴에 정통한 채굴 전문가였다. 우주에서의 공간은 제한적일 수밖에 없으니, NASA의 입장에서는 두 분을 함께 모실 수 있다면 굳이 서로 다른 두 가족을 수용해야 할 이유가 없었다. 그런 이유 때문에, NASA에서는 우리 가족이 합류하기를 진심으로 원했다. 그래서 우리 가족은 그들로부터 전면적인 압박을 받아야 했다. 정치인들이 전화를 해대고, NASA 최고책임자가 우리 집에 찾아오기까지 했다. 부통령의 점심식사 초대를 받고, 비행기 일등석을 타고 워싱턴 D.C.까지 날아갔다 오는 호강도 누렸다. 그렇게 만난 사람들마다 우리 앞에서 빠뜨리지 않고 했던 말이 바로, 달에서의 생활은 정말 멋질 거라는 거짓말이었다.

그들은 달기지 알파(MBA)에서 매 순간 짜릿한 흥분과 놀라움을 경험하게 될 거라고 입에 침을 튀겨가며 말했다. 게다가 우리 가족은 역사상 가장 위대한 탐험 가족으로 남게 될 것이고, 어쩌면 콜럼버스나 마젤란, 닐 암스트롱처럼 역사책에 '달기지 알파의 해리스-깁슨 가족'이라는 이름을 새길 수 있을지도 모른다나 뭐라나.

이런 모든 것들이 모른 척하기에는 너무 달콤했다. 그래서 우리 가족이 승낙을 하게 된 것이다.

우리 가족은 그로부터 1년 동안 훈련을 받았다. MBA 행이 결정된 모든 가족들은 그 순간부터 유명 연예인이나 마찬가지였다.(NASA에서는 우리와 같은 가족들을 '달 탐사 우주인'으로 호칭할 것을 권장했지만, 일반인들은 그 말 대신 '무니Moonies'라고 불렀다.) 전 세계의 사람들이, 우리가 달에서 생활하기 위한 준비를 하는 모습부터 수차례나 우주선 발사가 연기되는 상황, 그리고 결국 우주선 발사에 성공해 의기양양하게 새 터전에 자리를 잡는 모습까지, 우리의 일거수일투족을 지켜봤다. 그리고 지금 우리가 달 위에서 지내고 있는 이 순간에도, 수백만 명의 사람들이 우리의 생활을 지켜보고 있는 중이다.

그런데, 지구에서 살고 있는 사람들이 이곳의 모습을 하나도 빼놓지 않고 볼 수 있는 것은 아니다. 쓸데없는 부분이나 속 거북한 장면은 잘라낸 편집 화면을 볼 수 있을 뿐이다. 여과 없이 그대로 내보냈다가는 큰일 날 만한 장면들이 너무나 많다. 달기지 알파의 성공에 걸림돌이 될 만한 것이라면, 우리 무니들은 외부의 일반인들에게 어떤 것도 유출할 수 없게 되어 있다.(설령 보내더라도, NASA의 검열관들이 일반인들에게 전달되기 전에 삭제한다.) 그러니 여기 사람들은 화장실이든 음식이든, 각종 시설이 제대로 작동하지 않더라도 불평을 표시할 방법이 없다. 우리는 항상 대중 앞에서 긍정적인 표정을 보여줘야 한다. 심지어 긍정적인 것이라곤 눈 씻고 찾아봐도 없을 때조차도 말이다.

이곳에서 일어난 살인사건에 대해 지구에서는 금시초문일 수밖에 없었던 건, 바로 그런 이유 때문이다.

내가 그 사건에 엮이게 된 건, 순전히 새벽 2시 반에 화장실에 가야 했기 때문이다. 달 위에서 화장실 문제는 새롭게 시도해야 하는 것들 중에서도 매우 중요한 편에 속했다.(정부에서는 달기지 알파에 대해 거창하게 떠들면서도, 화장실에 대해 세세히 언급한 적은 없었다.) 우주에 화장실을 하나 지으려면 300억 원이 넘는 비용이 든다나 뭐라나. 그래서 기지 설계자들은 집집마다 화장실을 설치하는 대신, 공용 화장실 안에 고작 6칸만 만들어 배치하는 꼼수를 부렸다. 여자용 3개, 남자용 3개.

게다가 주거공간은 기지 내의 한쪽 구역에 죄다 모여 있는데, MBA를 설계한 천재 양반들은 정반대 쪽에 화장실을 지었다. 무릇 화장실은 대부분의 깨어 있는 시간을 보내게 되는 업무지역과 식당에서 가까워야 한다는 게 그들의 '논리'였다.

이 얘기가 무슨 뜻이냐면, 한밤중에 갑자기 신호가 오면 옷을 챙겨 입고 주거지역을 떠나 기지를 가로질러 화장실로 가서 일을 본 다음 돌아와야 한다는 것이다. 그렇게 하려면 15분쯤 걸리는데, 혹시 화장실이 붐비기라도 하면 훨씬 더 시간이 걸린다. MBA에 사는 사람들은 이런 과정을 정말 싫어한다.

가끔 신호가 와도 무시하고 그냥 잘 때도 있지만, 그날 새벽만큼은 정말이지 참기가 힘들었다. 전날 저녁 나는 치킨 파르미지아나를 먹었다. 여기 음식들이 다 그렇듯, 그것 역시 미리 열을 가해 조리한 후 건조시킨 다음, 먹기 좋게 하나씩 수축 포장을 한 인스턴트 음식이다. 그 말은, 예전에 집에서 해먹던 치킨 파르미지아나의 맛은 전혀 느낄 수 없다는 뜻이기도 하다. 물론 그중에는 제법 괜찮은 음식들(칵테일 새우나 초콜릿 푸딩 같은 것)도 있지만, 대부분은 젖은 톱밥을 먹는 것만 같다. 한번은 다른 아이들과 함께, 이론상으로는 서로 맛이 달라야 하는 비프 스트로가노프, 블루베리 팬케이크, 치킨 티카 마살라를 놓고 눈을 가린 채 음식 맛을 확인해본 적이 있었다. 그런데 세 가지 음식의 맛이 서로 다르다고 느낀 아이는 아무도 없었다.

음식 맛이 뭐 다 거기서 거기이긴 하지만, 내 소화기관에 미치는 영향은 천차만별이었다. 그중에서도 치킨 파르미지아나는 최악이었다. 예전에 그걸 먹었다가 한밤중에 화장실로 두 번이나 달려간 적이 있었는데, 바로 그날도 된통 당하고 말았다.

그 상황에서 내가 할 수 있는 거라곤 그저 화장실을 향해 통통 튀어가는 것뿐이었다. 달 위의 중력은 지구의 6분의 1밖에 되지 않는다. 우주선을 타고 오면서 이미 겪어봤던 무중력 상태는 재미라도 있었지. 6분의 1밖에 되지 않는 중력 상태에서는 제대로 방향을 잡기도 힘들다. MBA에 도착하고 나서 처음 3~4일 동안, 사람들은 벽에 부딪혀가며 걷는 법을 다시 배우느라 꽤나 많은 시간을 보내야 했다. 여전히 가끔씩 실수할 때가 있지만, 어쨌든 지금은 모두가 감을 잡은 상태였다. 나는 한 번에 3미터쯤 튀어오를 때마다 중간에 고꾸라지지 않으려고 안간힘 쓰며 화장실을 향해 발걸음을 서둘렀다.

얼핏 보면, 남자화장실은 지구의 공용 화장실과 딱히 다를 게 없다. 바닥엔 타일이 깔려 있고, 세 개의 칸으로 나뉘어 있고, 심지어 벽에 낙서도 조금 있다.(여친 필요하신 분, 전화 주세요.) 하지만 세면대는 없다. 소변기도 없다. 게다가 변기는 마치 웬 변태 배관공이 진공청소기와 문어를 합체시켜놓은 것처럼 생겼다고나 할까.

달 위에서 화장실을 가야 할 때마다 생기는 큰 문제는 바로, 물이 충분하지 않다는 것이다. NASA는 달의 북극 쪽에서 얼음을 발견했지만, 끌어오기도 쉽지 않고 양도 많지 않기 때문에, 결국 물 한 방울 한 방울이 상상을 초월할 만큼 귀한 실정이다. 그러니까, MBA에서는 큰일을 보고도 물을 함부로 내리면 안 된다는 뜻이다. 큰일은 비닐 봉지에 보고 밀봉한 다음 수분을 제거해서 쓰레기 처리장치에 버려야 한다. 소변을 볼 때는 흡입관을 사용해야 하는데, 흡입관은 불순물을 걸러내고 나머지를 메인 탱크로 보내주는 장치와 연결되어 있다.

빙고! 우주에서 우리는 우리의 소변을 마시고 있는 것이다. 영화 〈스타 트렉〉에는 그런 얘기들이 쏙 빠져 있지.

평소 같으면 5분이면 족했겠지만, 그놈의 치킨 파르미지아나 때문에 나는 그날 새벽 오랜 시간 일을 봐야 했다. 그나마 다행인 건, 화장실 문 안쪽에 슬림 스크린 모니터가 설치돼 있어서 지구의 최근 소식을 전해 들을 수 있었다는 거다.(월드시리즈 2차전에서 샬럿 글래디에이터스가 베가스 무스탕스를 6 대 3으로 이겼다.)

볼일을 끝내자, 나는 배출 버튼을 눌렀다.

그런데 어이없게도 변기가 막혀버리고 말았다. 고양이가 털 뭉치라도 삼킨 것처럼 이상한 소리를 크게 내면서 말이다. 곧 모니터에 분리기가 작동하지 않아서 부품을 교체해야 응가를 배출할 수 있다는 안내문이 떴다.

"도와줘." 내가 말했다.

"무엇을 도와드릴까요?"

모니터에서 중앙 컴퓨터의 소리가 들렸다. 중앙 컴퓨터에서 들려오는 여자 목소리는 언제 들어도 매력적이었다. 이런 경우 마음을 달래주는 효과가 있어 좋긴 하지만, 열두 살짜리 소년이 바지를 발목까지 내린 채 변기에 앉아 있다는 걸 생각하면, 섹시한 여자 목소리가 왠지 민망하기도 했다.

"분리기 부품을 교체하려면 어떡하면 되지?"

"요청대로 실행합니다." 컴퓨터가 대답했다.

잠시 후, 모니터에 교체 방법이 표시됐다. 다행히 그리 복잡하지는 않았지만 막상 해보니 생각만큼 쉽지 않았다. 그러느라 15분이라는 시간을 더 지체해야 했다. 홀츠 박사님이 들어올 때까지도 내가 화장실에 있었던 건 바로 그 때문이다.

홀츠 박사님은 내가 아는 사람들 중에 가장 훌륭한 분이었다. 박사님은 저중력 환경에서의 인간 생리학, 즉 우주에서 인간이 견디는 방법에 관한 전문가로, 국제우주정거장을 세 번이나 다녀왔기 때문에, 그 누구보다도 우주에서 오래 지낸 경험을 갖고 있었다. 거의 일흔에 가까운 나이이지만, 외모만 보면 30대 중반이라 해도 믿을 정도였다. 늘 활기가 넘치고 친절한 데다 온갖 유머를 다 꿰고 있어서 사람들 모두가 박사님을 좋아했다. 기지 내에서 최고의 과학자를 꼽으라면, 단연코 홀츠 박사님이었다.

내가 분리기 부품 교체를 거의 끝낼 즈음, 홀츠 박사님이 화장실 안으로 들어오는 소리가 들렸다. 박사님의 콧노래 소리 때문에 누군지 단박에 알 수 있었다. 박사님은 기분이 좋을 때면 어김없이 콧노래를 부르곤 했다. 박사님은 그날 새벽, 우리 부모님이 한때 좋아했다는 레이디 가가라는 가수의 노래를 한껏 흥이 나게 부르고 있었다. 그런 박사님을 방해하고 싶지 않아서, 그리고 괜히 깜짝 놀라게 하고 싶지 않아서 나는 그저 잠자코 있었다. 더구나 내가 변기를 망가뜨린 걸 들킬 필요는 더더욱 없으니까.

박사님은 첫 번째 칸에 들어가서 소변을 본 다음, 손을 닦으면서 계속 콧노래를 흥얼거렸다. 그런 뒤 화장실을 나가려다 말고 박사님이 누군가에게 인사를 건네는 소리가 들렸다.

"안녕하십니까."

누가 들어오는 소리를 듣지 못했기 때문에, 나는 그저 박사님이 전화를 받는 거라고 생각했다. 왠지 엿듣는 것 같아서 기분이 찜찜하긴 했지만, 그렇다고 갑자기 문을 열고 나가서 내 존재를 알리고 싶진 않았다. 가만히 앉아서 듣고 있을 수밖에 없었다.

"그렇소." 홀츠 박사님이 말했다. "이제 진실을 밝힐 때가 된 것 같군요."

전화기 너머의 사람은 그 이유를 묻고 있는 듯했다.

"그야, 더 이상 비밀을 유지해야 할 이유를 찾지 못했기 때문이지요." 박사님이 대답했다. "이건 너무나 중요한 문제요. 내키지 않는다는 건 알겠소만, 분명히 말하건대, 이 방법이 최선이오."

그렇게 말하고 박사님은 한동안 상대방의 얘기를 잠자코 듣기만 했다.

하필이면 그때, 화장실 안에 모여 있던 가스가 분출됐다. 그 소리가 별로 크지 않아서 박사님은 그다지 신경 쓰지 않는 듯했다. 하지만 변기 위에 쭈그리고 앉아 있던 나한테 역겨운 냄새가 몰려왔다. 나는 그만, 치킨 파르미지아나를 토해낼 뻔했다. 마치 코끼리가 내 얼굴에 대고 방귀를 뀌는 것만 같았다.

"아니, 내 생각은 그렇지 않소." 화장실 저쪽에서 박사님의 목소리가 들렸다. "이번 사건은 인류 역사를 통틀어 가장 중요한 발견이 될 거요. 이미 난, 애초에 예상했던 것보다 훨씬 오래, 비밀을 지킬 만큼 지켰소. 다른 사람들도 이 사실을…."

다시 아무 소리도 들리지 않았다.

"그게, 그렇지 않소. 내가 한 사람, 한 사람에게 말할 수는 없는 노릇이오." 박사님이 말했다. "아직까지는 그렇소. 내겐 일반 대중에게 알릴 권한이 없소. 하지만, NASA에서는 이 사실을 알 필요가 있소. 정부나 국립과학기술원도 마찬가지고. 나보다 훨씬 훌륭한 과학자들을 생각하면, 이 일을 나 혼자 알고 있는 건 못할 짓이오."

또 한 번의 정적.

박사님이 대체 무슨 말을 하는 걸까 궁금해하며 온 신경을 곤두세우고 있는 동안에도, 나는 메스꺼운 속을 달래려고 안간힘 쓰고 있었다.

박사님이 다시 말하기 시작했을 때, 박사님의 목소리는 잔뜩 흥분되어 있었다. 좋아서 어쩔 줄 모른다고나 할까.

"그럼, 동의하는 겁니까? 정말 잘됐소! 장담하는데, 절대 후회할 일은 없을 거요. 모든 게 다 잘될 거요. 아니, 그 이상일 거요. 정말 대단한 일이 벌어지겠군!"

전화기 너머에서는, 언제 그 사실을 공개할 것인지 묻는 모양이었다.

"그야, 아침에 눈 뜨자마자 해야지요." 박사님이 대답했다. "마음 같아선 지금이라도 사람들을 다 깨워서 얘기하고 싶소만. 그동안 기다릴 만큼 기다렸잖소."

마지막으로 정적이 흘렀다.

"좋소. 그럼, 아침식사 시간으로 하지요. 아침 일곱 시. 오늘은 역사적인 날이 될 거요!"

박사님이 갑자기 껄껄 웃음을 터뜨렸다. 기분이 너무 좋다 못해, 주체할 수 없는 웃음을. 나로선 박사님의 모든 대화가 알쏭달쏭할 따름이었지만, 그중에서도 가장 놀라웠던 것은 따로 있었다. 박사님이 그렇게 웃는 걸 예전엔 본 적이 없다는 사실. 하긴, 이곳에서는 박사님이 아니라 누구라도 그렇게 껄껄 웃는 걸 본 적이 없었다. 박사님은 마치 웃음가스를 한 통 다 들이마시기라도 한 것 같았다.

웃음소리가 줄어들더니 박사님이 화장실을 나가 숙소 쪽으로 향하는 소리가 들렸다.

뱃속 상태가 많이 좋아진 터라 박사님을 쫓아가 무슨 일인지 물어볼까 했지만, 내 양손에는 변기 교체용 부품이 들려 있었다. 나중에 돌이켜보니, 그때 나는 그놈의 변기 부품에 욕이라도 한 바가지 퍼부었어야 했다. 박사님은 결국 그 놀라운 소식을 전할 수 없었기 때문이다.

홀츠 박사님은, 그날 새벽 5시 반, 달기지 알파의 규정을 무시하고 기지의 주 출입문인 에어로크를 통과해서 달 표면으로 무단이탈을 감행했다.

2분 뒤, 박사님은 목숨을 잃었다.

숙소

달기지 알파의 모든 가족들에겐, 최상의 편의와 최대의 주거공간을 확보하기 위한 설계를 바탕으로 완성된, 독립적인 숙소가 배정됩니다.(실제로, 만약 당신이 뉴욕이나 베이징에서 살던 사람이라면, 배정받은 숙소가 전에 살던 집에 비해 엄청나게 넓다는 느낌을 받을 수도 있습니다!)

각각의 숙소에는 여러 대의 슬림 스크린 모니터(각자 한 대씩 사용할 수 있을 만큼!)와 지구와 직접 접속이 가능한 컴링크, 충분한 수납공간, 그리고 편안한 수면공간이 마련되어 있습니다. 그리고 슬림 스크린의 '매직 포털' 기능을 사용하면, 지구상에 존재하는 300만 곳의 장소 중에서 어떤 곳이든 선택한 후 '나만의 배경'으로 설정하여, 고향을 떠올릴 수도 있고 모험에 빠진 듯한 묘미를 즐길 수도 있습니다!

비상사태

달 생활 188일째

아침

　나는 홀츠 박사님의 사망사건이 발생하고도 한참이나 지난 뒤에야 그 사실을 알았다.

　화장실에서 우연히 박사님의 말을 엿듣고 난 이후, 나는 좀처럼 다시 잠을 잘 수가 없었다. 박사님이 발견했다는 게 과연 무엇일지 궁금하기도 했지만, 그보다는 이런 곳에서 잠을 자는 게 여간 힘든 일이 아니기 때문이다. 중력이 거의 작용하지 않는 이곳에서는 잠을 청하는 것조차 쉽지 않다. 이런 현상은 이곳에 도착한 첫날부터 줄곧 겪었던 큰 문제점들 중 하나였다.

　게다가, MBA는 하루 종일 대낮이다. 기지의 모든 동력이 두 개의 거대한 태양열 집열판을 통해 얻는 태양 에너지이기 때문에, MBA는 달의 북쪽 끝, 즉 해가 지지 않는 지역에 자리 잡고 있다.(반면, 다른 지역은 14일을 주기로 밤과 낮이 서로 바뀐다.) 온전한 정신으로 지내기 위해서는, 모든 무니들은 텍사스 주에 있는 휴스턴 관제센터를 통해 미국 중부시간대의 시간에 맞춰 지내야 했다. 밤이든 낮이든, 늘 변함없는 달 위에서 생활에 적응하느라 힘든 시간을 보내야 했다.

무엇보다 우리에겐 침실이 없었다. MBA에서 침실을 위한 공간을 마련한다는 건 굉장한 사치였다. 그래서 누구나 각자의 '수면 캡슐' 안에서 잠을 자는데, 수면 캡슐은 원룸 아파트처럼 생긴 개별 숙소의 벽 안에, 폐소공포증을 불러일으킬 만큼 작은 방처럼 설치돼 있다. 각각의 수면 캡슐에는 여닫이문이 있어서 안으로 들어간 다음 스스로 문을 닫을 수 있게 돼 있지만, 폐소공포증이 더 심해질까 봐 문을 닫는 사람은 아무도 없다. 수면 캡슐은 벙커 침대처럼 2개씩 설치되어 있는데, 내 수면 캡슐을 사용하려면 2층으로 올라가야 한다. 침실이라기보다는 왠지 관 같은 느낌이 든다.

잠들기 위해 몇 시간을 뒤척거리다 결국, 나는 잠을 포기하고 새벽 6시에 몸을 일으켰다. 그 시각이면 지구에서 전하는 최근 소식들을 모니터로 확인할 수 있었다.

내가 막 수면 캡슐에서 기어 내려가고 있는데, 여섯 살 난 내 여동생 바이올렛이 불쑥 고개를 내밀었다.

"안녕, 대시 오빠!" 동생이 옹알거렸다. "아침 먹을 시간이야?"

"아직 아니야." 나는 엄마, 아빠가 잠에서 깰까 봐 소곤거렸다. "좀 더 자."

"오늘 아침엔 베이컨이 나왔으면 좋겠다!" 내 말엔 아랑곳 않고 동생이 말했다. "오빠는 베이컨이 나올 것 같아?"

"아니." 나는 한숨을 쉬며 말했다. "오빠가 알기론, 여긴 베이컨 같은 건 없어. 앞으로도 없을 거고."

바이올렛이 순간 미간을 찌푸렸지만, 이내 평소대로 특유의 발랄한 모습을 되찾았다.

"알았어. 그럼, 와플은 있겠지!"

바이올렛이 수면 캡슐에서 엉금엉금 기어 바닥으로 미끄러지듯 내려왔다. 바이올렛은 지구라면 몸무게가 18킬로그램쯤 되겠지만, 중력이 약한 이곳에서는 낙엽만큼이나 가벼웠다. 동생은 밝은 핑크색의 헬로키티 잠옷을 입고 있었고, 새까만 머리카락은 사방으로 삐죽삐죽 뻗쳐 있었다.

"우주선은 아직 안 왔어?"

나는 깜짝 놀라 동생을 쳐다봤다. 홀츠 박사님의 말에 온통 정신을 빼앗기고 있던 터라, 그날이 새 무늬들을 태우고 보급 물자를 실은 우주선이 오는 날이라는 사실을 까맣게 잊고 있었다. 우주선은 몇 주에 한 번 도착하는데, 우주선이 오면 단조로운 달 생활에서는 좀처럼 만나기 힘든 꿀맛 같은 시간을 만들어준다.

"응. 도착하려면 아직 몇 시간 더 있어야 돼."

"와~ 이번엔 베이컨을 가져오겠지?"

"꿈 깨라."

"됐거든! 가져올 거야! 나랑 체스 둘래?"

"넌 체스 두는 법도 모르잖아."

"나도 말을 어떻게 움직이는지는 안단 말이야!"

"체스는 그게 다가 아니야."

"누가 체스 얘기 하니?" 엄마가 수면 캡슐에서 나오면서 말했다.

엄마 옆에 아빠의 모습이 보였다. 아빠는 이른 시간 탓인지 끙하고 신음 소리를 내면서 머리 위로 캡슐 문을 세게 닫았다.

"엄마는 아침 먹기 전에 잠깐 체스 둘 시간이 있는데."

바이올렛의 머리카락을 헝클어뜨리며 엄마가 말했다.

쭈뼛하게 선 머리카락이며 까무잡잡한 피부색, 초록빛 눈을 보면 엄마와 동생은 정말 많이 닮았는데, 그 때문에 사람들은 종종 엄마한테 유전자 복제를 통해 딸을 만든 건 아니냐고 묻곤 했다.

"너한테 뭐 대단한 생각이 있는 게 아니라면, 우리 셋이 같이 할 수 있는 게임을 골라볼까?"

"와! 그럼, 모노폴리!" 바이올렛이 흥분해서 말했다. "달기지 알파 버전으로!"

"아뇨, 전 됐어요." 내가 말했다.

"정말?" 엄마가 물었다.

"그렇다니까요."

나는 이미 극도로 긴장하고 있던 터라, 그 상황에서 게임 하느라 시간을 허비하기 싫었고, 달기지 알파가 배경인 게임은 더더욱 하기 싫었다. 그렇지 않아도 이미 충분히 갇혀 있다는 느낌을 받고 있으니까.

"괜히 나중에 후회나 하지 마." 엄마가 퉁명스럽게 말했다. 그러곤 모니터를 향해 말했다. "컴퓨터, 체스 띄워."

지구에서도 이미 몇 년 전에 컴퓨터로 집 안 구석구석의 온갖 일을 제어하는 기술이 개발돼 있었지만, 엄마와 아빠는 그런 시스템 자체를 좋아하지 않았다. 하와이에서 살 때도, 두 분은 절대로 집 안에 컴퓨터 시스템을 설치하지 않았다. 하지만 MBA에서는 중앙 컴퓨터에서 연결된 시스템이 각 방마다 설치되어 언제든 명령을 기다리고 있었다. 운 좋게도, 우리 가족 숙소에 설치된 컴퓨터는 속성을 조절할 수 있었다. 그래서 엄마와 아빠는 격정적인 고음의 독일 억양을 발견하고는 컴퓨터에 가장 재미있는 목소리를 맞춰놓았다.

"명령을 씰행합니다!" 컴퓨터가 꽥꽥거리듯 말했다. "어떤 버전을 원하십니까?"

"네 마음대로 골라봐."

웃음이 나오는 걸 꾹 참으며 엄마가 말했다.

"최썬을 다해 찾아보겠씀니다, 부인."

슬림 스크린 모니터의 배경이 대리석 무늬에서 3차원의 홀로그램 체스판으로 바뀌었다. 컴퓨터는 순금과 순은, 값비싼 보석들이 줄줄이 박힌 말들이 있는, 엄청나게 으리으리한 버전을 골랐다.

"우와!" 바이올렛은 좋아서 말도 제대로 못 했다. "내 말들은 분홍색으로 해줄래?"

"죄쏭합니다만, 저에게는 쌔로 된 버전은 준비되어 있지 않쑵니다. 그래써 분홍쌔는 불가능합니다."

"분홍새가 아니라!" 엄마가 톡 쏘며 말했다. "분홍색 말이야! 바이올렛 말은 분홍색으로 해줄 수 있지?"

컴퓨터는 종종 이런 종류의 실수를 하곤 했다. 연구와 개발에 수천억 원이나 쏟아 부었는데도, 아직까지는 완벽한 음성 인식 소프트웨어 개발에 성공한 회사가 없었다. 최첨단 기술의 컴퓨터인데도 이 모양이었다.(항간에는 이런 유언비어도 떠돌 정도였다. 미국의 핵 미사일 시스템을 담당하는 컴퓨터가 '미하일 판사'라는 단어를 '미사일 발사'로 잘못 인식하는 바람에 제3차 세계대전이 발발했다는.)

"대단히 죄쏭합니다, 아가씨. 바로 바꾸겠쑵니다."

금색의 체스 말들이 순식간에 형광 분홍색으로 바뀌었다.

엄마가 바이올렛을 마주 보고 의자에 앉았다.

"자, 우리 강아지. 먼저 하렴."

참고로 말하자면, 체스는 원래 엄마가 즐겨 하는 취미는 아니다. 보통 우리 부모님이 과학자라는 말을 들은 사람들은 부모님 성격이 다소 괴팍할 거라거나, 운동과 담을 쌓았을 거라거나, 길고 긴 수학 공식이나 푸는 걸 좋아할 거라고 생각하기 십상이다. 하지만 부모님은 그런 괴짜들과는 당최 거리가 먼 분들이다. 엄마는 대학 시절에 수영 선수로 대회에 출전했고, 이곳으로 오기 전에 철인 3종 경기에도 출전했다. 아빠는 딱 봐도 집 밖으로만 나돌 것 같은 외모를 가진 분으로, 정상을 정복한 산만 해도 열댓 군데나 된다.

요세미티 국립공원의 엘카피탄이란 바위산을 맨손으로 오르기도 했다. 두 분은 스네이크 강에서 최상위 난이도의 래프팅을 즐기다가 만났다.

가장 중요한 점은, 우리 부모님은 보통 사람들과 전혀 다르지 않다는 사실이다. 나는 그동안 수백 명의 과학자들을 만나봤지만, 그분들 중 대부분은 우리 부모님처럼 운동을 좋아하고 모험을 즐기는 사람들이었다. 도대체 과학자들은 죄다 괴짜일 거라는 선입견이 어떻게 생겨났는지 모르겠다. 달기지 알파에 있는 사람들 중에 똑똑하지 않은 사람은 거의 없지만, 그들은 믿기지 않을 만큼 신체적으로도 건강하다. MBA 안의 체육관이 한창 북적거릴 때는 마치 프로 축구단의 선수 대기실을 방불케 할 정도다.

나는 좀처럼 체스 게임에 눈이 가질 않아서, 우리 숙소 중앙 모니터 쪽을 향했다. 이 중앙 모니터는 한쪽 벽을 다 차지할 만큼 엄청나게 크다. MBA의 거의 모든 숙소들처럼 우리 숙소에도 창문이 없기 때문에(우주에서 창문을 설치하려면 운반비 등등 상상을 초월하는 비용이 든다) 중앙 모니터의 화면보호 기능을 통해 풍경이 보이도록 해놓았다. 지금은 해가 뜨고 있는 빅아일랜드의 하푸나 비치에서 백사장 위로 파도가 철썩이는 풍경이었다. 솔직히, 나는 창문보다 이게 더 마음에 들었다. 달 표면에는 대기층이 존재하지 않아 아무 변화 없이 밋밋하기만 한 반면, 우리는 어떤 것이든 마음에 드는 배경을 띄울 수 있다.

"컴퓨터, 중앙 모니터에 홈페이지 띄워." 내가 말했다.

"네, 주인님."

중앙 모니터에서 하푸나 비치가 사라지고 MBA 홈페이지가 나타났다.

나는 혹시라도 홀츠 박사님이 기지 주민들에게 긴급 회의를 요청한 적이 있는지 확인하면서 재빠르게 화면을 훑었다. 그러나 아무것도 없었다. 홈페이지는 아직 최신 소식이 업데이트되지 않은 상태였다.

더 이상 방 안에서 기다리고 있을 수만은 없었다. 비록 홀츠 박사님이 7시까지는 발표를 하지 않겠다고 했지만, 나는 박사님 성격상 그때까지 잠자코 앉아 계실 분이 아니라는 걸 알고 있었다. 어쩌면 박사님은 벌써 구내식당으로 내려가 사람들을 불러 모으고 있을지도 모를 일이었다.

나는 서랍장으로 가서 옷가지를 집어 들었다.

"벌써 나가려고?" 엄마가 물었다. "뭐가 그렇게 바빠서?"

"배가 고파서요."

"너, 아직 월드시리즈 결과도 확인 안 했잖아."

"새벽에 확인했어요. 샬럿이 베가스를 6 대 3으로 이겼던데요."

"말도 안 돼."

아빠가 수면 캡슐에서 나오면서 신음 소리를 냈다.

"정말이에요. 윌리엄 히긴스가 8회에 제드 비념한테서 만루홈런을 쳤다니까요."

"대체 한밤중에 뭘 하고 있었길래?" 엄마가 물었다.

"화장실요. 치킨 파르미지아나의 역습 때문에요."

손목에 스마트워치를 차다가 조그만 액정화면에 메시지가 도착한 걸 발견했다. 지난밤 지구에서 살 때 가장 친한 친구였던 라일리 복에게서 온 메시지를 이제야 본 것이다. 나는 라일리한테 나중에 연락하겠다는 문자를 보냈다. 하와이는 지금 새벽 1시쯤이니 그 애는 아직 자고 있을 시간이고, 그날 아침따라 이것저것 신경 쓸 데가 많았기 때문이다.

나는 스니커즈를 챙겨 신고 문 쪽으로 향했다.

그때, 느닷없이 처음 듣는 삐 소리가 방 안을 가득 채웠다. 그 소리가 마치 거대한 전자레인지 안에서 팝콘이 다 튀겨졌다고 알리는 소리처럼 들렸다. 나는 무슨 일인지 확인하려고 두 개의 모니터를 살폈다. 벽과 탁자 위의 모니터에서 각각 홈페이지와 체스판이 사라지고 빨간 글씨가 번쩍이며 나타났다.

긴급 호출! 로즈 해리스 박사님, 스티븐 깁슨 박사님!
속히 보안 사이트로 접속 바랍니다.

나는 이런 식으로 연락을 취할 수도 있다는 걸 처음 알았다. 고개를 돌려 엄마를 쳐다보니, 엄마 역시 나처럼 놀라서 어쩔 줄 모르는 표정이었다. 바이올렛은 그 소리에 흥분해서 이리저리 돌아다니며 춤추는 걸로도 모자라 와~ 하고 소리 지르고 있었다. 아빠는 아직 캡슐에서 채 나오지 않은 상황이었다. 아빠는 경고음 소리에 손가락으로 귀를 막고 다시 캡슐 안으로 몸을 숨겼다. 아빠는 절대 아침형 인간은 아니었다.

"여보." 엄마가 아빠를 불렀다. "이것 좀 봐요."

아빠가 캡슐 밖으로 고개만 쏙 내밀고 중앙 모니터를 힐끗 쳐다보는 모습이 마치 망을 보는 다람쥐 같았다.

"대체 무슨 일이야?" 아빠가 투덜거렸다.

엄마는 이미 탁자 위 모니터에서 로그인 할 준비를 하고 있었다.

긴급 메시지가 틀림없이 홀츠 박사님의 발견과 상관있다고 생각한 나는 신이 나서 콧노래를 불렀다. 박사님은 7시까지 기다리지 못하고 벌써 MBA 간부들에게 놀라운 소식을 전했고, 간부들이 이제 공식 발표를 하려나 보다. 아니면, 그 소식을 전하기 위해 모든 사람들을 한자리에 모이라고 하는 것일 수도 있고.

나는 밖에 무슨 일이라도 있는지 궁금해서 문을 열었다. MBA의 주거구역은 두 개의 층으로 이루어져 있다. 우리 숙소는 2층으로, 건물 끝에서 두 번째다. 숙소 출입문은 쇠로 만든 캣워크라는 임시 통로 쪽으로 열리게 돼 있다.(캣워크는 실제 통로보다 운반과 설치가 쉽다.) 캣워크의 난간 너머로 1층 복도가 보였다. 똑같은 경고음이 다른 집들에서도 들리고 있는데도, 1층이든 2층이든 움직이는 사람은 아무도 없었다. 우리 집의 오른쪽에 있는 집에서 마르케스 가족이 잠을 깨고 나지막이 수군거리는 소리가 들렸다.

우리 집 바로 왼쪽 옆에는 기지 대장인 니나 스택의 숙소가 있다. 그녀의 숙소는 에어로크와 가장 가까운 곳에 위치해 있다. 평소라면 보기 드문 일이지만, 니나 대장 숙소의 문이 열려 있었다. MBA에는 공용 공간이 많다 보니, 사람들은 프라이버시를 매우 중요시한다. 어느 누구도 숙소 문을 열어놓은 채 지내지 않는다. 니나 대장은 너무 긴급해서 문 닫는 것을 깜박한 듯했다.

나는 에어로크 쪽으로 가기 위해 캣워크를 따라 걷다가, 겁에 질린 엄마의 비명 소리에 걸음을 멈췄다. 나는 서둘러 다시 우리 집으로 달려갔다.

"무슨 일이에요?"

엄마의 얼굴이 하얗게 질려 있었다. 엄마는 놀란 눈을 크게 뜬 채, 탁자 모니터를 뚫어져라 쳐다보고 있었다. 엄마 뒤에 서 있던 아빠도 몸이 얼어붙은 채, 엄마의 어깨 너머로 같은 메시지를 읽고 있었다. 엄마는 나한테 무슨 말을 하려다가 바이올렛을 의식하고는 아빠를 향해 무언의 신호를 보냈다.

"바이올렛." 아빠가 말했다. "와플 먹기 전에, TV 먼저 볼래?"

"지금요?"

바이올렛의 얼굴이 환해졌다. MBA 같은 제한된 장소에서마저도 부모님은 TV 시청 시간을 제한하려고 했다. 아침도 먹기 전인데 TV를 보라는 제안은 바이올렛에겐 조랑말을 키워도 좋다는 것과도 같은 기쁜 일이었다.

"다람쥐 특공대 봐도 돼요?"

"물론이지."

아빠는 재빠르게 바이올렛의 귀에 헤드폰을 씌워주고, 엄마가 무슨 말을 하든 들리지 않는 것을 확인한 뒤 중앙 모니터를 TV 모드로 바꿨다. 모니터에 긴급 메시지가 사라지고 악당들과 싸우는 다람쥐들이 나타났다.

엄마가 다시 내 쪽으로 몸을 돌렸다. 엄마는 아직도 충격에서 벗어나지 못한 나머지, 목소리를 가다듬는 데 시간이 좀 걸렸다.

"그게… 그러니까, 있잖니… 글쎄, 홀츠 박사님이… 돌아가셨다는구나."

그 소식을 듣고 나는 말문이 막혔다. 내 머릿속이 펑 하고 터져 버려서 모든 것이 다 빠져나간 것만 같았다.

"아니, 어쩌다가요?"

아빠가 내 어깨에 팔을 올리며 말했다.

"오늘 새벽에 에어로크 밖으로 나가셨대. 혼자서."

나는 박사님이 사망했다는 소식만큼이나 깜짝 놀라서 아빠를 쳐다봤다. 기지의 어느 누구도 절대로 혼자서는 달 표면으로 나가면 안 된다는 엄격한 규정이 있기 때문이었다.

"왜요?"

엄마는 두 눈에서 눈물을 훔치고 있었다.

"우리야 모르지. 아직 그 얘기는 없구나."

"어쨌든," 아빠가 말을 이었다. "아무래도 박사님이 우주복을 제대로 입지 않은 것 같구나. 그렇다면…." 아빠는 머릿속 생각을 마저 꺼내기 싫은 듯, 점점 말꼬리를 흐렸다.

나는 아빠의 생각이 어떤 건지 알고 있었다. 우주복은 원래 혼자서 제대로 입기란 거의 불가능에 가깝고, 그렇게 되면 공기가 밖으로 새는 일이 발생한다. 달 표면에는 산소가 존재하지 않으니, 산소가 없으면 인간의 몸은 최대 2분 이상 견딜 수 없다. 달의 지면 위를 걷는 문워크를 혼자서는 하지 못하도록 금지하는 건 바로 그 때문이다.

나는 고개를 가로저었다.

"이건 말도 안 돼요. 홀츠 박사님은 절대로 그렇게 위험한 일을 하실 분이…."

"그렇게 하셨잖아." 엄마도 내 어깨에 손을 올렸다. "우리 모두 궁금한 게 많지만, 대답을 들으려면 시간이 좀 걸릴 것 같구나."

"그럼, 지금 홀츠 박사님은 어디 계신 거예요?"

"사람들이 지금 박사님을 기지 안으로 옮기는 중이야."

나는 벌떡 일어나서 다시 문 밖으로 나가, 서둘러 에어로크 쪽으로 달려갔다. 등 뒤에서 엄마와 아빠가 불렀지만, 나는 아랑곳하지 않았다. 그때 왜 그랬는지 모르겠지만, 내 눈으로 직접 홀츠 박사님의 시신을 확인해야만 할 것 같았다.

나는 문이 열려 있는 니나 대장의 숙소를 휙 지나쳤다. 캣워크 앞쪽의 모퉁이를 돌면 왼쪽으로 기울어지는 경사로가 있고, 그 끝에는 에어로크 앞의 대기구역까지 아래로 향하는 계단이 있다. 그러나 내가 모퉁이에 다다랐을 때, 니나 대장이 되돌아오고 있었고, 결국 나는 그녀와 정면으로 부딪치고 말았다.

만약 그녀가 아니라 다른 사람과 그렇게 부딪쳤다면 나랑 부딪친 사람은 계단 아래로 데굴데굴 굴렀을 것이다. 하지만 니나 대장은 마치 통나무 같았다. 그녀는 내가 여태껏 만난 여자들 가운데 단연 최고로 강했다. 어쩌면 남자들보다 강할지도 모른다. 그녀는 NASA에 합류하기 전에 해병대에서 복무했고, 그 이후로도 체력 단련을 게을리하지 않았다. 겉으로 보기엔 그렇게 억세 보이지 않는데(사실, 그녀는 하와이의 어지간한 내 친구 엄마들처럼, 오히려 얌전하게 보이는 편이었다), 혹시라도 누가 그녀와 한판 붙겠다고 달려든다면 안쓰러운 마음에 말리고 싶을 정도다. 니나 대장은 상대가 누구든 꼼짝 못하게 만들 수 있는 사람이다. 게다가 첨단과학 분야의 석사학위를 소지한 고학력자이기도 하다.

"죄송해요."

대충 얼버무리면서 빨리 지나치려고 하는데, 그녀가 내 앞을 막아섰다.

"집으로 돌아가거라, 대시."

그 말은 부탁이 아니라 명령이었다. 겉으로만 봐서는 그녀가 그렇게 험상궂게 군 게 홀츠 박사님 사건 때문인지는 알 수 없었다. 그녀는 달 표면에 있는 바위들보다도 표정을 느낄 수 없는, 로봇 같은 사람이니까.

"화장실이 급해서요."

니나 대장은 내 말에 눈도 깜짝하지 않았다.

"볼 만한 건 아무것도 없다."

물론, 그녀의 말은 사실이 아니었다. 나는 어떻게든 에어로크 쪽

상황을 보려고 그녀의 어깨 너머를 힐끗거렸다. 볼 만한 게 많았다.

　나나 대장이 내 양 겨드랑이 사이에 팔을 넣어 나를 번쩍 들어 올리더니 우리 집 쪽으로 열 발 정도 움직였다. 그러곤 나를 내려 놓고 코앞에 얼굴을 들이댔다.

　"대시, 이건 게임 같은 게 아니야. 지금은 집으로 돌아가거라."

　나나 대장이 우리 집 문을 가리키며 말했다.

　고개를 돌려 보니 엄마, 아빠가 나를 기다리며 서 있었다.

　나는 순순히 뒤돌아설 수밖에 없었다. 실은, 이미 내가 원하는 것을 모두 본 뒤였다. 힐끗 본 것만으로도 충분했다.

　두 명의 무니가 한 명은 다리 쪽을, 한 명은 팔 쪽을 들고, 홀츠 박사님의 시신을 에어로크 안쪽으로 옮기고 있었다. 그 주변에는 다른 무니들이 에워싸고 있었다. 그 순간에는, 그들이 누구인지 알아볼 수가 없었다. 오롯이 홀츠 박사님한테만 정신이 팔려 있었기 때문이다. 박사님을 에어로크 안쪽으로 옮긴 다음, 사람들이 박사님의 우주복을 벗겼다. 박사님의 얼굴에는 이미 핏기가 사라진 뒤였다. 돌아가신 게 확실한 것 같았다.

　엄마, 아빠가 나를 집 안으로 이끌었다. 두 분 얼굴에는 나를 걱정하는 모습이 가득했다. 홀츠 박사님의 모습을 확인한 내 표정이 너무 안 좋았던 모양이다. 물론 그때 내가 얼마나 끔찍한 기분이었는지는 두말할 것도 없다.

　아빠가 문을 닫았다. 엄마가 나를 탁자 쪽으로 이끌었다. 동생은 여전히 헤드폰을 낀 채, TV를 보면서 〈다람쥐 특공대〉 주제가를 목청껏 부르고 있었다. 밖에서 무슨 일이 벌어졌는지 전혀 눈치 채지 못하고 있었다.

"이건 뭔가 크게 잘못됐어요." 내가 말했다.

아빠가 옆에 무릎을 구부리고 앉아 내 어깨에 팔을 둘렀다.

"아빠도 안다, 얘야. 우리한테도 잘못이 있는 것 같구나."

나는 고개를 저었다.

"제 말은 그런 뜻이 아니에요. 제 생각엔… 이번 일이 단순한 사고가 아닌 것 같아요."

엄마와 아빠가 살짝 걱정스러운 표정을 주고받았다. 두 분 다 무슨 말을 꺼내야 할지 어쩔 줄 몰라 하는 표정이었다.

"네 말은, 박사님이 알면서도 그랬다는 거니?" 엄마가 물었다.

"아뇨! 그런 말이 아니고요. 새벽에 화장실에서 홀츠 박사님이 하시는 말을 들었거든요. 박사님은 뭔가 대단한 발견을 했다면서, 누군가랑 통화를 하고 있었어요. 그게 뭔지는 오늘 아침 모두에게 공식 발표할 예정이라고 하셨어요. 박사님은 그것 때문에 많이 흥분돼 있었어요. 누가 그렇게 기뻐하는 소리는 처음 들었다니까요. 아마 빨리 발표하고 싶어 안달이 나셨을 거예요. 그런 분이 왜 밖으로 나가셨겠어요? 그것도 혼자서? 우주복을 제대로 입었는지 확인도 안 하고? 뭔가 앞뒤가 안 맞는다고요."

엄마와 아빠가 또 한 번 걱정스러운 표정을 주고받았다. 이번엔 심각해 보였다. 두 분이 걱정하는 것이 나 때문인지, 다른 것 때문인지는 잘 모르겠지만 말이다.

"대시." 아빠가 진지한 목소리로 말했다. "넌 지금, 홀츠 박사님이 살해당하셨다는 거니?"

"네. 제 말이 바로 그 말이에요."

교육

MBA에서는 자녀가 있는 가족의 편의를 위해, 지구와 마찬가지로, 월요일부터 금요일까지 학교를 운영합니다. 연령대에 따라 편성된 학급들은 컴링크를 통해 지구의 교사들과 수업을 진행하며 최상의 교육을 받게 됩니다. 사실상, 여러분의 자녀들은 지구에서 학교를 다닐 때보다 훨씬 나은 교육을 받게 될 것입니다! NASA에서는 수업을 이끌어갈 최고의, 최적의 교사들을 선발해놓았으며, 추가로 여러분의 자녀들은 수학에서부터 생물학은 물론, 기술공학까지 10여 개가 넘는 다양한 분야의 NASA 전문가들로부터 주기적인 보충 수업을 받게 될 것입니다. 이제 달이라는 곳에서 살게 되는 여러분의 자녀들은, 과학 연구의 최첨단에서, 지구에 있는 사람들보다 획기적인 정보를 습득할 기회를 훨씬 더 많이 만나게 될 것입니다!

피를 부르는 젤라틴 괴물

달 생활 188일째

아침식사 시간

이번 사건으로 인해 학교에 휴교령이 내려졌다.

지구였다면, 예상치 못한 휴교 소식에 이게 웬 떡이냐며 신이 났을지도 모른다. 하지만 달 위에서는 학교를 가는 것보다 가지 않는 게 더 괴로운 노릇이었다. 학교를 가지 않으면 정말 할 게 없었다. 최근 새롭게 맛들인 웹 서핑을 할 수도, 산악자전거를 탈 수도 없었다. 그저 집에 하루 종일 처박혀 있어야만 했다. 시간 때울 만한 건 아무것도 없이 말이다. 그 바람에, 내가 부모님한테 제발 학교에 가게 해달라고 비는 기이한 현상이 벌어지고 말았다.

"제발요. 하루 종일 있다 오겠다는 게 아니에요. 제발 몇 시간만이라도요."

"안됐지만," 아빠가 말했다. "니나 대장이 직접 명령을 내려서 말이다."

"제발요! 수업 한 시간만 들으면 안 돼요?"

"안 된다니까. 그러니까 그만해."

"선생님들은 이미 출근하셨을 거예요. 가서 얌전히 있을게요. 컴링크 연결하고 얌전히 수업만 들으면 안 돼요?"

"니나 대장이 NASA와 연락을 취해야 하기 때문에 모든 컴링크의 접속을 금지한다고 했어." 엄마가 대답했다.

"컴링크가 자그마치 256개나 있다고요. 여기 사람들 1인당 10개도 넘어요. 도대체 그 많은 걸 다 써야 할 이유가 있어요?"

"아마 비상상황 시에 취하는 기본 절차겠지." 아빠가 말했다.

"저도 알죠. 하지만, 행성과 충돌하거나 산소가 새어나가는 정도는 돼야 비상상황 아니에요? 엄밀히 말하면, 지금은 비상상황도 해제된 거나 마찬가지잖아요. 홀츠 박사님이 또 죽는 것도 아니고."

"오래가진 않을 거야." 혹시 엿듣는 사람이 없는지 확인하듯 탁자 쪽을 보면서, 아빠가 목소리를 낮춰 말했다. "아무래도 이런 곳에선 어수선한 일들이 생기기 마련이지. 홀츠 박사님이 그런 사고를 당할지 누가 알았겠니."

"이건 단순 사고가 아니라니까요." 나는 숨소리보다 작은 소리로 말했다. "누군가 박사님한테 우주복을 허투루 입혀서 밖으로 쫓아낸 거라고요."

엄마가 한숨을 내쉬었다.

"우리, 이 얘긴 그만 하자꾸나. 아무 증거도 없는데."

"홀츠 박사님은 절대로 그렇게 혼자 나가실 분이 아니라니까요. 평소 저희들한테 혼자서 우주복을 제대로 입는 게 얼마나 어려운 일인지 늘 강조하셨던 분이에요. 밖으로 나갈 땐 최소 2인 이상이 함께 다녀야 한다는 규칙을 만드신 것도 박사님이라고요!"

"그렇다고 해서, 그게 살인이라고 단정할 순 없어." 아빠가 반박했다. "박사님이 규칙을 무시하고 밖으로 나가신 데엔 많은 이유들이 있을 수 있어. 어쩌면 박사님의 위대한 발견과 관련이 있을 수도 있고. 아니면, 밖에서 뭔가를 가지고 와야 했었나 보지."

"그랬다가 까딱하면 죽을지도 모르는데도요? 말도 안 돼요. 홀츠 박사님이 어떤 분인데. 제가 아는 사람들 중에 가장 조심성이 많은 분이라고요. 헬스용 실내 자전거를 타면서도 헬멧을 쓰는 분이라니까요!"

"원래 조심성이 많은 사람일수록 실수도 많은 법이야." 엄마가 말했다. "더 중요한 건, 범죄의 증거라곤 보이지 않는다는 거지."

"이제 고작 한 시간밖에 안 지났어요. 분명히 뭔가 있어요."

엄마와 아빠가 다시 걱정스러운 눈빛을 주고받았다.

"대시, 넌 똑똑한 아이잖니." 아빠가 말했다. "엄마랑 아빠는 네가 또래에 비해 의젓하고 조숙해서 뿌듯하단다. 하지만, 가끔은 별것도 아닌 일을 너무 심각하게 볼 만큼 네 머릿속이 복잡할 때가 있는 것 같구나."

"나와 가까운 누군가의 죽음을 대하는 건 항상 힘든 일이긴 해."
엄마가 말을 보탰다. "사람들은 이런 슬픈 일을 마주하면 반응하는 모습이 각자 다르…."

"제 얘기는 지어낸 게 아니라니까요!"

엄마와 아빠가 어안이 벙벙해서 나를 쳐다봤다. 나는 다시 목소리를 낮춰야 했다.

"두 분 다, 새벽에 화장실에서 홀츠 박사님이 하는 얘기를 못 들으셨잖아요. 들으셨다면 저처럼 이번 일이 단순 사고가 아니라는 걸 느끼셨을 거예요."

내 말에 두 분이 움찔했다. 내가 소리를 지르는 통에 깜짝 놀란 것이겠지만, 적어도 이번 일을 가볍게 넘기고 싶지 않다는 내 뜻이 전해진 듯했다.

"그럼, 네 말대로 이게 살인이라고 치자." 아빠가 말했다. "네 말이 맞다면, 뭐든 증거가 나와야겠지. 하지만, 아무 증거도 발견하지 못한다면…."

"다 없던 일로 할게요." 나는 단언하듯 말했다.

"네가 홀츠 박사님에 대해 모르는 중요한 사실이 있는데…."

엄마가 입을 떼었지만, 끝을 맺지는 못했다. 티모시 마르케스 박사가 우리 쪽으로 다가오고 있었다.

마르케스 박사는 달기지 알파의 정신과 의사다. NASA는 사람들의 정신건강을 매우 중요하게 여기기 때문에, 우리는 누구든지 일주일에 한 번은 의무적으로 상담을 받아야 했다. 지구와 멀리 떨어진 폐쇄공간에서 사는 것은 자칫하면 정신이상을 불러올 수 있기 때문이다. 마르케스 박사는 MBA로 선발되기 전부터 유명세를 탔던 사람으로, 자기계발서 격인 〈긍정적으로 생각하라〉라는 베스트셀러를 썼고 셀 수 없을 만큼 많은 토크쇼에 출연했다. 그럼에도 나는 왠지 그가 이상하다는 느낌을 지울 수가 없었다. 그는 안면 경련이 심했고, 나를 대할 때는 다소 예민하게 굴었다. 직업정신이 너무 투철해서인지, 항상 남의 일에 사사건건 관심을 보이며, 감 놔라 배 놔라 하곤 했다.

"다들 괜찮으세요?"

그가 묻는 모양새를 보아하니 아무래도 내가 소리 지른 걸 들은 듯싶었다. 그는 멈추면 큰일이라도 날 것처럼, 들고 있던 커피 잔을 스푼으로 휘젓고 있었다.

"그럼요." 아빠가 거의 무시하듯 대답했다. "아무 일도 없어요."

마르케스 박사가 고음의 킥킥거리는 소리를 냈다. 그 소리가 마치 간지럼을 타는 원숭이 소리처럼 들렸다.

"이런, 난 왜 그 말이 하나도 믿기지 않을까요. 우리가 방금 엄청나게 비극적인 사건을 겪은 뒤라서 말입니다. 사실, 아직도 진행 중이죠. 그래서 난 모든 게 엉망일 거라고 생각합니다. 여러분이나 나도 마찬가지고, 여기 있는 사람들 누구라도 마찬가지겠죠."

우리가 와서 앉으라는 소리도 안 했는데 마르케스 박사가 내 옆에 자리 잡고 앉았다.

"자, 말씀해보세요. 여러분이 정말로 힘든 게 뭔지."

그가 온 것을 바이올렛이 발견한 모양이었다.

"오늘 휴교래요!" 동생이 헤드폰을 낀 채 소리 질렀다. "그리고 저는 와플을 먹고 있어요!"

"아이쿠야." 마르케스 박사는 언제 봐도 바이올렛의 저런 야단스러운 모습에 익숙하지 않은 모양이었다. "그거 좋겠구나."

"보시다시피 괜찮아요." 엄마가 끼어들었다. "박사님 가족 분들은 어떠세요?"

"아, 네. 저희 가족도 온갖 감정이 뒤죽박죽이죠." 마르케스 박사가 이빨 사이에 낀 음식 찌꺼기를 꺼내 휙 불면서 말했다. "충격과 실망, 슬픔, 분노, 감정이란 감정들은 죄다 말입니다." 그러더니 나를 보며 말했다. "제 아들 녀석 로디도 힘들어 하고 있답니다. 지금 다목적실에 있을 겁니다. 친구들이랑 수다라도 떨면 좀 낫겠죠."

"그거 좋은 생각이네요." 엄마가 말했다.

"정말요?" 나는 별 기대도 없으면서 무심코 대꾸했다.

"아빠 생각에도 지금은 네 또래들이랑 얘기하는 게 나을 것 같구나. 그리고 어쨌든, 네 동생도 알 건 알아야 하니, 엄마랑 아빠가 직접 얘기해주는 게 좋겠다."

나는 무슨 말인지 알아듣고 고개를 끄덕이며 자리에서 일어났다.

마르케스 박사는 그대로 앉은 채였다.

"아마 제가 어린 바이올렛에게 도움이 될 수 있을 것 같군요." 그가 말했다. "아무래도 전문가가 옆에 있다면, 받아들이는 충격을 조금이라도 줄여줄 수 있을 것 같습니다만…."

"고맙습니다. 그래주시면 큰 도움이 되겠네요."

엄마는 그렇게 말했지만, 나는 엄마가 무슨 속셈인지 알 수 없었다. 폐쇄된 우주 공간에서 고작 22명밖에 되지 않는 다른 사람들과 같이 살다 보면, 매번 상대방의 비위를 거스르지 않고 행동하는 게 그리 쉬운 노릇은 아니었다.

나는 주방으로 가서 정제된 물을 한 컵 따른 다음 다목적실로 향했다. 다목적실로 갈 때에는 체육관 앞을 지나는 게 훨씬 빠르지만, 나는 일부러 빙 돌아가는 길을 선택했다. 사실 MBA가 그렇게 넓은 곳은 아니라서(꼭해야 축구장 크기?) 돌아가봐야 그리 먼 거리는 아니었다. 하지만, 그렇게 가야 에어로크 앞을 지나갈 수 있었다.

MBA의 구조는 단순하다. 두 개의 팔각형 건물로 구성되어 있는데, 한 개는 크고 다른 한 개는 작다. 큰 건물은 주거구역으로, 숙소들과 체육관, 구내식당, 그리고 외벽 쪽으로는 공용 화장실, 중앙관제실, 온실이 배치되어 있고, 중앙에는 다목적실이 있다. 작은 건물에는 생물학, 화학, 지질학, 천체물리학 실험 등이 이뤄지는 연구동이 있다. 연구동은 큰 건물의 북서쪽 모퉁이에 연결되어 있다.

나는 연구동과 중앙관제실 사이를 통과했다. 기지 내의 거의 모든 어른들이 그 두 군데 중 한 곳에서 일하고 있다고 보면 되는데, 대부분의 시간을 벌집 안의 일벌들처럼 보낸다. 그런데 오늘은 그 두 곳이 빈집이나 다름없었다. 생물학자인 얀크 박사만이 연구동에서 혼자 어떤 실험을 진행하며 뭔가를 만지작거리고 있었다. 하지만 그가 홀츠 박사님의 죽음에도 관심을 보일 여유가 없을 만큼 열심히 일하는 것처럼 보이지는 않았다.

중앙관제실 안에는 니나 대장뿐이었다. 그녀는 컴링크를 사용 중이었다. 모니터에 휴스턴 관제센터의 모습이 보였다. 열댓 명의 관제센터 사람들이 모여서 니나 대장과 얘기를 나누고 있었는데, 하나같이 심각한 표정을 짓고 있었다. 나는 살짝 엿들어볼까 생각 했지만, 니나 대장이 나를 발견하고 매서운 눈길로 노려보는 바람 에 계속 가던 길을 가야 했다.

나는 우주복들이 보관되어 있는 대기구역을 가로지른 다음, 마 침내 에어로크 앞에 다다랐다. 그렇게 걸린 시간은 26초였다.

에어로크처럼 유리창이 있는 곳은 MBA에 흔치 않다. 엄밀히 말 하자면, 에어로크는 두 개의 문으로 되어 있으니 유리창도 두 개인 데, 하나는 안쪽으로, 또 하나는 바깥쪽으로 나 있고, 중간에는 1 미터 20센티미터 정도의 안전 공간이 마련되어 있다.

에어로크의 유리창 너머로 보이는 풍경은 그다지 볼 만한 풍경 은 아니었다. 흙먼지가 담요처럼 하얗게 쌓인 지면에는 탐사로봇 들이 지나다니면서 남긴 수많은 자국들이 나 있을 뿐이었다. 이렇 게 오염된 달 표면에서 홀츠 박사님의 발자국, 혹은 박사님이 쓰러 져 사망한 지점을 찾는다는 것은 불가능했다. 내가 아는 거라곤, 우주복을 제대로 착용하지 않은 상태로는 박사님이 멀리 가지 못 했을 거라는 정도였다.

대기구역 바닥에 바깥의 흙먼지 자국이 남아 있었다. 아침식사 시간에 나는 누가 홀츠 박사님의 시신을 수습했는지 확인했다. 바로 로봇 전문가인 다프네 메릿 박사와 유지·보수 책임자인 가스 그리산 씨였다. 평상시라면 방역상의 문제로 외부 흙먼지가 기지 안으로 유입되지 못하게 엄격한 조치가 취해졌겠지만, 안으로 들어온 세 명 중 한 명이 죽은 사람이니 마땅한 조치를 제대로 취하기 어려웠을 것이다.

달 표면 어디에나 흙먼지가 널려 있는데도 그걸 만져본 적은 없었다. 나는 딱 한 번, 달 표면을 밟아본 적이 있었는데, 우주선이 착륙한 후 MBA로 이동할 때였다. 시간은 기껏해야 10분 이내였다. 어리다는 이유로, 그동안 내가 밖으로 나갈 기회는 한 번도 없었다.

나는 무릎을 꿇고 앉아서 바닥의 흙먼지를 손가락으로 훑었다. 곱게 간 설탕 가루의 입자감이 살짝 느껴졌다. 달 표면의 흙먼지는 말 그대로의 먼지가 아니라, 운석의 충돌로 인해 유리가 잘게 부서진 것 같은 특이한 형태의 가루였다. 가루에서 미세하게 화약 냄새가 풍겼다.

"뭘 떨어뜨렸니?"

뒤를 돌아보니 가스 그리산 씨가 와 있었다. 나이가 50대 후반인 그리산 씨는 친절한 성격의 소유자이긴 하지만, 좀처럼 다른 사람들과 잘 어울리지 않는 부류였다. 이곳에서 벌써 6개월이 넘는 시간을 같이 지내고 있는데도, 그와 말 한 마디 제대로 나눠본 적이 없었다.

"아뇨. 전 그냥… 음… 바닥에 흙먼지가 좀 있어서요."

"그러게 말이다. 그렇지 않아도 막 치우려던 참이다."

그리산 씨는 작은 진공청소기를 들고 있었다.

"새벽부터 정신이 없어서 그럴 시간이 없었구나."

"아저씨가 밖으로 나가서 박사님을 모시고 오셨어요?"

"그래. 다프네 박사도 같이."

"혹시 홀츠 박사님한테 이상한 점은 없었나요?"

"달 표면에서 사람이 죽은 것보다 더 이상한 게 있겠니?"

"혹시 홀츠 박사님이…?"

내가 말을 마저 꺼내기도 전에 그리산 씨가 내 말을 끊었다.

"말이 나왔으니 말인데, 너 같은 아이들은 신경 쓰지 않는 게 좋을 거야. 그러니까, 미안하지만 좀….'

그리산 씨가 진공청소기를 집어 들고 바닥 쪽을 향했다.

"네. 죄송해요."

돌아가려고 몸을 돌렸는데, 중앙관제실에 있던 나나 대장과 눈이 마주쳤다. 나를 쏘아보는 눈빛으로 봐선, 아직도 자기 시야에서 내가 얼쩡거리는 게 무척 거슬리는 모양이었다.

나는 마지막으로 에어로크를 힐끗 살핀 다음, 도망치듯 서둘러 그곳을 떠났다. 등 뒤에서 그리산 씨가 진공청소기로 흙먼지를 빨아들이는 소리가 들렸다.

마르케스 박사의 말대로 다목적실에는 로드리고(로디) 마르케스가 앉아 있었다. 로디는 의자에 앉아 가상현실 게임을 하고 있었다. 눈에는 두툼한 검은색 고글을 쓰고, 양손에는 특수 장갑을 끼고 있었다. 아무래도 녀석은 누구도 컴링크를 사용하지 말라는 니나 대장의 명령을 듣지 못한 듯했다. 아니, 그보다는 명령을 무시한 것일 가능성이 더 컸다.

로디는 MBA에서 나와 가장 친한 친구다. 유일한 내 또래니까. 아마 지구였다면, 우리 둘이 친구로 지낼 일은 절대로 없었을 것이다. 우리 둘의 관심사가 너무도 다르다는 게 문제였다. 지구에서는 녀석 같은 부류를 '가상현실 페인'이라고 부른다.

로디는 내가 방에 들어온 것도 모른 채, 온통 게임에만 정신이 팔려 있었다. 갑자기 녀석이 격하게 몸을 움직이더니 두 팔을 벌리고 양쪽 검지를 까닥거렸다. 꼴을 보아하니, 전쟁 게임 속에서 연신 총을 쏴대고 있는 모양이었다.

나는 녀석의 어깨를 툭툭 쳤다.

"야, 로디. 너 지금 뭐 하냐?"

"지금 열나게 공격 중이란 말이야." 녀석이 퉁명스럽게 말했다. "할 말 있으면 너도 들어와."

나는 한숨을 내쉬었다. 페인들은 이게 문제라니까. 이런 애들은 얼굴을 마주 보고 얘기하는 것보다 게임 속에서 얘기를 주고받는 걸 더 편하게 느낀다.

나는 벽 위의 선반에 놓인 고글과 특수 장갑을 집어 쓰고 로디 옆의 큐브에 앉아서 접속했다. 흐리멍덩하던 회색의 벽면이 쉭 하는 소리와 함께 사라지고, 내 눈앞에 생전처음 보는 아름다운 광경이 펼쳐졌다. 나는 눈이 시리도록 푸른 호수와 울창한 숲과 눈 덮인 산이 보이는, 야생화들이 만발한 초원 한가운데에 서 있었다. 호수 위쪽에서는 여섯 갈래의 폭포에서 물줄기가 쏟아져 내리고 있었다.

로디가 이렇게 놀라운 장면을 전쟁터 배경으로 삼기 위해, 얼마나 많은 배경 후보들을 샅샅이 뒤졌을지는 굳이 말할 필요도 없었다. 녀석의 적들은 핑크색 젤리처럼 생긴 외계인 형체를 하고 있었다. 적들은 모두 무기를 들고 있었지만 썩 위협적으로 보이진 않았다. 아마 로디가 쉽게 이기려고 게임 모드를 초급으로 설정해놓은 것 같았다. 외계인 적들은 로디가 쏴대는 총알에 속수무책으로 당하고 있었다. 로디가 총을 쏠 때마다 적들에게서 핑크색의 끈적끈적한 물질이 터져나왔다.

로디는 자기 아바타를 중무장시켜놓았다. 현실의 로디는 물렁물렁 축 늘어진 둔한 몸집에 잘생긴 얼굴도 아니지만, 녀석의 아바타는 울룩불룩한 근육에 영화배우 같은 외모를 가진 철인 10종 선수처럼 생겼다. 지구에서 게임에 접속한 게이머들의 아바타도 로디 옆에서 함께 싸우고 있었다. 남자 아바타들은 운동선수처럼 생겼고 수영복 차림의 여자 아바타들은 슈퍼모델 뺨치게 생겼다.

나는 한창 전투에 정신 팔린 로디의 옆에 불쑥 모습을 드러냈다. 나는 아바타 따위 관심 없어서, 내 아바타는 나를 꼭 닮은 모습을 하고 있었다. 실제의 나는 로디보다 키가 7센티미터쯤 크지만, 게임 속에서의 나는 녀석 옆을 쫓아다니는 난쟁이처럼 보였다. 로디 아바타는 이두박근만 해도 내 아바타 머리보다 컸다. 그리고 머신 건과 바주카포를 합쳐놓은 것처럼 희한하게 생긴 내 총은 내 몸집의 절반이나 됐다. 나는 총을 어떻게 쏘는지도 알 수 없었다. 그땐 그따위 전쟁놀이는 하고 싶은 생각이 전혀 없었다.

"지금 누구랑 싸우는 거야? 앵그리 푸딩이야, 뭐야?"

로디가 눈살을 찌푸렸다.

"고고락이란 놈들인데, 생긴 게 저렇다고 깔보면 안 돼. 동작은 굼떠도 교활하고 얍삽하거든. 저놈들한테 물리면 뇌가 흐물흐물 녹아내려."

그 말과 동시에, 로디가 세 놈을 산산조각 내버렸다. 내가 보기에, 녀석들의 방어 능력은 형편없어 보였다.

"우리 지금, 킴링크 사용하면 안 돼."

"비상상황이니 어쩌니, 그딴 소리 할 거면 집어치워. 진실을 알려줄까?"

로디는 설레발이 좀 있는 편이었다. 영리한 녀석인 건 맞지만, 안타깝게도 다른 사람들 모두가 자기를 똑똑한 사람으로 생각한다고 믿고 있는 게 문제였다.

"NASA에서 지금, 홀츠 박사님 사망사건을 갖고 수작을 부리고 있는 거야. 지구에 있을 때부터 이곳이 엄청 안전하다고 큰소리 뻥뻥 쳐놨는데, 갑자기 사람이 죽었잖아. 이 사실을 언론에서 알면 어떻게 되겠냐? NASA는 적당한 이유를 만들어 언론에 공개하기 전에, 우리가 지구 사람들한테 사실을 퍼뜨릴까 봐 걱정인 거지.

보나 마나 정신이 헤까닥해서 혼자 밖으로 나간 게 아니라, 심장 마비나 뭐 그런 걸로 돌연사 한 거라고 발표하겠지."

나는 로디가 홀츠 박사님에 대해 그런 식으로 말하는 게 영 마음에 들지 않아, 눈살을 찌푸렸다. 힐끔 옆을 보니, 다른 아바타들이 바로 옆에서 고고락들을 박살내고 있었다.

"너 지금 그런 얘길 하면 어떡해? 누가 듣기라도 하면 어쩌려고."

"쟤들은 우리가 뭐 하는지 신경도 안 써. 우리가 진짜 누군지도 모르고."

"아무리 그래도, 말조심해야지. 정말 네 말이 맞기라도 하면…."

"내 말이 맞다니까 그러네."

"그러니까… 우리가 비밀을 누설한 걸 알면, 나나 대장님이 우릴 죽이려고 들걸."

"난 너한테 여기 들어오라고 한 적 없거든!"

"너희 아빠가 나더러 너 좀 살펴보라고 하셨단 말이야."

그러자 로디가 빈정대듯 웃으며 말했다.

"아이고, 그러셔? 그럼 직접 오시든가. 걱정 붙들어 매시라고 그래."

"사실, 나도 좀 께름칙하긴 해."

로디가 융단폭격이라도 하듯 총을 난사해서 한 번에 고고락 열 마리를 해치웠다.

"뭐 때문에?"

나는 홀츠 박사님이 사망하기 전 새벽에 엿들었던 얘기를 되풀이하지는 않기로 했다. 로디, 이 녀석은 그 얘기보다는 내가 변기를 고장 낸 것에 더 관심을 보일 테고, 당연히 하고 싶은 말을 끝까지 하게 놔두지 않을 게 뻔했다. 나는 다른 얘기를 꺼내기로 했다.

"홀츠 박사님이 이곳에 오신 건 꿈을 실현하기 위해서였어. 박사님은 여길 오기 위해 평생을 연구하신 분이야. 그런 분이, 겨우 6개월 만에 승인도 없이 혼자 밖에 나가셨다는 게 말이 돼? 그렇게 위험한 일을 하실 분이 아니잖아."

로디가 어깨를 으쓱했다.

"박사님도 나이가 드셨잖아. 정신이 오락가락했나 보지 뭐. 우리 증조할아버지도 제정신이 아니셨어. 허구한 날 집 밖을 헤매고 다니셨다니까. 잠옷 차림으로 동물원에 가 계신 걸 발견한 적도 있어. 홀츠 박사님도 그랬는지 몰라."

나는 고개를 가로저었다.

"말도 안 돼. NASA에서는 우리가 혹시라도 정신적으로 문제가 있을까 봐 늘 체크하고 있단 말이야. 게다가 홀츠 박사님은 특별 관리 대상인데, 만약 박사님한테서 치매 증세를 발견했다면 그렇게 놔뒀을 리가 없잖아."

잠시 동안, 더 이상 고고락들의 추가 공격은 없었다. 모두 후퇴한 것 같았다. 그래도 로디의 아바타는 신중하게 전방을 살피고 있었다.

"박사님이 여기 계시는 동안에 병이 생겼는지도 모르지. 우주착란증 같은 거 말이야."

"우주착란증?"

"그래. 이런 데 오래 갇혀 지내니 정신이 이상해지는 거지."

"나라면 그럴 수도 있을지 모르지만, 홀츠 박사님은 그럴 분이 아니야."

"왼쪽 조심해!" 로디가 소리 질렀다.

엄청나게 수가 불어난 적들이 기습 공격을 시도하고 있었다. 놈들은 후퇴한 게 아니라, 측면 공격을 준비하고 있었다. 나는 놈들 쪽으로 총을 뽑아 총알을 마구 퍼부었다. 하지만 슈팅 게임에 익숙하지 않아서 적들을 대부분 놓쳤고, 실수로 오히려 아군을 두 명이나 죽이고 말았다. 아군 두 명이 나를 째려보면서 게임에서 튕겨 나갔다.

"거, 살살 좀 하지." 로디가 툴툴댔다.

고고락들이 생각보다 빠른 속도로 나와의 거리를 좁혀 왔다. 가장 가까이 온 놈이 내 몸 위로 뛰어올라, 입을 한껏 벌리고 나를 삼키려고 했다. 내가 놈의 소화기관 속으로 빠져들기 직전, 로디가 놈을 날려버렸다. 그러곤 나머지 놈들도 흔적 없이 박살 냈다.

로디가 마지막 한 놈까지 해치우자 영롱한 음악 소리가 울려 퍼졌고, 산 위의 투명한 하늘 위로 글자들이 나타났다.

레벨 1 클리어. 레벨 2를 준비하세요.

"다음 판은 더 어려우니까 잘해라." 로디가 충고하듯 말했다.

"홀츠 박사님은 우주착란증이 아닌 것 같아. 만약 그랬다면 너희 아빠가 아셨을 거 아냐, 안 그래?"

"아마 아셨겠지. 우리한텐 말 안 하셨겠지만, 니나 대장님에겐 얘기하셨겠지. 아무튼 중요한 건, 우주에서의 인간 건강에 대해서라면 전 세계적으로 명성이 자자한 홀츠 박사님이 여기서 정신병에 걸렸다는 사실이 밖으로 새나간다고 생각해봐. 그럼 더 시끌시끌해지지 않겠냐? 사람들이 우주여행 계획 전체를 부정적으로 보겠지. 우리 같은 애들도 이곳에 올 수 있었던 건 순전히 홀츠 박사님이 안전하다고 말했기 때문이잖아. 그런데, 그런 분이 갑자기 미쳤다고? 당장 여길 폐쇄해야 한다고 난리가 날걸?"

내 주변을 둘러싸고 있던 풍경이 갑자기 사라지고 새로운 배경이 나타났다. 이제 나는 시스티나 성당 안에 로디와 나란히 서 있었다. 천장에 그려진 미켈란젤로의 그림 위로 글자들이 깜박였다.

적들의 공격에 대비하세요.

"바티칸 성당 안에서 외계인들이랑 싸우라고?"

"맞아." 로디가 씩 웃으며 말했다. "맬리셔스 프립 종족이야. 해왕성에서 온 육식 종족이지. 이번 판 끝내주겠는데!"

후루룩 소리와 함께 뭔가 커다랗고 끈적거리는 것이 앞쪽에 모습을 드러냈다. 멀지 않은 곳에서 청록색 자루처럼 생긴 눈알 세 개가 쑥 나오더니, 우리를 발견하고 신경질적으로 한곳으로 모였다.

보이는 적이 가짜라는 걸 아는데도 공포심이 느껴졌다. 내 손가락은 잔뜩 긴장한 채, 방아쇠를 당길 준비를 하고 있었다.

그런데 공격을 받고도 남을 시간이 흘렀음에도 화면에는 아무 일도 일어나지 않았다. 에러가 나서 게임이 멈춘 것 같았다.

"아니, 이게 무슨…?"

갑자기 니나 대장의 목소리가 성당 벽을 타고 울리며 우렁차게 들렸다.

"대시! 로드리고! 내가 컴링크를 사용하지 말라고 분명히 말한 걸로 아는데!"

로디가 놀라서 침을 꿀꺽 삼켰다. "전 못 들었는데요. 죄송해요. 지금 끌게요." 로디의 아바타가 잠시 후 사라졌다.

"접속 중지." 나도 로디처럼 명령을 내렸다.

"대시, 잠깐 기다려라." 니나 대장이 말했다. "나 좀 보자꾸나. 지금 당장."

"어디서요?"

"내 숙소로 오너라. 꾸물대지 말고. 긴급 상황이니까."

"알았어요."

나는 바로 게임에서 빠져나왔다. 시스티나 성당이 온데간데없이 사라지고, 눈앞에 보이는 건 암흑뿐이었다.

나는 고글을 벗고 다목적실의 형광등 조명 아래서 눈을 껌벅거렸다. 나는 가상현실에서 현실 세계로 넘어올 때마다 항상 적응이 잘 안 됐다. 가상현실 속에서의 자극이 너무 강했던 탓에 현실이 이상하리만큼 부자연스럽게 느껴졌다. 가상현실 폐인들 사이에선 이렇게 다시 적응하는 시간을 '허탈의 경지'라고 부른다.

로디는 여전히 내 옆 큐브에 앉은 채로, 자기 고글을 노려보고 있었다.

"아 짱나." 녀석이 툴툴거렸다. "이제 뭐 하고 노냐?"

"내가 책 빌려줄까?"

"책?" 가당치도 않다는 듯 녀석이 코웃음을 쳤다. "귀신 씨나락 까먹는 소리 하고 있네."

나는 문 쪽으로 향했다.

"어디 가?" 로디가 물었다.

"니나 대장님이 좀 보재."

"아이고, 넌 이제 주우우욱었다! 너 대체 뭐 짓을 한 거냐?"

"잘못한 거 없거든!"

"웃기시네. 홀츠 박사님 죽은 지 얼마나 됐다고. 이런 비상상황에서, 니나 대장님이 너랑 차 한잔하자고 불렀겠냐? 너, 진짜 큰일 났다."

"아니라니까."

하지만 나는 문을 열고 밖으로 나가면서, 혹시라도 로디의 말이 맞을까 봐 마음이 심란했다. 이제 큰일 났다는 생각. 이유는 모르겠지만.

정부기관

2036년에 체결된 국제 달 조약에 따르면, 지구상의 모든 국가는 달 위의 어떤 지역에서도 소유권을 주장할 수 없습니다. 그러한 이유로, 달에는 공식 정부기관이 존재하지 않습니다. 다만, 달에서 거주하는 모든 주민들은 자신이 속한 주권국가의 국적을 가지지만, 각각의 기지는 해당 기지를 건설한 국가에서 제정한 법률의 저촉을 받습니다. 따라서, MBA에서는 미국의 법률을 따릅니다.

MBA의 통치 제도는 남극 대륙에 위치한 미국의 과학 연구 전초기지인 맥머도 기지에서 성공적으로 수행된 제도를 본보기로 삼아 제정된 것입니다. 달기지의 최고책임자(혹은 MBC)는 실질적인 시장(市長)의 역할을 수행하며 모든 사안에 대해 최선을 다해 처리할 것입니다. 모든 갈등과 분쟁에서 내려진 MBC의 결정은 최종 결정문과 동일한 효력을 갖습니다. MBC의 권한으로도 해결할 수 없다고 판단되는 사안에 대해서는, NASA의 달 지휘본부가 속한 존슨 우주센터를 관할하는 텍사스 주 휴스턴 시 정부에 중재를 요청할 수 있습니다.

그러나 그와 별개로, MBA의 모든 주민들은 혹시 모를 사소한 분쟁의 발생을 미연에 방지하기 위해서, 그 기준에 논란이 있을 수 있으나, 선정 기준에 해당하는 친화력과 적합성을 갖춰야 합니다.

은근한 협박

달 생활 188일째

아침나절

MBA가 그렇게 넓은 곳은 아니지만, 내가 함부로 출입할 수 없
는 구역이 많았다. 대부분의 구역들은 보안상 혹은 관리상의 이유
로 출입이 제한되었지만, 단순히 아이들만 출입을 제한하는 곳도
있었다. 어른과 함께가 아니라면, 원칙적으로 나는 연구동이나 온
실 쪽은 출입할 수 없었다.(그따위 규칙이 짜증나서라도 간혹 들어가
보긴 했다.) 물론, 기지 밖으로 나가야 갈 수 있는 태양열 집열판이
나 탐사로봇 격납고에는 한 번도 가본 적이 없었다. 그런 곳은 우
리 같은 아이들로서는 감히 엄두도 내기 어려운 곳이었다.

니나 대장의 숙소는 우리 숙소와 바로 붙어 있지만, 내가 가본 곳과는 완전히 딴판이었다. 대장 숙소로 가기 위해서는 에어로크가 있는 대기구역으로 돌아가서 캣워크에 연결된 철제 계단을 올라가야 했다.

내가 문을 두드리자마자 니나 대장이 대답했다. 그녀는 나를 집 안으로 안내한 다음, 문을 잠그더니 손목에 찬 스마트워치를 힐끗 쳐다봤다.

"내가 꾸물거리지 말고 오라고 분명히 말했을 텐데."

내가 그녀에게 대답한 건 불과 2분쯤 전이었다.

"최대한 빨리 온 거예요. 컴링크 접속은 끊고 와야죠."

니나 대장이 짜증이 섞인 한숨을 내쉬더니, 손가락으로 의자를 가리키며 앉으라는 신호를 보냈다. 나는 바로 자리에 앉았다.

"무슨 급한 일이 있었길래 내 명령을 무시하고 컴링크를 사용했지?" 니나 대장이 다그치듯 물었다.

"로디 아빠가 저더러 로디를 살펴보라고 하셨거든요. 그런데 로디는 이미 컴퓨터에 접속해 있었고, 나올 생각을 안 하길래 저도 들어갈 수밖에 없었어요."

그 말에 어이가 없다는 듯 눈을 치켜떴지만, 니나 대장은 더 이상 문제 삼진 않았다. 그녀에겐 더 중요한 일이 있었다.

"지금부터, 내가 내리는 명령에 넌 잔말 말고 따르거라. 토 달지 말고. 알겠니?"

나는 고개를 끄덕이고 방 안을 살폈다. 대장 숙소는 우리 숙소보다 엄청나게 컸다. 혼자 사는데도 말이다. 하긴, 집무실로서의 역할도 해야 하니까. 지구였다면 커다란 책상에 소파도 몇 개 놓여 있었을 것이다. 하지만 이곳은 어떤 종류의 가구든 옮겨 오는 것 자체가 어렵기 때문에, 숙소 안에는 남들과 똑같은 큐브 의자 몇 개에 혼자서도 조립 가능한 약해 빠진 책상 하나가 놓여 있었다. 그렇긴 해도, MBA에서 유일한 책상이기에 충분히 상징적인 의미가 있었다.

게다가 창문도 있었다. 창문은 남쪽을 향해 나 있었는데, 만약 우리 숙소에도 창문을 낼 수 있다면 남쪽으로 내고 싶다는 생각이 들었다. 나는 그동안 남쪽을 볼 수 있는 방법이 없었다. MBA의 대부분 구역이 태양열 집열판이나 증발건조기 같은 멋대가리 없는 물건들로 둘러싸여 있는 반면, 니나 대장 숙소의 창문으로는 시야가 확 트인 외부 풍경을 감상할 수 있었다.

지평선 근처의 작은 분화구가 햇빛을 받아 환하게 빛나고 있었다. 달에는 햇빛을 산란시킬 수 있는 공기층이 없기 때문에, 까만 하늘에는 별들만이 가득 차 있었다. 최근 몇 개월 동안을 통틀어 가장 아름다운 장면이었다.

"넌 왜 홀츠 박사가 사고로 죽은 게 아니라고 생각하는 거지?"

느닷없이 그렇게 묻는 바람에, 나는 깜짝 놀라 니나 대장을 쳐다봤다.

"어떻게 아셨어요?"

"나는 이 기지의 대장이다, 대시. 이곳에서 벌어지는 모든 일을 파악하는 게 바로 내 임무지."

나는 그녀에게서 그보다 더 심한 표정은 없을 것 같은 냉정한 표정을 보았다. 그렇다고 기분이 상하거나 한 건 아니었다. 다른 사람이 내게 박사님의 죽음에 대해 물어봤다는 점에 오히려 마음이 편안해졌다.

그래서 나는 새벽에 화장실로 달려간 사정과 홀츠 박사님의 대화를 우연히 엿듣게 된 얘기를 숨김없이 털어놓았다.

니나 대장은 내 얘기를 듣는 동안, 잠시도 내게서 눈을 떼지 않았다. 의심의 눈초리는 물론, 놀라는 표정조차 짓지 않았다. 그야말로 완벽하게 로봇 같은 모습이었다.

내가 얘기를 끝내자 니나 대장이 물었다.

"너 말고 그 대화를 들은 사람이 있니?"

"없을걸요. 화장실엔 저밖에 없었어요. 왜요?"

"그냥 좀 확실히 하고 싶어서."

"제 말을 못 믿으시는 거예요?"

"자, 내 생각엔 아무래도 네가 그 얘기를 들었다고 착각을 하는 것 같구나."

"틀림없이 들었다니까요."

"늦은 시간이라 피곤도 하고, 변기를 고장 내는 바람에 당황도 했을 테니 말이야."

"제가 고장 낸 게 아니에요! 그냥 지 혼자 막혔다고요."

"고장을 냈든 안 냈든, 아무튼 그 순간엔 당황스럽고 기운도 빠져 있었겠지. 네 말대로 화장실 칸에 숨어 있었다면, 네 생각과 다르게 제대로 듣지 못한 것일 수도 있고."

"CCTV 확인해보시면 되잖아요?"

MBA의 모든 공용구역에는 보안용 카메라가 설치되어 있었다. 로디는 기지 본부에서 사람들을 감시하려는 게 주목적이라며 늘 투덜대곤 했지만 말이다.

"분명 홀츠 박사님이 대화하는 소리가 녹음됐을 거예요. 직접 확인하시면 되잖아요."

니나 대장이 고개를 가로저었다.

"그럴 순 없다. 화장실엔 카메라가 설치돼 있지 않거든. 프라이버시 때문에 말이야."

"그렇다면 통화 내역이 어디 남아 있지 않을까요? 그걸 추적하면⋯."

"그럴 순 없다, 대시. 지금 난 처리해야 할 일이 산더미처럼 쌓여 있어. 통화 내역까지 일일이 뒤져볼 수는⋯."

"다른 사람한테 시키시면 되잖아요. 제가 도와드릴 수도 있어요."

니나 대장이 골치가 아프다는 듯, 관자놀이를 문질렀다.

"이해를 못 하는구나. 내 말은, 더 이상 이 사건을 조사하지 않겠다는 뜻이다. 홀츠 박사는 살해당한 게 아니야. 그러니까, 너도 더 이상 그런 얘기를 꺼내지 말라는 뜻이다."

나는 뒤로 물러나 의자에 털썩 주저앉았다. 플라스틱 의자가 엉덩이 밑에서 하마가 방귀 뀌듯 삑 소리를 냈다.

"박사님이 살해당하지 않았다는 증거라도 있으세요?"

"있지. 홀츠 박사가 혼자 에어로크 밖으로 나가는 장면이 찍혔거든."

"그렇다 해도, 누군가 박사님이 그렇게 하도록 강요하지 않았다는 뜻은 아니죠."

"어째서?"

"잘 모르겠어요. 어쨌든, 이번 일은 앞뒤가 맞지 않아요."

"사람이 갑자기 죽는 일은 원래 앞뒤가 맞지 않는 법이야. 나도 홀츠 박사가 왜 혼자 에어로크 밖으로 나갔는지, 그 이유를 모르겠구나. 네가 홀츠 박사를 많이 따랐다는 건 나도 안다. 하지만 이번 일 때문에 가슴이 아프긴 우리 모두 마찬가지야."

니나 대장이 나 때문에 기분이 언짢아 보이지는 않았다. 그녀는 늘 똑같은 표정이었다.

"내 말이 무정하다고 생각할지 모르겠지만, 오늘 새벽 홀츠 박사의 행동 때문에, NASA와 난 입장이 아주 곤란해졌다. 지구엔 이 기지를 안 좋게 보는 정치인들이 아주 많아. 그들은 이곳이 엄청난 세금을 축내고 있다면서, 호시탐탐 폐쇄시킬 구실만 찾고 있지. 그런데 지금, 우주를 여행하는 인간의 몸과 마음에 관한 최고의 권위자, 즉 이곳이 완벽하게 안전하다는 확신을 준 바로 그 사람이, 말도 안 되는 행동으로 인해 목숨을 잃은 거야. 내가 장담하건대, 정부에서도 이번 일을 절대 호락호락 넘기지는 않을 거다."

나는 놀란 표정을 애써 감추고 있었다. 지금 이 얘기가 아까 로디가 말했던 것과 똑같았기 때문이다.

"그런데 조사는 왜 안 하시려는 거예요? 조사를 해야 박사님이 무모한 행동을 한 게 아니라는 걸 밝힐 거 아니냐고요!"

"그럼, 대신에 살인범을 밝혀내란 말이냐?" 니나 대장이 따지듯 되물었다. "그랬다간 상황이 더 안 좋아지지!"

"하지만 조사를 안 한다면 살인범을 놓치게 되겠죠. 살인범은 아무렇지도 않게 우리 속에서 지낼 테고요."

"살인범은 없다니까!"

니나 대장이 버럭 소리를 질렀다. 순간 그녀는 자기가 감정 조절에 실패한 걸 깨달은 듯, 나만큼이나 놀란 표정을 지었다. 그러곤 깊게 숨을 내쉬면서 감정을 가라앉혔다.

"그냥, 말하자면 그렇다는 거야. 요점은, 이번 사건은 MBA로서는 심각한 문제라는 거지. 게다가 기지 내에 어떤 파장을 일으킬지도 신경 쓰지 않을 수 없고."

니나 대장이 손가락을 꼽으며 하나하나 지적하기 시작했다.

"우리가 부검을 해야 할지 말아야 할지, 지구에 사는 홀츠 박사의 자녀들과 손주들한테 뭐라고 해야 할지, 박사의 시신을 지구로 돌려보내야 할지 여기 보관해야 할지, 만약 여기 보관한다면 어떻게 보관하는 게 좋을지… 이제 더 이상 꼽을 손가락도 없구나. 내가 가장 우려하는 건 바로, 쓸데없이 걱정도 많은 어떤 꼬마가 이곳에 살인범이 활보하고 있다는 얘기를 아무한테나 떠벌리는 거다."

니나 대장은 지금 화가 날 대로 나 있는 게 분명했다. 그녀의 표정은 평소대로 돌처럼 차가웠지만, 이글거리는 눈빛은 쇠라도 녹일 것만 같았다. 더 이상 그녀의 심기를 불편하게 만들어서는 안 될 것 같았다. 그녀는 마음만 먹으면 나를 지구로 돌려보낼 수도 있고, 반대로 예정보다 더 오래 여기 머물게 할 수도 있는 사람이니까. 그래서 나는 슬그머니 꼬리를 내렸다.

"무슨 뜻인지 알겠어요."

"좋아. 그럼, 이젠 더 이상 그 얘기를 입 밖에 꺼내는 건 물론, 이곳과 지구의 그 누구와도 이메일이나 동영상 등을 주고받는 행위가 있어선 안 된다. 혹시 그렇게 하기 힘들다면, 정말 누군가에게 말을 하고 싶다면, 내가 이미 손을 써놨으니 마르케스 박사한테 상담을 받거라. 박사가 기꺼이 시간을 내주실 거야."

"정신과 상담을 받으라고요?"

"그건 부끄러운 일이 아니야. 이곳에서 지내다 보면 언제든 스트레스를 받게 마련이고, 홀츠 박사 사건으로 그 정도가 심해질 수도 있는 거지. 마르케스 박사가 앞으로 며칠 동안은, 평소보다 더 관심을 갖고 기지 사람들을 살필 거다."

내가 무슨 말이라도 꺼내려 하는데, 공용 안내방송 스피커에서 가볍게 띵동 소리가 들렸다. 중앙 컴퓨터의 부드러운 여자 목소리가 들려왔다.

"기지의 모든 분들께 알립니다. 보급 물자를 실은 우주선이 기지를 향해 다가오고 있습니다. 약 한 시간 후 기지에 도착할 예정입니다."

니나 대장이 시계를 확인하더니 홱 몸을 일으켰다.

"시간이 더 없는 게 아쉽구나. 앞으로 할 일이 많아서."

그녀가 책상 앞으로 나와서 내 팔을 잡고 나를 문 쪽으로 안내했다. 나는 순순히 몸을 맡겼다. 니나 대장과 함께 있으면 전혀 재미도 없을뿐더러, 뱀이 든 우리 안에 갇혀 있는 기분이 들었다.

아래층에서는 다른 무늬들이 우주선을 맞이할 준비를 하느라 부산스럽게 움직이고 있었다. 나는 아이라서 딱히 할 일이 주어지지 않았다. 그래서 샤워실로 향했다. 니나 대장과 맞닥뜨렸더니 왠지 씻어야 할 것만 같았다. 게다가 샤워를 한 지도 일주일이 넘었다. 기지에는 샤워실이 달랑 하나밖에 없는데, 우주선이 도착한 다음에는 샤워를 하려고 너 나 할 것 없이 몰릴 게 뻔했다.

폭이 1미터 남짓한 샤워실은 남자화장실과 여자화장실 사이에 끼어 있었다. 샤워실은 양쪽 화장실을 통해 어느 쪽으로든 들어갈 수 있지만, 일단 들어가면 잊지 말고 문을 꼭 잠가야 했다. 샤워실은 지구에서 이용하던 것과 비교하면 너무나도 변변치 않았다. 이슬비 내리듯 약하게 쏟아지는 물줄기는 말할 것도 없고, 사용한 물을 다시 저장 탱크로 보내 재생해야 하는 탓에 비누나 샴푸도 사용할 수 없었다. 그래도 없는 것보다는 나았다.

남자화장실로 들어가니, 첫 번째 칸에 로디가 앉아 있었다. 혼자서 큰 소리로 노래 부르는 꼬락서니를 보고 대번에 녀석이라는 걸 알아차렸다. 녀석은 할머니, 할아버지 세대에서나 즐겨 들었을 법한 〈난 너무 섹시해〉를 흥얼거리고 있었다.

나는 조용히 로디 앞을 지나갔다. 의식적으로 녀석을 피한 건 아니었다. 그저 화장실 안에서 이런저런 얘기를 나누고 싶지는 않았을 뿐이다. 하지만 로디는 그딴 건 안중에도 없는 녀석이었다. 오히려 왕좌에라도 앉은 듯 화장실에 앉아서 얘기 나누는 걸 즐기는 것 같았다.

"대시, 너냐?"

나는 짜증을 억누르며 대꾸했다.

"어."

"신발 소리가 딱 너 같더라. 여긴 뭐 하러 왔냐?"

"누가 들으면 내가 스케이트라도 신은 줄 알겠네. 넌 내가 화장실에 뭐 하러 왔을 것 같냐?"

"큰 건지 작은 건지 물어본 거지."

나는 또 한 번 짜증이 밀려왔다.

"장난해?"

"알았어. 내가 맞춰볼게. 큰 거."

"됐고. 샤워하려고 왔다."

나는 셔츠를 벗었다.

"나 지금 뭐 하고 있는지 안 궁금하냐?"

"별로."

"타이탄 기습 작전 게임 중이야."

"여기서? 그 안에서 게임이 돼?"

"아직은 아니지만, 곧 될 거야. 방금 접속하는 방법을 알아냈거든. 니나 대장은 날 중앙 컴링크에서 쫓아냈다고 생각하겠지? 내가 한 수 가르쳐줘야지."

"제발 좀 그랬으면 좋겠다."

"너도 들어올래?"

"난 됐어."

"나중에 후회하지 마. 이래봬도 저장된 게임이 레벨 20이고, 나한 텐 세포박멸기를 가진 휩쏘 워프파이터 캐릭터까지 있단 말이야. 넌 그냥 내 뒤를 받쳐주면 돼. 하이젠벅 아이스 필드 맵으로 갈 거야."

"그게 다 무슨 말인지 하나도 모르겠다. 어쨌든, 난 우주선이 도착하기 전에 할 일이 있어."

"무슨 할 일?"

정말로 해야 할 일이 있는 것도 아닌 데다 잠시 딴생각을 하느라고 곧바로 대답하진 않았다. 나는 가까운 화장실 칸의 문을 열고 그 안의 작은 모니터를 힐끗 살폈다. 모니터는 전원이 꺼져 있었다. 나의 예상대로, 모니터 중앙에 까맣고 작은 것이 보였다. 바로 초소형 카메라였다. 모든 소형 모니터에는 초소형 카메라들이 기본으로 장착되어 있었다. 평상시 모니터가 켜져 있을 때는 영상이 송출되면서 카메라가 보이지 않았다.

"로디, 여기 모니터에 붙어 있는 초소형 카메라에서 촬영도 될까?"

"당연하지. 카메라가 있으면 촬영 기능은 기본이지."

"그래도 여긴 화장실 안이잖아."

"화장실이든 아니든, 영상통화 할 때 난 신경 안 쓰는데."

"여기서도 영상통화를 한다고?" 나는 역겨운 느낌을 꾹꾹 참으며 물었다. "누구랑?"

"아무나. 친구들, 친척들, 내가 달에서 사는 걸 부러워하는 여자애들. 여기서 찍은 동영상도 몇 개 올렸는데, 아무도 여기가 화장실인 걸 몰라. 카메라엔 얼굴밖에 안 나오니까."

"화장실 칸에 있는 카메라가 촬영이 된다 치고, 그럼 다른 카메라들은 어디 있는지 알아?"

"아, 그럼. 천장 구석마다 초소형 카메라들이 있지. 내가 발견한 건 그것들뿐이지만, 보나 마나 다른 데에도 더 있을 거야."

나는 화장실 천장 구석들을 올려다봤다. 내 눈에는 카메라가 보이지 않았지만, 국방부 과학자들은 카메라를 파리만큼이나 작게 만들고도 남을 사람들이었다.

"카메라 있는 거 확실해?"

"그걸 말이라고 하냐? 내 컴퓨터에도 연결해놨는데."

"왜?"

"그래야 내가 못 본 걸 볼 수 있으니까. 기지 보안 시스템을 해킹하는 게 NASA에서 생각하는 것만큼 어렵진 않더라구. 혹시 릴리 쇼버그가 샤워실 들어가기 전에 뭐 하는지 보고 싶으면 말만 해."

나는 또 짜증이 났다. 누가 뭐래도 기지에서 가장 매력적인 소녀인 릴리 쇼버그를 떠올려서도 아니고, 로디 녀석이 보안 카메라 시스템을 해킹했기 때문도 아니었다.

니나 대장은 아까 분명히 화장실에는 카메라가 한 대도 없다고 말했다. 로디 녀석도 아는데 나나 대장이 모를 리 없었다. 달기지 알파를 건설할 때 볼트와 너트 하나하나의 위치까지 알았던 사람이 바로 그녀였다. 그 말은 바로, 홀츠 박사님의 지난 새벽 행적이 녹화되어 있다는 뜻이었다. 나나 대장은 그 사실을 감추고 있는 것이었다.

우주선 탑승

MBA에서의 모험은 여러분이 달 위에 발을 내딛기도 전에 이미 시작됩니다. 이 안내서를 읽고 있는 것만으로도, 여러분은 인생 최고의 경험을 하고 있는 것입니다!

여러분을 태우고 달로 향할 우주선은 세상에서 가장 **빠르고**, 최신의 기술로 제작된, 오디세이 랩터 12호입니다. 여러분은 달기지까지 고작 53시간 비행을 하는 동안, 좌석에 등을 기대고 편히 쉴 수 있습니다. 사실, 이틀이 넘는 시간이긴 하지만, 랩터 12호의 넓은 객실 안에 있으면 그 시간이 불과 2시간처럼 느껴질 것입니다! 여러분은 각자 체형의 굴곡에 맞춰 컴포트폼 소재로 특수 제작된 전용 좌석에서, 마음껏 먹고 마실 수 있는 음식과 1,000개가 넘는 오락 채널을 즐길 수 있습니다. 과연 여러분이 우주선 창밖에서 점점 멀어지는 지구의 환상적인 모습에 눈을 뺏기지 않을 수 있을지 모르겠지만 말입니다. 랩터 12호는 단순한 우주선이 아니라, 우주여행*의 미래입니다. 자, 이제 인생 최고의 여행을 준비하세요!

---

* 혹시라도 오디세이 랩터 12호의 탑승이 불가능한 경우, 러시아 블라디보스토크에서 가가린 우주선과 동급의 우주선으로 대체 탑승을 요청받을 수 있습니다. 이 경우, 우주선에 따라 일부 편의시설은 제공되지 않을 수 있다는 점을 양지하시기 바랍니다.

새내기들

달 생활 188일째

정오

보급품을 실은 우주선은 원래 17일 전에 도착할 예정이었다. 그래도 달에 오기 위해 17일 정도 늦춰진 것은 거의 제때 도착한 거나 마찬가지로 봐도 무방했다.

인간은 거의 100여 년 동안 수많은 우주선을 쏘아 올린 역사를 가지고 있지만, 계획된 일정이 걸핏하면 틀어지기 일쑤였다. 영화 속에서처럼 아무 때나 우주선에 툭 올라타고 가고 싶은 곳이면 어디든 날아갈 수 있는 건 아니었다. 우주선을 발사하는 것은 어마어마하게 복잡한 일이다. 그건, 뭐랄까… 한두 마디로 쉽게 설명할 만한 것이 아니다. 수백만 개의 부품들 중 어느 한 개가 고장 날 수도 있고, 컴퓨터에 사소한 문제가 생길 수도 있으며, 갑자기 돌풍이 불어온다거나 우주선의 항로 안으로 우주 쓰레기가 밀려올 가능성도 있다. 또 달 여행이란 게, 가고 싶다고 해서 아무 때나 갈 수 있는 여행도 아니다. 달에 가기 위해서는 지구와 달이 서로 적절한 위치에 놓이는 시기를 기다릴 필요가 있다. 그 기회를 놓치면, 꾸렸던 짐을 풀고 다시 일정 기간을 기다려야만 한다. 우주선 발사일이 예정일보다 일주일 이상 늦지 않았다면 운이 좋은 축에 속한다. MBA를 건설할 당시에도, 예정보다 1년 이상 발사가 연기된 적이 있었다.

아무튼, 우주선 랩터 호가 지금 도착 직전이었다. 홀츠 박사님의 사망사건에도 아랑곳 않고, 뭔가 술렁대는 기운이 가득했다. 거의 모든 무니들이 다목적실로 모여 우주선이 도착하는 상황을 지켜보고 있었다. 그렇다. 우리와의 거리가 불과 축구장 하나도 채 되지 않는 곳에서 랩터 호가 착륙을 시도하고 있지만, 우리는 그 모습을 TV로 지켜볼 수밖에 없었다. 이게 다, 달에는 공기가 없기 때문이었다. 우주선이 아무리 부드럽게 착륙을 시도하든, 하강 시에 아무리 천천히 역추진 엔진을 가동하든, 그 밑에 있는 돌가루나 흙먼지가 하나도 남김없이 날아가 주변을 수북이 뒤덮게 마련이었다. NASA는 MBA를 보호하기 위해 착륙장 주변에 6미터 높이로 보호벽을 세웠는데, 혹시 모를 상황에 대비해 그쪽으로는 단 한 개의 창문도 설치하지 않았다. 귀한 유리창이 붉은 돌덩이에 맞아 깨질 수도 있으니까. 실제로 역추진 엔진 가동으로 인한 파편들 때문에 두 개의 태양열 집열판 패널이 날아간 적도 있었다.

바이올렛은 이네스 마르케스(로디의 여동생이자 바이올렛의 가장 친한 친구), 카모제 이와니와 함께 모니터 바로 앞에 앉아 있었다. 그 애들은 우주선 착륙 장면 대신 만화영화를 틀어달라고 애원하고 있었다.(홀츠 박사님의 사망 소식을 들려준 뒤로 바이올렛은 잠시 슬퍼했지만 금세 본연의 부산스러운 모습을 되찾았다.)

착륙 장면에 별 관심이 없기는 어른들도 마찬가지였다. 초창기에는 우주선이 도착하면 우리 모두 시선을 고정한 채 TV를 시청했다. 하지만 이젠 곁눈질로 화면을 쳐다볼 뿐, 삼삼오오 모여서 과학이 어쩌네, 소문이 어쩌네 하며 얘기를 나누고 있었다.

로디는 행방이 묘연한 상태였다. 녀석은 틀림없이 지금도 화장실 변기에 앉아 게임 속 행성들에서 기습 작전을 펼치고 있을 터였다.

아이들 중에선 나이가 많은 축인 세사르 마르케스(로디의 형)와 쇼버그 집안의 쌍둥이(패튼과 릴리)는 평소처럼 끼리끼리 모여 있었다. 세사르는 나한테 무척이나 친절하지만, 쇼버그 집안의 쌍둥이는 재수가 없었다. 하지만 근묵자흑(近墨者黑)이라 했던가. 재수 없는 쌍둥이와 함께 어울렸다 하면 세사르도 덩달아 성격이 고약해지는 경향이 있었다.

나는 엄마, 아빠 옆에 앉아서 착륙 장면을 지켜봤다.

"카트야의 착륙은 너무나 완벽한 것 같아." 아빠가 말했다.

랩터 호의 선장 이름이 카트야 킹이었다.

"언제는 안 그랬나요 뭐." 엄마가 맞장구쳤다.

다른 애들과 달리 혼자 있는 내가 마음 쓰였던지, 나하고 놀아 줄 사람이 어디 없나 하고 아빠가 방 안을 빙 둘러봤다.

"로디는 어디 있니?" 아빠가 물었다.

"별로 궁금하지도 않으시잖아요."

곰곰이 생각하더니 아빠가 고개를 끄덕였다.

"네 말이 맞다. 솔직히, 별로 궁금하진 않구나."

"니나 대장님이 홀츠 박사님 얘기는 더 이상 꺼내지 말라고 했어요."

혹시 누가 그 말을 들었을까 봐 엄마, 아빠가 방 안을 두리번거렸다. 들은 사람은 아무도 없었다.

"언제?" 엄마가 물었다.

"조금 전에요. 사무실로 저를 불렀어요. 박사님 사건은 살인이 아니라 사고고, 입 다물고 있지 않으면 곤란해질 거라고 했어요."

엄마와 아빠가 한참 동안 서로 눈빛을 교환했다. 소리 없이 대화를 나누는 것 같았다.

"네가 박사님이 살해당했다고 생각하는 건 어떻게 알았대?"

엄마가 목소리를 낮춰 물었다.

"그 얘긴 안 하더라고요."

엄마가 고개를 끄덕였다.

"그래, 니나 대장이 뭘 걱정하는지 알 것 같구나. 지구엔 이곳을 예의 주시하고 있는 사람들이 많거든. 혹시라도 홀츠 박사님이 살해당했다는 헛소문이 퍼진다면 생난리가 날 거야."

"글쎄요. 만약 헛소문이 아니라면요? 정말로 살인범이 유유히 돌아다니고 있다면요? 적어도 누군가는 조사를 해야 하는 거 아니에요?"

"조사는 하겠지." 아빠가 말했다. "사망사건이 발생했는데 조사를 안 할 수야 없지. 하지만 사람들은 단순 사고이겠거니 생각하는 모양이야."

"하지만, 정말로 살인범이 있다면요? 만약 살인범을 찾아내지 못하고, 살인범도 딱히 도망칠 생각이 없다면, 우린 살인범과 같이 살고 있는 거잖아요! 또 다른 사람을 해코지할지 어떻게 알아요?"

엄마, 아빠가 동시에 목소리를 낮추라는 신호를 보냈다. 하이테크 창 박사가 다가오고 있었다.

그의 진짜 이름은 창 코왈스키지만, 그를 진짜 이름으로 부르는 사람은 아무도 없었다. 그는 MBA에 상주 중인 천재 과학자였다. 공식적으로는 지구화학자의 자격으로 달에 왔지만, 컴퓨터에서 음식물 수분공급기에 이르기까지 다루지 못하는 게 없는 다재다능한 사람이었다. 그는 훤칠한 키에 윤기가 흐르는 근육질의 폴란드계 사모아 사람으로, 머리는 모히칸족 스타일이고 두 팔에는 문신들로 도배되어 있었다. 아인슈타인, 퀴리 부인, 닐스 보어, 뉴턴 등 자기가 존경하는 과학자들을 직접 새겨 넣었는데, 그들은 하나같이 쫄쫄이 옷을 입은 슈퍼히어로의 모습이었다.

창 박사가 혹시 내 말을 들었을까 봐 걱정됐지만, 그의 표정을 봐선 아무것도 듣지 못한 것 같았다.

"세상에, 역시 카트야야." 창 박사가 말했다. "그녀가 착륙장 한 가운데에 정확히 착륙시킨다에 백 달러 걸겠어요."

아빠가 고개를 가로저었다.

"그럼, 나더러 반대로 걸라고요? 관둡시다."

"알았어요." 창 박사가 말했다. "그럼, 착륙하는 동안 신입들 중에 누가 토했을지 내기하시죠."

아빠는 껄껄 웃음을 터뜨렸고, 엄마는 어이가 없다는 듯 눈을 치켜떴다.

우주선을 타고 여행하는 건 아무나 할 수 있는 일이 아니다. 처음 우주로 비행할 때는 거의 모든 사람들이 멀미를 느낀다. 몸이 가벼워지는 것에 적응하려면 약간의 시간이 필요하다. 어떤 사람들은 제법 빨리 적응하지만, 어떤 사람들은 여행 내내 무중력 상태의 화장실과 친밀한 관계를 유지한다.

부모님과 창 박사는 이미 새로 도착하는 사람들에 대해 많은 것을 알고 있었다. NASA에서 그들의 신상 정보를 미리 알려주었고, 어른들의 경우 이미 몇 차례의 화상통화도 한 바 있었다. 가뜩이나 낯선 곳에서 이왕이면 안면 있는 관계로 시작하는 게 나으니까.

"난 맥스웰 하워드 박사한테 백 달러 걸죠." 아빠가 말했다.

"그 공학자 말입니까?" 창 박사가 웃으면서 말했다. "잘못 고르신 것 같네요. 듣자 하니 오는 내내 별 탈 없었다던데."

아빠가 어깨를 으쓱했다.

"그냥 느낌이 와서요. 잘 참는 사람들 중에 위가 약한 사람들이 좀 있거든요."

"난 러시아인한테 걸죠." 창 박사가 말했다. "이름이 뭐더라, 발니코프였던가? 그 양반 서류를 봤거든요. 틀림없어요. 그 양반, 화산 분출하듯 토했을 거예요."

그러자 엄마가 한숨을 쉬며 말했다.

"둘 다 어쩜 저렇게 보는 눈이 없을까? 누가 제대로 토했다면, 그건 바로 제니퍼 킴이겠지. 누가 뭐래도, 지질학자가 1순위지."

그때 TV 속 랩터 호에서 역추진 엔진이 점화하면서 불꽃이 일었다. 하지만 바로 우리 머리 위에서 일어나는 일인데도 아무 소리도 들리지 않았다. 소리를 전달하는 매개체인 공기가 없기 때문이었다. 지구였다면 귀가 먹을 정도로 큰 소음이 들렸겠지만, 달 위에서는 신기할 정도로 조용했다.

갑자기 모든 대화가 끊겼다. 모든 사람들이 TV 화면에 집중했다. 아이들도 마찬가지였다.

랩터 호가 착륙장을 향해 천천히 하강하고 있었고, 역추진 엔진에서 뿜어내는 화염이 너무 강해서 화면을 거의 하얗게 만들었다. 창 박사가 예상한 대로, 우주선은 완벽하게 착륙 중이었다. 카트야 킹 선장은 NASA에서 가장 뛰어난 비행사라서 이제는 눈을 감고도 할 수 있을 것만 같았다.

니나 대장이 불쑥 내 옆에 나타났다.

"네가 해줄 일이 있다. 저 우주선에 네 또래 여자애가 한 명 타고 왔거든."

"키라 하워드요. 얘기 들었어요."

"네가 환영 인사를 좀 해주거라."

나는 깜짝 놀라 TV에서 눈을 돌렸다.

"세사르 형이 하는 줄 알았는데요."

"생각이 바뀌었다. 세사르는 다른 일을 하게 될 거야. 키라하고 넌 두어 달밖에 차이가 나지 않으니, 아무래도 네가 나가는 게 나을 것 같구나."

"하지만, 너무 갑작스러워서…."

"잘할 수 있을 거라 믿는다."

내가 다른 이유를 대기도 전에 그녀는 자리를 떴다.

딱히 다른 이유를 대려던 건 아니었다. 솔직히 말하면, 그런 임무가 나한테 주어졌다는 사실이 기뻤다. 키라를 만날 생각을 하니 가슴이 떨렸다. 열두 살 동갑내기 친구한테 MBA에 대해 이것저것 알려줄 수 있다고 생각하니, 처음으로 뭔가 할 일을 찾은 기분이었다.

물론, 나는 니나 대장이 나한테 그 일을 시킨 진짜 이유를 알고 있었다. 그녀는 홀츠 박사님 사건을 캐묻는 나의 관심을 다른 데로 돌리려는 속셈이었다.

TV에서 역추진 엔진이 한 번 더 불을 뿜었다. 카트야 선장이 랩터 호를 부드럽게 착륙시키고 있었다. 역추진 엔진 밑에서 흙먼지와 돌가루가 사방으로 날리며 보호벽을 세차게 때렸다. 랩터 호는 잠시 공중에서 맴돌다가 착륙장 정중앙에 안착했다.

사람들이 환호성을 질렀다.

"끝내준다, 카트야!"

니나 대장이 날카롭게 휘파람을 불며 환호하는 분위기에 찬물을 끼얹었었다.

"모두 그만하세요! 일들 합시다. 하역 작업 담당자들은 우주복 착용하시고, 환영 위원들도 준비하세요. 그 외의 분들은 대기구역 접근을 삼가주세요. 지금 인원만으로도 대기구역이 북적거릴 테니까요."

그녀는 왁자지껄한 분위기를 능수능란하게 단번에 진정시키고는 성큼성큼 걸어갔다. 어른들은 모두 얌전히 줄지어 그녀의 뒤를 따라 나섰다. 나도 뒤를 따랐다. 나머지 아이들은 다목적실에 남았다. 뒤에서 세사르가 착륙 실황 화면을 끄고 어린애들을 위해 〈다람쥐 특공대〉를 틀어주는 소리가 들렸다.

나는 보급 우주선이 도착해도 임무를 맡은 적이 없었기 때문에, 그동안 대기구역에 들어갈 구실이 없었다. 그래서 주눅이 들기보다는 설레는 마음이 더 컸다. 아빠, 창 박사, 그리산 씨를 비롯한 어른들은 우르르 모여서 화물 하역 준비를 했다. 킴 박사를 마중하는 일을 맡은 엄마와 나는 에어로크 근처에서 나머지 사람들과 함께 환영 준비를 했다.

잠시 후, 우주복을 입은 사람들이 보호벽을 빙 돌아 나왔다.

그들은 거울처럼 반사되는 헬멧을 쓰고 있어서 얼굴이 보이지 않았지만, 카트야 선장과 부선장인 버스터 라이스만의 모습은 한눈에 알아볼 수 있었다. 두 사람의 통통 튀는 발걸음은 여러 번 달 표면을 다녀간 사람답게 자신감과 여유가 있어서, 저중력 상태에서도 한 걸음에 몇 미터씩 나아갔다.

그러나 함께 온 일행은 사정이 달랐다. 달에 와본 경험이 없는 사람들은 저중력 상태에 적응하느라 애를 먹고 있었다. 뒤뚱거리고, 넘어지고, 너무 멀리 뛰어오르고. 그중 한 명은 넘어져서 흙먼지 더미에 헬멧을 처박기도 했다.

새로 온 사람들 중에서 5명만이 공식적인 무니로 몇 년간 머물 예정이었다. 나머지 임시체류자들은 새 장비의 설치를 위해 온 도급업자나 고장 난 장비를 수리하러 온 정비공, 또는 달기지 베타 건설을 위해 온 측량 엔지니어일 수도 있었다. 그들은 며칠 후 다시 우주선을 타고 지구로 돌아갈 터였다.

아빠와 창 박사를 비롯한 어른들이 우주복을 갖춰 입고 화물 하역 준비를 끝냈을 때, 새로 도착한 사람들이 에어로크 앞에 나타났다. 하역팀은 밖으로 나가서 도착한 사람들한테 환영 인사를 건네기 위해 애썼다.(우주복의 부피감이 예전보다 덜하다고는 하나, 여전히 우주복을 착용한 상태에서는 악수를 나누는 것조차 여간 힘든 일이 아니었다.)

새로 온 사람들이 에어로크를 통해 기지 안으로 들어왔고, 비로소 공식 환영 행사가 시작되었다.

MBA에 새로 온 사람들을 환영하는 건 언제나 즐거운 일이었다. 기지 사람들은 새로 온 사람들이 누구일까 궁금해서 흥분을 감추지 못했고, 새로 도착한 사람들은 마침내 달에 발을 딛게 된 것에 설레는 감정을 숨기지 못했다. 새내기들이 헬멧을 벗는 순간, 기지 안은 그야말로 흥분의 도가니였다. 모든 사람들이 환호성을 지르며 서로서로 포옹을 나눴다.

나는 꿈틀대듯 사람들 틈을 비집고 나아가서 카트야 선장과 버스터 부선장에게 후다닥 인사한 뒤, 마침내 에어로크 옆쪽에서 키라의 모습을 발견했다. NASA 홍보팀에서 보내준 자료 덕분에 그녀의 얼굴 생김새를 알고 있었다.

키라는 아빠인 맥스웰 하워드 박사와 함께 서 있었다. 하워드 박사의 환영을 맡은 마르케스 박사가 활기찬 모습으로 두 사람에게 인사를 건넸지만, 하워드 박사는 별 반응 없이 주변을 두리번거리기만 했다. 그는 놀란 표정도, 실망한 표정도 아니었다. 그의 눈초리는 마치 조사라도 나온 듯 매우 냉정했다.

반면에 키라는 분위기에 다소 주눅 든 것처럼 보였다. 그녀의 눈빛은 초조하게 이리저리 갈피를 잡지 못하고 있었다. 그녀는 키가 크고 피부가 검은 아빠보다는 아시아 출신이라는 엄마를 더 많이 닮아 보였다.(키라의 신상 정보에 따르면, 그녀의 엄마는 4년 전에 암으로 세상을 떠났다고 한다.)

"안녕." 나는 최대한 발랄하고 우호적인 느낌으로 인사를 건넸다. "내 이름은 대시야. 달기지 알파에 온 걸 환영한다."

키라는 세사르 대신 내가 나온 것에 별로 놀라는 것 같지 않았다. 오히려 대화를 나눌 자기 또래가 있다는 사실에 마음이 놓이는 눈치였다.

"안녕, 대시. 만나서 반갑다."

"원래는 세사르 형이 나오기로 돼 있었는데…."

"아, 착륙하기 전에 얘기 들었어. 차라리 잘됐지 뭐. 너에 대해 다 알거든. 비디오 블로그에서 다 봤어."

"정말이야?"

지구에 사는 사람들이 우리의 생활상을 볼 수 있도록, 무니들은 누구나 1주일에 한 번씩 MBA 웹사이트에 동영상을 올리게 되어 있었다. 그야말로 대단한 홍보 수단인 셈이었다. 하지만 기지에 대한 안 좋은 얘기는 절대 올리지 못하게 하는 NASA 방침 때문에, 딱히 올릴 만한 얘깃거리가 없었다. 그래서 나는 화성인을 만났다는 둥, 문드래곤과 싸웠다는 둥, 말도 안 되는 얘깃거리를 지어내느라 시간을 허비하기 일쑤였다. 나를 팔로우하는 사람들이 있다는 건 알고 있었지만, 이렇게 실제로 만나는 건 처음이었다.

"그럼." 키라가 말했다. "뭐, 처음부터 끝까지 다 본 건 아니지만, 대부분 봤어. 다른 사람들 것보단 네 블로그가 더 재미있었어. 네 여동생 블로그가 더 웃기긴 하지만."

그 말은 맞는 말이었다. 바이올렛은 동영상을 올리는 게 어떤 건지 개념 자체를 몰랐다. 지난주만 해도 팬티를 머리에 뒤집어쓰고 〈다람쥐 특공대〉 주제가를 부르며 마냥 신나서 춤만 춰댔다.

"우주복 벗는 거 도와줄까?"

"좋지." 키라가 자기 아빠한테 몸을 돌렸다. "아빠, 애는 대시예요. 앞으로 제가 적응하는 걸 도와줄 거예요."

하워드 박사는 아직도 뭔가에 정신이 팔려 있었다. 자기 딸이 옆에 있는 것도 모르는 것처럼 보였다.

"오, 그래, 친하게 지내라."

하워드 박사는 나한테 자기소개도 하지 않았다. 내가 손을 내밀어 악수를 청했지만, 그는 보지도 못한 모양이었다.

"우리 아빠는 뭐에 꽂히면 정신을 못 차리셔." 키라가 말했다. "아마 이 기지에서 뭐부터 뜯어고칠지 생각하고 계실 거야."

"그런 거라면, 나한테 백만 가지쯤 있는데."

나는 그렇게 말하고 나서, 아차 하는 생각에 움찔했다. 새로 온 사람들에게 안 좋은 얘기부터 하다니. 어쨌든, 지금 당장은 아니지.

"내 말은, 이곳이 그렇게 끝내주는 데는 아니라는 거야."

키라가 웃음을 터뜨렸다.

"낙원 같은 곳이 아니라는 건 나도 알아. 아빠는 여기에 뜯어고칠 게 많다면서, 하루라도 빨리 오려고 안달이셨거든."

나는 놀라서 키라를 쳐다봤다.

"그런데도 여길 오려고 했어?"

"나도 너처럼 선택할 수 있는 입장이 아니었어." 키라가 등을 내 쪽으로 돌렸다. "이것 좀 풀어줄래?"

타인의 도움 없이 우주복을 입거나 벗는 것은 갑옷만큼이나 어렵다. 키라의 우주복 뒤쪽에 벨크로 테이프와 여러 개의 고정장치들이 있었다. 내가 그것들을 모두 풀자, 키라가 마치 고치를 벗고 나오는 나비처럼 몸을 꿈틀거리며 우주복에서 빠져나왔다.

우주복을 벗으니 키라의 키가 3분의 1로 줄어든 것 같았다. 그런 현상은 누구에게서든 볼 수 있는 것이지만, 키라의 경우는 원래 키가 작아서 더 그래 보이는 것 같았다. 그녀는 오래돼 보이는 스타워즈 티셔츠에 웜업 팬츠를 입고 있었다.

우주복 안에서 팔이 꽉 끼어 피가 안 통했던지, 키라가 두 팔을 흔들면서 몸을 풀었다.

"아이고, 좀 살 것 같네. 자, 그럼 뭐부터 시작할까?"

"배고프니?"

"굶어 죽을 것 같아."

"그럼 구내식당부터 가자."

"그거 좋겠다. 착륙 몇 시간 전부터 아무것도 못 먹게 하더라. 멀미 때문에 토하면 곤란하다고."

"토한 사람 있어?"

"킴 박사. 지질학자 말이야. 혹시 무중력 상태에서 토한 거 본 적 있어? 생각만 해도 끔찍하다."

나는 걸어가면서 엄마와 킴 박사를 힐끗 쳐다봤다. 엄마가 제대로 짚었네. 킴 박사의 우주복은 토사물의 흔적으로 여기저기 얼룩져 있었다.

나는 키라의 우주복을 집어 들고 보관함 쪽으로 향했다.

"식당은 이쪽이야."

키라가 나를 쫓아오려다 너무 높이 튀어오르는 바람에 내 옆을 스치면서 벽에 얼굴을 들이박고 말았다.

"미안! 미리 얘기하는 걸 깜박했네. 이 안에서 제대로 걸어 다니려면 시간이 좀 걸릴 거야."

키라의 얼굴이 빨개졌다.

"우주복 벗으면 이렇게 가벼울 줄은 생각 못 했어."

"창피해할 것 없어. 나도 여기 처음 왔을 때, 너랑 똑같았으니까."

사실 새로 온 다른 사람들도 하나같이 움직이는 데 애를 먹고 있었다. 킴 박사의 남편인 알바레스 박사는 벽 위로 훌쩍 날아가버리는가 하면, 빅토르 발니코프 박사는 너무 높이 튀어오르는 바람에 캣워크 바닥에 머리를 박았다. 아직 유일하게 넘어지지 않은 사람은 키라 아빠였는데, 그건 순전히 그가 아직 한 걸음도 떼지 않았기 때문이었다.

키라가 머뭇거리면서 간신히 한 걸음을 뗐지만, 여전히 힘이 많이 들어가 있었다. 미끄러지듯 허공 위로 높이 오르더니 바닥으로 곤두박질쳤다.

"아우, 짜증나! 식은 죽 먹기라더니!"

좌절감 어린 키라의 목소리를 듣자니, 문득 6개월 전의 내 모습이 떠올랐다. 다른 사람들 말에 혹해서 믿었던 것보다 MBA가 훨씬 형편없는 곳이라는 그녀의 깨달음은 이미 시작되었다. 몇 주만 더 지나면, 그녀 역시 나처럼 기지 전체에 분통을 터뜨리고 말 것이다.

나는 키라한테 손을 내밀었다.

"점점 쉬워질 거야. 내 말 믿어."

잔뜩 화가 났던 키라의 표정이 누그러졌다.

"나도 그랬으면 좋겠다."

키라가 내 손을 잡았다. 나는 그녀가 일어서는 것을 부축했다.

"근육을 하나도 안 쓴다는 느낌으로 해야 돼. 계란판 위를 걷는 느낌으로 말이야."

"알았어."

키라가 조심조심 걸음을 뗐다. 이번에는 위로 치솟지 않았다. 그리고 한 걸음 더, 또 한 걸음.

"바로 그거야."

"그러게. 세 걸음이나 걸었네. 끝내준다."

나는 키라의 우주복을 보관함에 넣은 다음, 그녀를 구내식당 쪽으로 이끌었다. 평소 같으면 식당에 서둘러 갈 필요가 전혀 없지만, 오늘은 소량이나마 신선한 음식을 싣고 우주선이 도착한 날이었다. 우리가 식당에 도착했을 때는 이미 거의 모든 무니들이 몰려들어서 냉동 건조되지 않은 신선한 음식을 먼저 맛보려고 난리를 치고 있었다.

대부분의 신선한 음식들은 아직 우주선에서 내리지 않은 상태였는데, 카트야 선장과 버스터 부선장은 귤 한 봉지를 가지고 있었다. 과일 종류는 비행하는 동안 잘 견디지 못하고 상하는 편이라, 귤 한 개에 금 한 덩이라도 주고 바꾸고 싶었다.

버스터 부선장이 나와 키라한테 귤 두 개를 휙 던져줬다. 나는 한 개를 키라한테 건넸다.

놀랍게도 키라가 고개를 저었다.

"네가 다 가져. 난 귤 싫어해."

"사양할 일이 아닌데. 나중에 후회할걸? 나도 여기 오기 전엔 토마토를 싫어했어. 그런데 지금은 누가 토마토를 준다고 하면, 죽으라면 죽는 시늉까지 할 거야."

키라가 어깨를 으쓱했다.

"그래도 난 됐어. 너 다 가져."

나는 귤을 주머니에 넣고 키라한테 배식받는 기본 요령을 알려줬다. 치킨 파르미지아나가 어떤 맛인지 귀띔도 해주고, 새우 칵테일도 찾아내 키라한테 줬다. 그런데 키라가 걷는 연습을 좀 더 하고 싶어 했기 때문에, 식사 전에 기지 이곳저곳 다니며 도움이 될 만한 것들은 모조리 알려주기로 했다.

나는 키라를 데리고 체육관과 온실, 다목적실을 거쳐서 주거구역을 지나 에어로크까지 모든 구역을 보여줬다.

"자, 이제 볼 건 다 본 거야."

키라가 얼굴을 찌푸렸다. 또 한 번 실망하는 기색이 역력했다. 나도 이곳에 처음 왔을 때 딱 그런 기분이었다.

"이게 다야? 기대했던 것보다 많이 작네."

"사실은, 이게 딱 좋은 크기지." 나는 최대한 긍정적인 느낌을 주며 말했다. "내 말 믿어. 한밤중에 화장실 갈 일 생기면, 이만한 걸 다행으로 여기게 될 테니까."

키라가 놀란 눈으로 나를 봤다.

"그럼, 숙소마다 화장실이 없다는 말이야?"

"그게… 맞아." 나는 재빨리 화제를 다른 것으로 돌렸다. "여기서 얼마나 오래 지낼 예정이야?"

"3년. 너랑 똑같아."

키라가 다시 얼굴을 찌푸리더니, 뭔가를 잔뜩 기대하는 듯한 표정으로 나를 쳐다봤다.

"그렇게 힘들진 않겠지? 그렇지? 비디오 블로그에선 네가 엄청 재밌게 사는 것처럼 보였거든."

"맞아, 재밌어. 완벽하진 않지만, 인류 최초로 달에서 살 수 있는 게 어디야."

"그러게. 그렇긴 하네." 키라가 고개를 끄덕였다. "근데, 나 아직 우리 숙소 구경도 못 했어."

"너희 숙소는 3호실이야. 바로 우리 옆집." 나는 키라를 계단 쪽으로 이끌었다. "올라갈 때 조심해. 저중력 상태에선 계단 오르내리는 게 제일 어렵거든."

키라는 내가 시키는 대로 따랐다. 하지만 기지를 둘러보는 동안 많이 좋아졌는데도 계단에 발을 딛자마자 넘어지고 말았다.

"와~ 뭐가 이렇게 힘들어?"

"그러게. 자기 몸무게를 인식하는 순간, 제대로 되는 게 없지. 다른 사람들도 똑같아. 사람들이 계단 오르내리는 걸 너무 힘들어해서 NASA에서 계단 대신 경사로를 설치하려 했었는데, 계단을 설치하는 게 공간을 덜 차지한대."

"그렇게 공간을 신경 쓰는 이유가 뭐래?" 키라가 쏘아붙였다.

"달은 사방팔방 공간이 넘쳐나는데. 참나!"

"건설 비용 때문이겠지 뭐. 사람들이 그러는데, 달기지 베타는 더 크게 짓고 있다나 봐."

"그건 언제 완공되는데?"

"10년 후에. 그것도 별일 없으면."

키라가 한숨을 쉬더니 계단을 빤히 쳐다봤다. 그러곤 천천히 발걸음을 옮겼다. 결국 간신히 맨 위로 올라가자, 그녀가 두 팔을 활짝 폈다.

"짜잔! 5분 만에 계단을 날아왔네."

"참고로 말해주는데, 내려가는 건 더 힘들어."

"설마."

"정말이야. 나도 걸핏하면 난간 위로 날아다닌다니까." 나는 5미터쯤 아래쪽을 가리켰다. "저중력 상태에선 곤두박질쳐도 잘 몰라. 그래도 니나 대장님이 얼쩡거릴 땐 시도도 하지 마. 규칙 위반이라고 게거품 물지도 몰라."

키라가 씩 웃었다.

"알려줘서 고마워. 니나 대장님이 한 성질 한다 이거지?"

"응. 그렇긴 한데…"

니나 대장에 대해 뭐라도 좋은 말을 떠올리려 했지만, 아무 말도 생각나지 않았다.

"나름… 체계적인 사람이긴 하지."

"어째, 별로라는 소리로 들린다."

키라가 조심스럽게 캣워크를 따라 우리 숙소와 마르케스 가족 숙소 사이에 있는 3호실 쪽으로 향했다. 잠금장치가 풀려 있었는지, 문이 활짝 열렸다.

숙소 안은 우리 숙소와 똑같이 생겼다. 가구들은 좀 색다르게 보였다. 모든 숙소가 똑같이 설계되었기 때문에 수면 캡슐은 네 개가 있었다.(마르케스 가족의 다섯 번째 식구인 이네스 마르케스는 바닥 위에 놓은 캡슐 안에서 잠을 자야 했다.) 모니터들이 모두 꺼져 있어서 벽이 달의 흙먼지처럼 칙칙했다.

"일단 네가 살고 싶은 장소로 설정해놓으면 훨씬 나아질 거야. 우리 집 모니터는 하와이로 설정해놨어."

"맞다. 네가 거기서 왔지? 멋있겠는데."

여기보다야 백배 낫지. 속으로 그렇게 생각했지만 나는 잠자코 입 다물었다.

"넌 어디서 왔어?"

"필라델피아. 왠지 이젠 달 출신이라고 해야 할 것 같네. 좀 더 있어 보이잖아."

"네가 원한다면, 내부 설정하는 걸 도와줄게. 중앙 컴퓨터 설정을 각자 취향에 맞게 바꿀 수…."

"고맙지만, 지금도 괜찮아." 키라가 갑자기 하품을 했다. "착륙이네 뭐네 하면서 무지 피곤했나 봐. 한숨 잤으면 좋겠다."

"맞아. 그 기분 내가 알지."

나도 그땐 꽤나 진이 빠졌었다. 달과 충돌이라도 할까 봐 아드레날린 수치가 팍팍 올라갔으니까. 저중력 상태에서 걷는 방법을 터득하느라 지칠 대로 지치기도 했고.

"편할 대로 해. 혹시 필요한 게 있으면 날 찾으면 돼."

"고마워, 대시. 나중에 보자."

등 떠밀리듯 방을 나서긴 했지만, 하루 종일 겪은 일에 비하면 훨씬 기분이 가벼웠다. 키라가 아주 마음에 들었다. 로디 같은 게임 페인 말고 괜찮은 내 또래가 생겼다는 사실이 기분 좋았다.

그런데 놀랍게도, 집 안에 낯선 사람이 한 명 와 있었다.

대략 30대로 보이는 여자인데, NASA 보안팀 유니폼을 입고 있었다. 그녀는 훤칠한 키와 예쁜 이목구비에 황록색 피부, 그리고 길고 검은 머리카락을 가지고 있었다.

그녀의 모습을 보고 놀라서, 나는 다시 나가려고 문손잡이를 잡았다.

"대시, 잠깐만!" 그녀가 큰 소리로 불렀다. "너랑 개인적으로 할 얘기가 있어. 홀츠 박사님 건으로 말이야."

"누구세요?"

"난 잔 퍼포닉이라고 해. 방금 전 우주선에서 내렸거든. 내 생각에, 홀츠 박사님 얘기는 네 말이 맞는 것 같다. 박사님이 살해됐을 거라는… 하지만, 그걸 증명하려면 네 도움이 필요해."

안전성

　달기지 알파는 척박한 환경에 자리 잡고 있지만, 기지 자체는 가장 안전하게 건설되었습니다. 기지는 유성과의 충돌은 물론, 지진에 이르기까지 (최근 100년 이내에 큰 지진이 발생한 적은 없지만) 어떤 상황에서도 견딜 수 있도록 설계되었으며, 모든 생명 유지 장비들은 다량의 여분을 확보하고 있습니다. 기지 주민들이 좀 더 안심할 수 있도록, 기지의 모든 상황을 기록한 자료가 24시간 내내 휴스턴 관제센터의 중앙통제실로 전송됩니다. 전송되는 자료는 컴퓨터가 측정한 산소 및 이산화탄소 수치에서부터 모든 공용공간에 설치된 카메라를 통해 확보한 신체의 건강 상태에 이르기까지 다양합니다. 혹시라도 기지에서 작은 이상이 발견되면, 중앙통제실에서는 그 사실을 즉각 통보하고, 원격제어를 통해 고장 난 부분을 수리하거나 기지에서 자체적으로 해결할 수 있도록 기술 지원을 제공합니다.

　물론, 감시 시스템은 범죄의 징후를 사전에 발견하기 위한 용도로도 이용될 수 있습니다. 그러나 달 탐사 우주기지 프로그램을 준비하는 동안, 극도로 엄격한 선발 과정을 거쳤기 때문에, 사실상 그런 일이 발생할 가능성은 거의 없을 것으로 보입니다. MBA는 달에서뿐만 아니라, 인류가 세운 우주기지들 중에서 가장 안전한 기지가 될 것입니다!

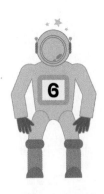

비밀 작전

나는 반사적으로 문을 잠근 다음, 그녀에게 물었다.

"여긴 어떻게 들어오셨어요?"

"보안팀 직원이면 누구든 마스터키를 갖고 있지." 잔이 설명했다. "이런 식으로 들어오는 게 잘못됐다는 건 알지만, 딱히 다른 방법이 없었어. 아무도 모르게 너랑 얘기해야 했거든."

"왜요?"

잔이 탁자 주위에 가지런히 정리되어 있는 큐브를 가리켰다.

"앉으렴. 네 귤도 먹으면서. 설명하려면 시간이 좀 걸릴 거야."

나는 잔의 건너편에 자리 잡고 앉았다.

"제가 귤을 갖고 있는 건 어떻게 아셨어요?"

"냄새로 알았지."

나는 귤을 주머니에서 꺼냈다.

"좀 드릴까요?"

잔이 미소를 지었다. 그녀의 얼굴이 발그스름해졌다.

"그렇게 말하는 걸 보니 너 참 상냥하구나. 하지만 네 거잖니. 난 우주선에 가면 있어."

나는 귤껍질을 벗기기 시작했다.

"왜 홀츠 박사님이 살해당했다고 생각하세요?"

잔이 나를 빤히 바라봤다. 어디서부터 말을 꺼내야 할지 생각하는 것 같았다. 그녀의 눈은 굉장히 특이해 보였다. 눈이 어찌나 파랗던지, 산호초가 있는 하와이의 얕은 바다가 떠올랐다. 그저 쳐다보고만 있어도 고향 생각이 날 지경이었다.

"본론으로 들어가기 전에, 우선 네가 알아야 할 게 있어." 잔이 말했다. "난 보안팀 소속이지만, 조사를 하러 여기 온 건 아니야. 공식적으로는 이 기지의 보안 시스템을 평가하고 개선시키는 게 내 임무거든."

"오래 안 계신다는 얘기군요."

"그렇지. 이틀 후 지구로 귀환하는 우주선을 타고 돌아가야 해. 게다가, 여기서 범죄와 관련해 어떤 조사도 할 권한이 없고."

"하지만 니나 대장님 말로는 범죄는 절대 없었다고 하던데요."

"그래서 나도 정보를 좀 모아봤지. 안타까운 건, 니나 대장의 생

각이 틀렸다는 거야. 홀츠 박사님의 죽음에는 대단히 의심스러운
게 있어."

나는 바로 대꾸하지 않고 잠시 머뭇거렸다. 말이야 바른 말이지,
나는 방금 전에 잔을 만났을 뿐이고, 그녀를 믿어야 할지 말아야
할지 확실치 않았기 때문이다. 혹시라도 이 상황이 일종의 떠보기,
즉 니나 대장이 내가 지시를 잘 따르고 있는지 확인하려고 NASA
와 함께 꾸민 계략 같은 게 아닌지 의심스러웠다. 정신을 바짝 차
릴 필요가 있었다.

"그게 무슨 말이에요?"

"난 홀츠 박사님을 잘 알아. 그것도, 꽤 많이. 그분은 단독으로
달 표면으로 나갈 만큼 위험한 행동을 할 사람이 아니야. 까딱하
면 목숨을 잃을 수도 있는 일이라면 더더욱. 이런 기지에서 생활하
는 게 그분의 꿈이었고, 평생 연구해온 일이 비로소 정점을…."

"박사님한테 정신이상이 왔을 수도 있잖아요." 나는 로디가 했
던 말을 떠올리며, 똑같이 말했다. "우주착란증에 걸렸을 수도 있
는 거죠."

"설령 그 말이 맞다 해도, 박사님은 그걸 비밀로 하실 분이 아니
야. 그리고 그분이 정신이상 증세를 보였다는 어떤 징후도 없었어.
최근 건강검진 보고서를 보면, 박사님은 자신의 지능을 완벽하게
활용하고 있다고 나와 있거든. 박사님은 아무 이유 없이 혼자 기
지 밖으로 나가실 분이 아니야. 지금 이 시기엔 더더욱 그렇지. 그
분이 연구 중이던 일을 생각하면 절대 아니지."

잔이 시선을 아래로 떨구더니 입술을 깨물었다. 울음이 북받쳐 오는 것 같았다.

그제야 나는 이 상황이 니나 대장이 꾸민 계략이 아니라는 결론을 내렸다. 잔은 누가 봐도 박사님의 죽음을 슬퍼하고 있었다.

"그거 아세요? 저는 박사님이 뭔가 중대 발표를 하실 예정이라는 걸 알고 있었어요. 그런데 일이 이렇게 됐네요."

"네가 어떻게?"

"뭐랄까, 박사님과 전 친구였다고 해두죠. 최근에도 이런저런 얘기를 많이 나눴거든요."

문득 어떤 생각이 떠올라서, 나는 자세를 고쳐 똑바로 앉았다.

"박사님이 돌아가시기 전, 화장실에 갔다가 박사님이 하시는 말씀을 우연히 엿들었어요. 박사님은 전화로 뭔가 새로운 발견에 대한 얘기를 하고 계셨어요. 혹시 그때 통화하셨던 분이에요?"

잔이 깜짝 놀라서 나를 쳐다봤다.

"아니. 난 통화한 적 없어. 그 발견이라는 게 뭔지 들었니?"

나는 고개를 저었다.

"박사님이 그건 얘기 안 하셨어요. 하지만 그 일로 엄청 흥분하신 상태이긴 했죠. 역사를 새로 쓰게 될 거라면서요. 박사님, 그리고 누군지 모르겠지만 전화 상대방은 오늘 아침에 사람들한테 그 사실을 공표할 계획이라고 했어요. 그래서 제가, 박사님은 사고로 돌아가신 게 아니라고 생각하는 거예요. 중대 발표를 코앞에 두고, 무엇 때문에 그렇게 위험한 행동을 하셨겠어요?"

"잘 모르겠구나. 아무튼, 그 이유를 알아내야지."

나는 권한이 있는 누군가가 내 말에 귀 기울여준다는 사실에 기뻐하며 고개를 끄덕였다. 그런데 순간 다른 생각이 떠올랐다.

"제가 박사님의 통화를 엿들은 것도 몰랐다면서, 저는 어떻게 알고 찾아오셨어요?"

"네가 문제를 일으키고 있다고 니나 대장이 알려주더구나. 홀츠 박사님 사건에 대해 지나치게 질문이 많다고 말이야. 대장은 내가 여기 있는 동안 널 관심 있게 지켜봐줄 거라고 생각했나 봐."

"그런데 요원님이 제 생각에 동조할 줄은 미처 생각 못 했겠죠."

나는 니나 대장의 계략이 도리어 역효과를 냈다는 생각에 기분이 좋아져서 미소를 지었다.

"그야 물론이지. 문제는, 살인사건을 조사하면 MBA에 안 좋은 영향을 끼칠 거라고 믿는 사람이 니나 대장만은 아니라는 거야. 내 윗분들도 그렇게 생각하고 있거든."

"기지에선 살인사건이다 뭐다 말이 많은데도요?"

"그들 중엔 나만큼 박사님을 아는 사람이 없거든. 더군다나 그들은 무니들에 대한 관리 책임을 지고 있기 때문에, 무니들 중에 살인범이 있다는 건 용납이 안 되는 거지."

나는 귤 조각 한 개를 입에 넣었다. 어쩐 일인지 더 이상 달달한 맛이 느껴지지 않았다.

"그러니까… 그 사람들이 요원님께 이번 사건을 조사하지 말라고 했다는 거죠?"

"그렇긴 해도 내가 보안팀 소속이다 보니, 이 사건을 들여다보지도 않으면 본연의 임무를 저버리는 게 아닌가 싶더라."

나는 한결 마음이 편해졌다.

"앞으로 어떤 조사든," 잔이 말을 이었다. "비밀리에 이루어져야 해. 그래서 너를 이 일에 끌어들이려는 거야."

"왜요?"

"내가 할 수 있는 일은 한계가 있거든. 임시체류자 신분이다 보니, 아무래도 너만큼 자유로울 순 없잖니. 네 도움이 필요해."

"좋아요."

앞으로 위험 부담을 감수해야 하는데도 그렇게나 빨리 승낙한 나 자신이 놀라웠다. 하지만 MBA 안을 활보하는 살인범이 있다면, 누군가는 그를 찾아내야 한다는 생각이 더 컸다. 그리고 뭔가 문제가 생기면 잔이 도와줄 테니까.

사실 MBA에서 갇혀 지내는 동안 지루해서 머리가 돌 지경이었다. 살인사건을 조사하기 위해 누군가 내게 도움을 요청했다는 사실은, 내가 여기 달 위에 발을 디딘 이후로 가장 흥미진진한 일이었다.

"제가 뭘 도와드리면 될까요?"

잔이 미소를 지었다.

"만약 홀츠 박사님이 자신의 의지로 에어로크 밖으로 나간 게 아니라면, 누군가 강제로 그렇게 만든 거겠지. 그때의 영상 기록을 봐야겠어."

"하지만 니나 대장님 말로는, 영상 기록을 보면 살인이 아니라는 게 명백하다고 하던데요."

"이번 사건에서 넌 니나 대장을 얼마나 믿니?"

나는 눈살을 찌푸렸다.

"별로요."

"바로 그거야." 잔이 맞장구쳤다. "니나 대장이 홀츠 박사님의 죽음과 어떤 관련이 있다는 말은 아니야. 하지만 대장이 이 사건을 자세히 파헤치기보다 그냥 묻어두려 한다는 건 잘 알지. 장담하는데, 대장이 말한 것 말고도 다른 영상 기록이 있을 거야."

나는 귤 한 조각을 입에 넣었다.

"요원님은 보안팀 소속이라 얼마든지 영상 기록을 볼 수 있지 않나요?"

"이곳은 내 관할구역이 아니라서. 사실, 내가 보안팀 소속인 게 불리하게 작용하고 있어. 공연히 내가 이곳에 오겠다고 문제를 일으키는 바람에, 윗분들한테 한 소리 들었거든. 나한테 사건에 개입하지 말라는 지시가 내려진 상태야. 그들은 나를 예의 주시하고 있을 거야. 내가 영상 기록에 접근하면 단박에 알아차리고 말 거야."

잔의 뺨이 발갛게 달아올랐다.

"그래서 어쩔 수 없이… 널 찾아오는 '편법'을 쓸 수밖에 없었다고나 할까. NASA에선 네가 컴퓨터에 접속한 기록들을 다른 어른들 것보다는 덜 감시할 것 같아서."

"저는 이미 대장님한테 이번 일이 의심스럽다고 말했는데요?"

"니나 대장은 너한테 신경 끄라고 명령을 내렸잖아. 그동안 넌 그 명령을 어긴 적이 없고. 장담하는데, 대장은 이미 널 까맣게 잊고 있을 거야. 지금 당장 처리할 일이 얼마나 많은데."

"그래도 한 가지 문제가 남았어요. 저한테 영상 기록에 접근할 권한이 전혀 없다는 거죠."

잔이 웃음을 터뜨렸다. 그녀의 웃음소리가 한 줄기 빛처럼 가볍게 방 안으로 퍼져나갔다.

"그 정도는 예상했지. 내가 도울 수 있을 거야. 여차하면 네 친구 로디가 도움이 될 수도 있고."

최근에 로디 녀석과 화장실에서 나눈 대화가 생각났다.

"어쩌면요."

"한번 해보자꾸나. 일단 네가 컴퓨터에 접속만 할 수 있다면, 우리한테 필요한 기록을 찾는 건 별로 어렵지 않을 거야."

귤껍질을 벗기려는데 손바닥에 땀이 배어 있었다. 흔쾌히 조사를 돕겠다고 약속했지만 실제로 실행에 옮기는 건 차원이 다른 일이었다.

"최대한 해볼게요."

"고맙다. 정말 고마워. 위험한 일을 부탁한 건데."

"그렇지 않을 수도 있어요." 나는 대수롭지 않은 척하며 말했다. "만약 제가 잡히면 그들은 화가 잔뜩 날 테고, 그럼 저를 다시 지구로 보내주겠죠 뭐."

"나 같으면 그런 기대는 안 하겠다. 보아하니 네 부모님은 이곳에서 없어선 안 될 분들 같던데."

"그럼, 사고를 더 많이 쳐야 할지도 모르겠네요."

잔이 가볍게 미소를 띠었다가 이내 진지한 표정을 지었다.

"너도 알다시피, 우리한테 시간이 많지 않아. 지구로 돌아가는 우주선이 이틀 후면 출발해. 만약 그때까지 살인범을 잡지 못하면…."

"요원님은 이번 사건을 조사할 수 없게 돼 있는데, 느닷없이 무니들 중 한 명을 범인이라고 체포하면 NASA가 발칵 뒤집히지 않을까요?"

"증거가 있다면야, 그들도 생각이 바뀌겠지. 대외 홍보에는 타격이 크겠지만."

잔이 손목시계를 힐끗 보더니 자리에서 일어났다.

"미안하지만, 내가 여기서 시간을 너무 많이 보냈나 보다. 내가 어디 갔는지 사람들이 찾겠다."

나도 사리에서 일어나 그녀를 문까지 배웅했다.

"고맙습니다."

"뭐가 고마워?"

"홀츠 박사님 사건을 조사하는 거요."

"오히려 내가 너한테 고마워해야지."

잔이 문 앞에서 뭔가 생각하는 듯하더니 다시 내 쪽으로 몸을 돌렸다.

"너의 안전을 위해 우리가 동맹이란 사실은 비밀로 해줬으면 좋겠다. 누구에게도 우리가 함께 일하는 걸 알게 해선 안 돼. 심지어

난 널 만난 적도 없는 거야. 알았지? 누구에게도 내 이름을 뺑긋해

선 안 돼."

"부모님한테도요?"

"그래, 부모님한테도. 이곳은 아주 작은 집단이라서, 사소한 얘

기도 삽시간에 퍼질 거야. 혹시 살인범이 소문을 듣고 네가 개입된

걸 알게 되면… 그러니까 일이 해결될 때까지, 절대 날 찾아오면

안 돼. 내가 널 찾아올 테니까."

"하지만, 혹시 중요한 거라도 발견하면요?"

"내가 항상 널 지켜볼 거야. 이렇게 좁은 공간에선 그리 어렵지

않을 거야. 물론 범인 역시 한 사람 한 사람 놓치지 않고 지켜볼

테니, 우리 둘 다 각별히 조심해야 해. 그래서 하는 말인데, 내가

이 방을 나가는 것도 들키면 안 돼."

"알겠어요."

나는 문을 열고 복도를 살폈다. 밖에는 아무도 보이지 않았다.

"이상 무."

"연락하마."

잔이 나한테 윙크를 보내고는 살며시 밖으로 나가 재빠르게 자

취를 감췄다.

앞으로 어떤 일이 벌어질지, 나는 무척 궁금했다.

여행객

달기지의 주민이라면, 여러분은 종종 달기지 알파를 찾아오는 여행객들이 있다는 사실을 아실 것입니다. 사실상, 우주여행객들이 지불하는 비용*이 없다면, MBA는 존재할 수 없을 것입니다. 기지를 찾는 여행객들의 기여도는 기지의 주민인 여러분 못지않게 크다는 점을 알아두시기 바랍니다. 그러므로 그들을 단순히 여행객쯤으로 대우하지 말고, 우주개발 계획의 투자자로 여기시기 바랍니다. 그들이 NASA의 정식 직원이나 가족은 아닐지라도, 이 점은 기억하시길 바랍니다. 그들 역시, 여러분과 마찬가지로, 엄격한 선발 과성과 강도 높은 훈련을 거쳐 이곳을 방문할 수 있었다는 사실을 말입니다.

방문객들은 MBA에서 매일매일 진행되고 있는 일상적인 업무에 관여하거나 방해할 수 없도록 엄격한 사전 안내를 받았습니다. 기지의 모든 주민들은 우리를 찾아온 손님들이 최고 수준의 경험을 할 수 있도록 배려할 필요가 있습니다. 그 목적을 이루기 위해서 다음과 같은 행동은 삼가주시기 바랍니다.

★ 어떤 형태로든 여행객을 귀찮게 하거나, 괴롭히거나, 조르는 행위

★ 기지 내에서 특정 행위에 대한 대가로 여행객에게 금전을 요구하는
  행위

★ 여행객의 분명한 허락 없이 그들의 숙소에 들어가는 행위

★ 여행객에 대한 험담이나 좋지 않은 소문, 혹은 여행객으로부터 전해
  들은 확인되지 않은 정보 등을 퍼뜨리는 행위

* 현재 MBA 운영 예산의 51.2%가 관광상품 판매를 통해 충당되고 있는 것으로 추정
  되며, 관광산업과 같은 민간 사업 영역에서 충당되는 총액은, 세금으로부터 충당되는
  것보다 많은, 연간 수조 원까지 증가할 것으로 예상됩니다.

우주 꼴통들

나는 로디를 찾아 나서야 했다. 나 혼자만의 힘으로는 컴퓨터를 해킹할 수도, 영상 기록을 뒤질 수도 없었다.

니나 대장과 다른 사람들은 모두 새내기 무니들에게 정신이 팔려 있던 터라, 나는 로디 녀석이 틀림없이 다목적실에서 게임을 하고 있을 거라고 직감했다. 그럼 그렇지. 그곳에서 여느 때처럼 게임에 빠져 있는 녀석을 발견했다.

당혹스러웠던 건, 그곳에 패튼 쇼버그와 릴리 쇼버그도 함께 있었다는 것이다.

쇼버그 가족은 최초의 우주여행객이었다. 달기지 알파의 건설 비용이 당초 NASA에서 계획했던 것보다 5배나 많이 소요되는 바람에, 여행사에서는 우주여행 사업을 위한 추가 비용을 떠안을 수밖에 없었다. 맥시멈 어드벤처 여행사는 다음의 두 가지 조건을 전제로 그 비용을 충당했다.

1) MBA 내 특실을 고급 호텔 수준으로 업그레이드해줄 것.

2) 맥시멈 어드벤처 여행사에, 쌓아놓은 돈을 주체 못 하는 부자들을 모객할 수 있는 독점적 권한을 줄 것.

사실, 고급 호텔 수준의 특실이라 해봤자 말처럼 대단한 특실은 아니었다. 고급 매트리스나 자쿠지 욕조 같은 것들은 애초에 MBA로 공수할 방법이 없었다. 특실은 유리창이 설치되어 있고 슬림 스크린 모니터가 다른 방에 비해 좀 더 고급일 뿐, 다른 것들은 MBA의 여느 객실처럼 변변치 않았다. 특실 여행객들도 우리와 마찬가지로 형편없는 음식을 먹을 수밖에 없었고, 고문기구 같은 화장실을 사용해야 했다. 그럼에도, 달 위에서 머무를 수 있는 곳은 MBA밖에 없으므로, 말도 안 되게 돈을 쓸어 모으는 부자들이 이곳에 오고 싶어 줄을 서 있는 실정이었다. 쇼버그 가족은 그런 수백 명의 가족이 벌인 비밀 경매에서 최고가를 불러 선택된 가족이었다. 들리는 소문에 의하면, 그들은 최초의 달 여행객이 되기 위해 5억 달러(한화로는 약 5,600억 원:옮긴이)가 넘는 돈을 썼다고 한다. 그들은 MBA에서 지내기로 한 4개월 동안의 비용으로 그 많은 돈을 지불했지만, 한 달이란 시간이 이미 지나가버린 뒤였다.

믿기 힘들겠지만, 쇼버그 가족에게 5억 달러라는 돈은 그리 큰

돈이 아니었다. 그들은 지구상에서 가장 부유한 사람들에 속했다. 아빠인 라스 쇼버그 씨는 심해의 석유 시추 사업으로 돈을 벌었다. 엄마인 소냐 쇼버그 씨는 노르웨이계 러시아인이다. 그들은 보통 사람들이 상상할 수도 없을 만큼의 집을 세계 곳곳에 가지고 있고, 전용 비행기와 순금 욕조는 물론 '샤찌'라는 이름의 눈표범까지 애완용으로 키우고 있다. 그들은 이미 지구상에서 안 가본 곳이 없기에, 기회가 생기자 달로 날아온 것이었다.

안타깝게도, 다른 사람들과 마찬가지로, 그들에게 달기지 알파는 기대했던 것과는 달라도 너무 달랐다. 설령 MBA가 고급 객실과 미식가를 만족시킬 수준의 음식을 갖추고 있다 한들, 쇼버그 가족이 과연 행복해할지는 의문이다. 그들은 구제불능이었다. 지구에서는 하인들이 그들을 위해 모든 것을 해줬다. 말 그대로 모든 것을. 그들은 요리사, 정원사, 집사, 애견 산책 도우미, 가정부, 문지기, 이발사, 실내장식 전문가, 마사지사, 마구간지기, 수영장 관리인, 예술품 관리인을 부리며 살았다. 하지만 MBA 행 우주선에는 4명만 탈 수 있기 때문에 집사 한 명조차 데려올 수 없었다. 생애 처음으로 쇼버그 가족은 모든 일을 스스로 해결해야만 했다. 그런데 그들은 그게 너무 싫었다. 그동안 사람들이 극진히 받들어 모셔왔던 터라, 쇼버그 가족은 아주 간단한 것(가령 깡통따개)조차 어떻게 사용하는지 전혀 몰랐다.

하인들의 도움 없이는 아무것도 할 수 없는 무능력자임을 알게 되자, 쇼버그 가족은 새로운 계획을 세웠다. MBA의 다른 사람들한테 일을 시키는 것이었다. 그러나 이 계획도 수포로 돌아갔다. 우선, 그들은 절대로 부탁하는 투가 아니었다. 시종일관 명령조였다. 두 번째로, 기지의 모든 어른들에겐 이미 충분한 양의 일거리가 주어져 있었다. 어른들이 하던 일을 멈추고, 손가락 하나 까딱 않는 부잣집 식구들의 아침식사를 준비해줄 수는 없는 노릇이었다. 그래서 사람들은 쇼버그 가족에게 자기 할 일은 스스로 해결하는 게 좋겠다고 말했다.

그때부터 일이 점점 더 꼬여갔다. 원래 쇼버그 가족은 누구 하나 나긋나긋하게 구는 사람이 없었다. 웬만한 도시의 1년 치 예산을 쓰고도 결국 제 손으로 제 무덤을 판 꼴이 됐다는 걸 알게 되자, 그들은 다른 사람들을 화풀이 대상으로 삼으면서 예전보다 더 고약한 모습을 보였다. 그들과 우연히 마주치기라도 하는 건 끔찍한 일이었다. 나름대로 그들과 친분을 유지하고 있는 사람은 세사르 마르케스가 유일했는데, 그건 순전히 릴리 쇼버그가 그를 좋아하기 때문이었다.

내가 다목적실에서 그들을 발견했을 때, 패튼과 릴리는 로디의 홀로그램 고글을 빼앗아서 주거니 받거니 하고 있었다.

"아, 진짜! 빨리 내놔!"

로디는 두 남매 사이를 왔다 갔다 하며 징징거리고만 있었다.

"스크링크 족한테서 타이탄을 풀어주기 직전이었단 말이야!"

"오, 그러셔!" 패튼 쇼버그가 비아냥댔다. "그렇게 대단한 영웅이 왜 이깟 고글 하나를 못 뺏으실까?"

"너희들, 왜 이렇게 못됐냐?" 로디가 울먹이며 말했다.

"넌 왜 이렇게 찌질하냐?" 릴리가 되받아쳤다.

평소 같았으면, 저들 중 누구라도 나를 알아보기 전에 잽싸게 사라졌을 거다. 패튼 쇼버그는 미쳐 날뛰는 오소리처럼 성질이 더러운 데다 힘도 셌다. 녀석은 MBA에서 대부분의 시간을 체육관에서 보내며 근육을 키웠다. 릴리 역시 꽤 힘이 셌다. 여자치곤 월등히 키도 크고 건장한 편이었다.

하지만 로디한테 부탁할 일이 있었고, 이럴 때 로디한테 점수 좀 따야겠다는 생각이 들었다.

로디가 죽을 듯이 달려들자, 패튼이 자기 머리 위로 고글을 툭 던졌다. 중력이 작은 탓에 고글은 천천히 공중으로 올라갔다.

나는 다리를 잔뜩 구부렸다가 힘껏 공중으로 치솟았다. 지구라면 고작 1미터쯤 뛰어오를 수 있었겠지만, 달에서는 그 높이가 4배에 달했다. 나는 릴리의 머리 위로 날아올라서 고글을 낚아챘다.

"어쭈, 지가 영웅이라도 되는 줄 아나 보네." 패튼이 비아냥거렸다. "내놔, 당시."

녀석이 고글을 향해 손을 뻗었지만, 나는 고글을 홱 치웠다.

"너희들 거 아니잖아."

"네 것도 아니잖아." 릴리가 말했다. "어디서 훼방질이야. 잽싸게 꺼지는 게 좋을걸?"

"너희나 꺼지시지? 보나 마나 로디가 제일 먼저 왔을 텐데."

패튼이 나를 잔뜩 째려보면서 팔 근육을 불룩거렸다.

"좋은 말 할 때 그거 이리 내놔. 한번 붙어보자는 게 아니면."

모니터 화면을 보니, 내 등 뒤에서 릴리가 공격할 준비를 하고 있었다.

"맞아. 그런 건 아니야. 그렇다고 네가 달란다고 다 줘야 하는 건 아니지."

"그럼, 그냥 빼앗으면 되지."

패튼이 달려들었다. 동시에, 모니터 화면에서도 릴리가 나를 향해 달려들었다. 나는 다시 한 번 공중으로 솟구쳤고, 그 바람에 둘이 정면으로 충돌했다. 어찌나 세게 충돌했는지 머리 깨지는 소리가 들리는 것만 같았다.

완벽하게 로디 옆에 착지한 뒤, 나는 잔뜩 폼을 잡으며 로디한테 고글을 건넸다.

"자, 여기."

녀석은 고맙다는 말조차 꺼내지 못했다. 여전히 쇼버그 남매를 경계하느라 제정신이 아니었다.

쇼버그 남매는 잠시 비틀거렸지만, 이내 중심을 잡더니 득달같이 나한테 달려왔다. 충돌로 인해 릴리의 코에는 피가 흐르고 있었고 패튼은 입술이 부어올랐다. 패튼이 입에 넣었다 뺀 손가락 끝에 피와 함께 작은 하얀색 조각이 보였다.

"이빨이 부러졌잖아!" 패튼이 고래고래 소리 질렀다.

"난 아무 짓도 안 했다구. 날 공격한 건 너희들이지."

"너희 둘, 가만 놔두지 않을 줄 알아." 패튼이 으르렁거렸다.

"나는 왜?" 로디가 침을 꼴깍 삼키는 소리를 냈다. "내가 뭘 어쨌다고! 대시가 그런 거잖아!"

기껏 도와줬더니만, 로디 녀석은 그 말을 남기고 족제비처럼 다목적실을 빠져나갔다. 나는 푸른 눈의 괴물들과 함께 홀로 남겨지고 말았다.

쇼버그 남매가 나를 향해 성큼성큼 다가왔다.

"내 이빨을 부러뜨렸겠다." 패튼이 말했다. "네 머리통을 박살 내주지."

나는 일이 이 지경까지 되어버린 걸 믿을 수 없어서, 그저 두 사람을 빤히 쳐다보기만 했다. 쇼버그 남매는 어떻게든 무섭게 보이려 애쓰고 있었지만, 릴리의 코에 흐르는 피와 패튼의 부러진 이빨 때문에, 두 사람은 평소보다 훨씬 기이한 모습이었다.

패튼과 릴리는 순수 백인 혈통이었다. 쇼버그 가족을 제외한 다른 가족들은 여러 인종이 섞인 사람들이었다. 나와 바이올렛만 봐도 그렇다. 흑인 엄마에 백인 아빠. 그리고 마르케스 가족은 인도계 엄마에 라틴계 아빠. 키라는 아시아계 엄마에 흑인 아빠. 지구에 사는 친구, 라일리 복도 한국계 이탈리아인 엄마와 아일랜드계 페루인 아빠. 하지만 쇼버그 가족은 순수 북유럽 백인 혈통으로, 금발에 푸른 눈을 가졌고 피부는 물고기의 배처럼 창백할 정도로 희었다.

내가 아는 친구들은 모두 갈색조의 피부를 가졌다. 하얀 피부에 빨간 피가 얼룩덜룩 묻은 쇼버그 남매의 우스꽝스러운 얼굴을 보고 있자니, 로디가 즐겨 하는 가상현실 게임 속 캐릭터가 떠오를 지경이었다.

나는 두 손을 뻗어 진정하라는 표시를 보냈다.

"잠깐만. 우리, 말로 하면 안 될까?"

놀랍게도, 쇼버그 남매가 내 앞에 멈춰 섰다.

"안 될 것 없지." 패튼이 말했다. "들어나 보자."

"정말? 알았어. 너희들이 다친 건 무지 미안한데…."

하마터면, 릴리가 먼저 치고 들어오는 것도 모르고 순순히 당할 뻔했다. 쇼버그 남매는 애초에 자비를 베풀 마음이 없었다. 그저 내 경계심을 풀려는 수작이었던 거다.

나는 몸을 휙 수그리며 공격을 피했다. 릴리의 주먹이 내 귀를 스쳤다. 그러자 이번에는 패튼이 달려들었다. 나는 녀석을 피해 점 프했고, 착지하자마자 곧바로 한 번 더 날아올랐다. 패튼이 바닥 으로 고꾸라졌다. 나는 곧바로 줄행랑을 쳤다.

"빨리 잡아! 저 녀석 면상을 날려버리라고!"

릴리가 뒤에서 소리쳤다.

사실 저중력 상태에서 달리기란 쉽지 않은 일이다. 달리기 위해 서는 바닥에 발이 붙어 있어야 하는데, 한 걸음 내딛을 때마다 몸 이 허공으로 날아오른다. 그럼에도 패튼과 나는 마치 만화영화 속 캐릭터들처럼 달려보겠다고 기를 썼다. 그나마 덩치가 큰 패튼은 좀 나아서, 나와의 거리를 좁힐 수 있었다.

우리는 에어로크 근처에 다다랐다. 랩터 호가 도착한 지 벌써 한 시간도 넘었는데, 아직까지도 어른들은 랩터 호에서 짐을 내리느라 분주했다. 옥외 근무자들은 우주선에서 내린 화물들을 에어로크까지 운반했고, 다른 사람들은 화물을 기지 안으로 옮겼다. 대기구역에는 건조포장 음식, 로봇용 교체 부품, 의학 물품, 위생 물수건, 화장지, 신선한 과일과 채소 등등, 새로 도착한 보급품들이 가득 쌓여 있었다.

내 바로 앞에 얀크 박사가 커다란 음식 상자를 들고 나타났다. 상자가 워낙 커서 복도를 꽉 막을 정도였다.

하지만 나는 정지할 여유가 없었다. 나는 뛰어올라 벽면을 딛고 몇 걸음 달려간 다음, 상자를 피해 바닥에 착지했다.

반면, 내 뒤를 쫓던 패튼은 순간 멈추려 했으나 앞으로 전진하는 관성의 힘 때문에 화물 상자에 그대로 부딪치고 말았다. 그대로 등이 바닥으로 떨어졌고, 커다란 상자가 얀크 박사의 손을 떠나 녀석의 몸통 위로 떨어졌다. 뭔가 으드득하는 소리와 함께 패튼의 짜증 섞인 비명 소리가 들렸다.

어른들이 달려와서 상자를 들어냈다. 으드득 소리는 코가 부러지는 소리가 아니라 달걀 세 판이 녀석 머리에 떨어져 깨지는 소리였다. 패튼의 머리에는 포장재 겉면을 타고 흘러내린 노른자가 찐득찐득하게 덮여 있었다. 충돌로 인해 말린 코코넛도 한 봉지가 터졌고, 봉지에서 쏟아진 부스러기들이 깨진 노른자에 들러붙는 바람에, 패튼은 지저분한 푸들 강아지 꼴이 돼버렸다.

어른들은 넋이 나간 채 그저 입만 벌리고 있었다. 패튼의 몰골 때문이 아니라, 신선한 달걀이 깨진 것 때문에. 맛난 코코넛 한 봉지도.

패튼이 비틀거리며 일어섰지만, 깨진 노른자가 눈을 덮고 있어 앞이 제대로 안 보이는 듯했다.

"대시!" 녀석이 있는 힘껏 고함을 질렀다. "죽여버릴 거야!"

녀석이 앞을 보기 전에 슬며시 자리를 뜨려는데, 갑자기 뭔가가 내 팔을 꽉 죄는 느낌이 들었다.

"무슨 짓들이야?" 니나 대장이 물었다.

"저요? 전 아무 짓도 안했어요! 들으셨잖아요. 패튼이 절 죽여버리겠대요!"

"내가 언제!" 패튼이 꼬리를 내리며 우는 소리를 냈다. "저 자식이 제 이빨을 부러뜨렸어요! 이것도 저 자식이 그랬다고요!"

"이것 좀 보세요. 온통 달걀 뒤집어쓴 꼴을요!" 릴리가 잽싸게 자기 오빠 편을 들었다.

"패튼이 먼저 시작했다고요!" 나는 반박했다. "저는 피하기만 했어요!"

니나 대장이 내 몸을 돌려 세웠다.

"넌 지금부터 근신이다."

"저만요? 패튼은 왜 아닌데요?"

"그야 네 부모님은 여기 오려고 5억 달러나 쓰진 않았기 때문이지." 얀크 박사가 중얼거렸다.

그 말에, 니나 대장만 빼고 다른 사람들이 모두 웃었다. 그 바람에 그녀는 더욱 화가 났고, 그 화살은 나를 향했다.

"내가 분명히 명령을 내린 걸로 아는데? 화물 운반 담당이 아닌 사람은 이 구역에 들어오지 말라고. 명령대로 따랐다면, 이런 일은 생기지 않았을 거 아냐."

그녀는 난장판이 된 바닥을 손가락으로 가리켰다.

"대시, 너한테는 다른 명령을 내리겠다. 이번엔 제대로 따르길 바란다. 내 방으로 가라. 지금 당장."

명령을 따를 수밖에 없었다. 나는 사람들의 시선을 느끼며, 대기 구역에서 살금살금 뒷걸음쳤다.

"쌤통이다." 패튼이 킥킥댔다.

"그래도 난 오믈렛은 안 됐거든!"

"뒤통수 조심하는 게 좋을 거다." 패튼이 으르렁거렸다.

나는 뒤도 돌아보지 않고 에어로크 앞을 지나 니나 대장의 숙소로 향했다. 그러나 숙소 문이 잠겨 있어서 그 앞에 죽치고 앉아 기다렸다.

복도 끝 연구동 옆에 잔이 서 있는 게 보였다. 그녀가 나를 향해 슬쩍 눈길을 보냈다. 거리가 제법 멀어서 그녀의 의도를 읽을 수는 없었지만, 아마 나를 안심시키려는 것 같았다.

그렇지만 나는 여전히 기분이 별로였다. 내 첫 번째 임무를 보기 좋게 실패하고 말았으니까. 로디한테 컴퓨터를 해킹해달라고 찾아갔다가 기껏 근신 명령이나 받다니. 물론, 그게 온전히 내 잘못은 아니었다. 나는 로디가 나를 찾아와 구해줘서 고맙다는 말을 해주길 내심 기대했지만, 녀석은 코빼기도 보이지 않았다. 틀림없이 녀석은 새로 도착한 신선한 음식을 먹으려고, 구내식당 안에서 목을 빼고 기다리고 있을 게 뻔했다.

"안녕."

나는 소리가 나는 쪽을 힐끗 쳐다봤다. 키라가 자기 숙소 문앞에 서 있었다.

"이게 다 무슨 일이니?" 그녀가 물었다.

"쇼버그 남매가 로디를 괴롭히고 있길래 녀석을 도와줬는데, 오히려 둘한테 내가 쫓겨 다녔어."

"걔들, 여행객으로 온 애들이지?"

"맞아. 너도 좀 있으면 그 인간들이 지긋지긋해질 거야."

키라가 소리 내어 웃었다.

"그래도 로디를 도와준 걸 보니, 너 괜찮은 아이구나."

로디를 돕게 된 진짜 이유를 말할 순 없어서, 나는 그저 어깨를 으쓱했다. 그 순간만큼은 그냥 착한 사람처럼 보이고 싶었다.

"그건 그렇고… 로디가 컴퓨터 해킹을 도와준대?"

나는 깜짝 놀라서 키라 쪽으로 몸을 휙 돌렸다. 순간 그녀도 뺨이 발그스레해진 것을 보니, 아차 하고 당황한 것 같았다.

"네가 그걸 어떻게…?"

"일부러 엿들은 건 아니야." 키라가 재빨리 대답했다. "정말이야. 낮잠을 자려는데… 너희 집과 우리 집 사이 벽이 두껍지 않아서."

나는 걱정스러운 마음에 얼굴을 찌푸렸다. 벽을 통해 얘기를 엿들을 수 있다는 말은 한 번도 들은 적이 없었다. 만약 그게 사실이라면, 니나 대장은 자기 숙소로 가던 도중, 내가 부모님께 한 말을 엿들은 것이리라.

"다는 아니고. 난 어떻게든 듣지 않으려고 했어. 정말이야. 솔직히, 네 얘기밖에 안 들리더라. 아마 네가 다른 사람보다 벽에 더 가까이 있지 않았나 싶어…."

"맞아."

나는 안도했다. 키라는 잔이 했던 말은 전혀 모르고 있었다.

"어디까지 들었는데?"

"홀츠 박사님 사건이 단순 사고가 아닐 거란 얘기. 그리고 그 증거를 찾으려면 컴퓨터를 해킹해야 한다는 얘기."

나는 대기구역 쪽을 힐끗 뒤돌아봤다. 다행히, 우리 얘기를 엿들을 만큼 가까이 있는 사람은 없었다. 우리 쪽을 쳐다보는 사람도 없었다. 사람들은 화물을 운반하느라 분주히 움직이고 있었고, 니나 대장은 달걀이 깨진 현장 청소를 지휘하고 있었다.

"부탁인데, 아무한테도 말하면 안 돼."

"아, 그럴게." 키라가 즉시 대답했다. "대신, 한 가지 조건이 있어."

"그게 뭔데?"

"나도 끼워줘."

비디오 블로그

기지의 주민이 되면, 여러분은 MBA를 대표하는 홍보대사의 역할을 수행할 수 있습니다. 달 위에서 살 수 있는 극소수의 인원으로 선발된 여러분은, 이미 세간의 주목을 충분히 받은 데다, 수백만 명의 지구인이 여러분의 일거수일투족에 많은 관심을 갖고 있다는 점에서, MBA에 지대한 기여를 했다는 사실은 의심의 여지가 없습니다. 기지의 모든 주민들은 각자의 비디오 블로그를 통해, 여러분을 응원하는 지구의 지지자들을 위해 MBA에서 어떻게 지내고 있는지에 대한 최신 정보를 제공할 필요가 있습니다. 비디오 블로그를 일주일에 최소 한 번은 업데이트해주실 것을 권장합니다.(더 자주 업데이트하셔도 무방합니다!)

비디오 블로그로 즐거운 시간을 보내시기 바랍니다. 단순하고 뻔한 설명에 국한하지 말고, 갖은 양념을 더해 블로그를 다채롭게 꾸미시길 바랍니다! 지지자들에게 여러분의 '있는 그대로'의 모습을 보여주세요. 재미있는 이야기를 지어내도 좋고, 중력이 적은 이곳에서 저글링 솜씨를 뽐내셔도 좋고, 노래를 불러주셔도 좋습니다. 보면서 즐거울 수만 있다면, 여러분이 만들 수 있는 내용에는 제한이 없습니다!*

---

* MBA 또는 기지 주민에 대한 모욕, 폄하, 비방 혹은 부정적인 표현 등은 제한됩니다.

뜻밖의 조력자

달 생활 188일째

오후

"난 이미 지구에서부터," 키라가 말했다. "홀츠 박사님을 알고 있었어. 박사님하고 우리 아빠가 어떤 프로젝트를 함께 하셨거든. 우리가 여기 착륙했을 때, 사람들이 박사님의 죽음에 대해 얘기하더라. 박사님이 허가도 안 받고 기지 밖으로 나가는 바람에 사고가 났다고 했지만, 내 생각엔 앞뒤가 안 맞는 것 같았어."

나는 안절부절못하고 손가락으로 머리를 긁적거렸다. 니나 대장이 내린 명령과 경고를 무시한 꼴이 돼버리고 말았다. 물론, 엄밀히 따지면 내 잘못만은 아니었다. 도대체 내가 무슨 수로, 형편없는 시공 회사가 집집마다 벽을 이따위로 얇게 만들었을 거라고 예상할 수 있다는 말인가? 아무리 그렇더라도 만약 니나 대장이 이 사실을 알게 된다면, 만사 제쳐두고 방방 뛸 게 뻔했다.

"있잖아. 난 솔직히, 이번 사건을 조사할 권한도 없고…."

"그런데, 네 방에서 같이 얘기하던 사람은 누구야?" 키라가 물었다. "보안팀이 어쩌고저쩌고 하던데."

"설명하려면 복잡해."

내가 앉아 있는 복도는 에어로크 쪽에서 보면 니나 대장은 물론, 다른 사람들의 눈에도 띌 수 있는 위치였다. 그래서 키라와 너무 가깝지 않을 정도로 조금 앞쪽으로 이동한 다음, 손으로 입을 가리면서 아무 얘기도 하지 않는 척했다.

"어쨌든, 어른 맞지?"

"어… 맞아."

"그렇다면, 부탁을 받았겠구나. 네가 직접 정보를 알아내겠다고 나섰을 리는 없으니까."

"그래봐야, 걸리면 작살나는 건 마찬가지야."

"그럼, 안 걸리면 되지." 키라가 씩 웃으며 말했다.

"그냥 하는 말 아니라니까. 넌 도착한 지 얼마 안 됐는데, 괜히 처음부터 니나 대장님한테 찍히면 곤란해."

"조심하면 되잖아. 내가 알아서 할게. 이보다 더한 일도 해봤는데 뭐."

'대체 뭘 어떻게 알아서 할 건데?' 하고 물으려는데, 아래층 대기 구역에 있던 니나 대장이 내 쪽으로 몸을 돌렸다. 내가 누군가와 자기 얘기를 하고 있는 걸 느끼기라도 한 걸까. 니나 대장의 시야에는 키라가 보이지 않았지만, 그저 복도에 덜렁 앉아 있는 내 모습만으로도 그녀의 심기를 불편하게 만들기엔 충분했다.

"내 방으로 가라고 말했을 텐데!" 그녀가 소리 질렀다.

"문이 잠겨 있어요!"

니나 대장이 나를 계속 째려봤다.

니나 대장의 시야에서 확실히 벗어나기 위해 한 발 뒤로 물러나더니, 키라가 혼잣말처럼 중얼거렸다.

"왠지 난 니나 대장님이 홀츠 박사님 사건과 관련이 있는 것 같단 말이야. 아무도 사건을 조사하지 말라는 명령을 내리다니, 좀 이상하지 않아?"

"네 말이 맞아. 그렇긴 해."

"그러니까 나도 끼워달라고. 나도 컴퓨터 제법 많이 알거든."

"해킹도 할 수 있겠어?"

"응, 어느 정도는. 필요한 게 뭔데?"

"새벽에 박사님이 에어로크 밖으로 나가는 장면이 찍힌 영상."

키라가 인상을 찌푸렸다.

"아, 그건 쉽지 않을 텐데."

"나도 알아. 솔직히, 로디 녀석이 할 수 있을지도 잘 모르겠어."

대기구역에 있던 니나 대장이 우리 쪽으로 다가오기 시작했다.

"대장님이 온다! 들키기 전에 들어가."

내 말에 키라가 재빨리 자기 집 안으로 몸을 숨겼다.

"내가 할 수 있는 게 뭔지 찾아볼게."

문을 닫고 들어가는 그녀의 눈에서 짜릿함을 숨길 수 없는 눈빛이 반짝거렸다.

니나 대장이 계단 앞까지 다다랐다. 1초만 늦었어도 키라를 발견했을지 모른다. 다행이었다.

"누구랑 얘기하고 있었니?"

"바이올렛요." 나는 저 아래 다목적실을 가리키며 둘러댔다. "저쪽에 있었어요. 복도로 나오더니 부모님이 어디 계신지 물어보더라고요. 그래서 대답해주고, 다시 들어가라고 했어요."

니나 대장이 1층과 2층 복도를 모두 살폈다. 나와 얘기를 주고받았을 만한 사람은 아무도 보이지 않았다.

"내가 원하는 건, 네가 너희 집에 들어가 꼼짝 않는 거다. 내가 다른 지시를 내릴 때까지, 계속 근신이야."

"네? 말도 안 돼요! 대장님은 우리 엄마도 아니잖아요!"

"이 기지 안에서 적절하다고 판단되는 모든 조치를 내릴 권한은 나한테 있다. 나는 분명히 너한테 대기구역 쪽으로는 얼씬도 하지 말라는 명령을 내렸고, 넌 그 명령에 따르지 않았어."

"그럼 저더러 어쩌란 말이에요? 그냥 쇼버그 남매한테 두드려 맞게 가만히 있으란 말이에요?"

"너도 그 달걀이 얼마나 귀한 건지 알지? NASA에서는 달걀을 보내주고 싶어 하지 않았어. 그걸 받으려고 내가 얼마나 백방으로 노력했는지 아니? 그 달걀은 여기 있는 사람들 전체를 위한 거였어. 고생한 사람들을 위한 특별 보상 같은 거였지. 그런데 이젠 다 물거품이 돼버렸어. 멀쩡한 달걀은 한 개도 남지 않았고, 이번 일을 핑계로 NASA는 다시는 달걀을 보내주지 않을 거다. 우리가 신선한 달걀을 맛보려면 앞으로 3년은 기다려야 한단 말이야!"

헐, 나한테 이러는 게 그 때문이었다니. 내가 자기 명령을 어겼기 때문이네 뭐네는 핑계였고, 니나 대장이 정말 열 받은 이유는 바로 내가 그녀의 소중한 달걀을 박살 냈기 때문이었다. 말이야 바른 말이지, 모든 사람들을 위해 달걀 보급을 요청했다지만, 그녀 역시 간절히 원하지 않았다면 그렇게까지 보급을 추진하지 않았겠지. 그깟 일로 이런 벌을 받아야 한다는 게 짜증났다. 쇼버그 남매는 부자라는 이유로 아무 제재도 안 받지 않았던가.

"저더러 하루 종일 방 안에서 뭘 하라는 말씀이세요?"

"벌써 일주일째, 네 비디오 블로그에 아무것도 올리지 않았잖니. 그것부터 시작해라."

"그까짓 건 5분이면 끝난다고요."

"아니. 난 네가 그 일에 시간을 충분히 활용하길 바란다. 곰곰이 잘 생각해봐. 홀츠 박사님 사건에 대해서는 한 마디도…."

"그러니까, 박사님 사건은 입도 뻥긋 말라는 말씀이죠?"

"네 입으로 그렇게 얘기해주니 안심이구나. 사실, 너한테 방법을 알려주려던 참이었다. 이젠 일반인들도 그 사건을 알고 있어서, 우리가 어떤 말을 할지 귀를 쫑긋하고 있는 실정이다. 그러니, 넌 홀츠 박사님이 얼마다 위대한 분이었는지 알려라. 글을 올리기 전에 반드시 나한테 확인을 받도록 하고. 내 얘긴 건성으로 듣지 마라. 문드래곤이 어쩌네, 숨겨놓은 생치즈 창고를 발견했네 따위 헛소리는 금지야. 똑바로 알아들었니?"

"귀에 못이 박힐 정도로요."

나는 투덜거리듯 대답하고 집으로 들어가서 문을 쾅 닫았다.

니나 대장이 단순한 달걀 파손 사고를 빌미로 나를 마음대로 쥐락펴락하려는 게 아닌가 하는 생각이 들었다. 일단, 나를 집 안에 가둬놓음으로써 내가 홀츠 박사님 사건을 캐내고 다니는 것을 원천봉쇄하는 셈이었다. 그리고 내 비디오 블로그에 홀츠 박사님에 대한 글을 작성해 올리도록 함으로써, 니나 대장은 공공연히 사람들을 자기편으로 만들려 하고 있었다. 혹시나 내가 나중에 다른 글을 올린다면 나는 그저 변덕쟁이가 될 뿐이었다.

나는 키라가 했던 말을 곰곰이 생각해봤다. 만에 하나, 정말로 니나 대장이 홀츠 박사님의 죽음과 연관이 있다면, 그녀야말로 사건을 은폐하기에 가장 강력한 위치에 있는 사람이었다. 그녀는 갖고 있는 모든 힘을 동원해 나한테 입마개를 씌우고, 수사에 혼선을 주고 있었다.

나는 모니터가 있는 탁자에 앉았다. 하라는 비디오 블로그 작성은 하지 않고, 대신 이렇게 말했다.

"컴퓨터, 니나 대장님에 대한 모든 정보를 찾아줘."

"명령을 씰행합니다!"

컴퓨터가 이내 컴링크에 접속한 뒤, 인터넷에서 니나 대장에 대한 열댓 가지 문서를 불러들였다. 이제는 컴링크를 사용하더라도 별 탈이 없을 것 같았다.

인터넷에 접속하자마자, 내 앞으로 수많은 메시지가 도착해 있는 걸 발견했다. 대부분은 홀츠 박사님 사건 이후, 지구에 사는 친구들이 보낸 것들이었다. 나는 그중에서 몇 개를 읽었다. 메시지 내용은 대부분 같은 내용이었다. **뉴스에서 들었어. 네가 걱정된다. 어떻게 지내는지 연락 좀 해.**

라일리 복에게서 온 메시지만 해도 얼추 열 개쯤 됐다. 그녀의 메시지들 때문에 마음이 설레던 중, 어제 그녀에게 다시 연락하겠다고 약속했던 게 생각났다. 하지만 지금은 더 급한 일이 있었다.

인터넷에서 찾은 니나 대장에 대한 글들을 찬찬히 살폈지만, 이미 알고 있는 것 말고 다른 내용은 없었다. 니나 대장이 딱히 잘못을 저지른 적이 없거나, NASA에서 좋지 않은 얘기를 잘 덮었거나, 둘 중 하나겠지. 니나 대장의 신상 정보는 극찬 일색이었다. 그녀는 훈장을 받은 군인에 명석한 과학자이며, 평판이 자자할 뿐 아니라 품성도 곧은, MBA의 최고책임자 1순위였다.

하지만 그때만 해도 우리의 신상 정보는 다 그런 식이었다. 우선, NASA에서는 품행이 바른 사람들을 선별했다. 그리고 손톱만큼이라도 흠이 있을 경우엔, NASA에서 문제가 될 만한 문구를 삭제해버렸다. 예를 들어, 지구에서 나는 여러 차례 교장실에 불려간 적이 있었지만, 내 신상 정보에는 모범생으로 기재되어 있었다.

MBA 사람들 중에서 누군가는 신상 정보의 내용과 다르게 도덕적인 문제를 가지고 있을 게 분명했다. 하지만 인터넷에서 그 문제를 알아내기란 불가능했다.

"혹시 MBA 사람들 중에서 문제를 일으켰던 사람이 있을까?"

"당신의 여동생이 수분공급기에 껌을 넣은 적이 있쑵니다."

그건 사실이었다. 바이올렛이 기계를 고장 내는 바람에, MBA 사람들은 물기 하나 없는 음식 덩어리를 먹어야만 했다. 그리산 씨가 기계를 수리할 때까지 무려 이틀 동안이나.

"내 말은, 어른들 말이야."

"쇼버그 씨의 사업에 불법 행위가 있다는 의혹이 있쑵니다."

나는 처음부터 쇼버그 가족을 떠올리지 못한 걸 자책하면서, 똑바로 자세를 고쳐 앉았다.

"자료를 보여줘."

그들에 관한 수백 개의 자료가 화면에 나타났다. 나는 그 자료들을 읽느라 이후로 한 시간이나 보내야 했다.

라스 쇼버그 씨는 사업을 하면서 환경법 위반은 물론, 석유 통상 금지령을 어기고 정부 관료에게 뇌물을 주는 등 온갖 불법 행위를 저질렀지만, 그중에서 어떤 혐의도 인정된 적이 없었다. 쇼버그 씨의 회사 직원 누군가가 대신 죄를 뒤집어쓰고, 당사자인 쇼버그 씨는 멀쩡히 빠져나왔을 거라는 예상은 누구라도 할 수 있는 것이었다. 그는 "당신이 정상의 자리에 오르면 수많은 사람들이 당신을 끌어내리려고 온갖 노력을 할 것이다"라고 말한 바 있었는데, 근본적으로 아무 문제가 없는 사람이 온갖 나쁜 혐의로 고발을 당할 리는 없었다.

쇼버그 씨가 박사님을 살해했을 가능성이 있을까? 그는 내가 아는 사람들 중에서 가장 나쁜 사람이었다. 게다가 성격이 불같아서 종종 기지를 발칵 뒤집어놓을 만큼 격분하는 경향이 있었다.

"컴퓨터, 뉴스 좀 보여줄래?"

"물론입니다, 주인님."

화면에 〈뉴욕타임스〉 신문사의 홈페이지가 나타났다. 혹시나 했는데 역시나 홀츠 박사님의 사망사건이 머리기사로 올라와 있었다. 머리기사를 클릭하자, 곧바로 비디오 영상으로 연결됐다.

홀츠 박사님이 MBA 파견을 앞두고 훈련을 하는 영상이 재생되면서, 리포터의 목소리가 나오기 시작했다. "달기지 알파의 우주인이자 최고의 권위자로 알려진 로널드 홀츠 박사가 오늘 새벽, 기지에서 실시된 일상적인 달 표면 탐사 도중에 사망했습니다."

"일상적?"

나는 놀라서 그 말을 되풀이했다. NASA에서는 사망사건의 전말을 덮으려고 하는 게 분명했다. 그게 아니라면, 니나 대장이 NASA에 낱낱이 보고하지 않았거나.

뉴스를 보는 도중, 전화벨이 울렸다. 화면에 메시지가 표시됐다.

전화 수신 중. 발신자 라일리 복.

모니터에서 자동으로 음이 소거되고 뉴스 화면이 배경화면으로 깔리더니, 라일리의 얼굴이 팝업창에 나타났다. 그녀의 바로 옆에는 우리보다 두 살 어린, 그녀의 여동생 엘리자가 보였다. 그들이

탄 자동차는 어디론가 움직이고 있었고, 라일리의 스마트워치로 전화를 건 것이었다.(자동차 스스로 운전이 가능해진 이후로, 부모들은 자동차에게 보호자 역할까지 맡겼다.) 날씨는 평소처럼 끝내주게 화창했고, 두 소녀는 수영복 차림에 선글라스를 끼고 있었다.

지구에서 달까지의 전화 연결은 그리 나쁜 편은 아니었다. 그렇긴 해도, 신호가 약 38만 킬로미터를 가야 하므로, 말하는 사람과 듣는 사람 간에 몇 초 시간 지연이 있었다. 그리고 또다시 몇 초가 지나야 상대방의 말을 들을 수 있었다. 원칙적으로 이런 문제는 어떻게 손을 써볼 수 있는 문제가 아니었다. 결국 각자 하고 싶은 얘기를 하다가 끝나기 일쑤였는데, 시간이 좀 지나자 우리는 그런 현상에 적응이 된 터였다.

"안녕." 라일리가 말했다. "별일 없니? 메시지 엄청 보냈는데."

"한 시간 전에야 알았어. 기지에서 인터넷을 금지시켰거든."

"이런. 흥미진진한 하루였겠는데?"

"그러게. 이번이 처음이다."

NASA에서는 개인적인 통화도 감시하고 있었지만, 나는 가볍게 빈정대는 정도는 괜찮다는 것을 알고 있었다.

"잘 지내고 있는 거지? 그 사람, 알던 사람이야?"

"여기 사는 사람은 겨우 22명밖에 없는걸. 당연히 알지."

"언니 말, 무슨 뜻인지 알잖아!" 엘리자가 말했다. "잘 어울렸던 사람인지, 아님 오빠한테 신경도 안 쓰는 그저 그런 노인네였는지 말이야."

순간, 홀츠 박사님이 등장한 뉴스 영상에 시선을 **빼앗겼다**. 박사님은 발사를 앞둔 우주선에 탑승하고 있었다. 그 누구보다도 행복한 표정을 지으며 카메라들을 향해 손을 흔들고 있었다.

"박사님은 연세가 많으셔서 우리 같은 애들보단 어른들과 어울리셨지. 하지만 늘 나한테 잘해주셨어. 다른 사람들도 박사님을 정말 좋아했고."

"이런. 어쩐대." 라일리가 말했다. "장례식은 치른대?"

"솔직히, 나도 잘 모르겠어. 누가 그런 생각을 하고 있기나 한지도 모르겠고."

"그럼 거기에 묻어드리는 거야?" 엘리자가 물었다. "그럼 최초로 달에 묻힌 사람, 뭐, 그렇게 되겠네?"

"그럴 것 같진 않아."

"그럼 어떻게 할 생각인데?" 엘리자가 다그치듯 물었다. "우주로 쏴 보내기라도 할 거야?"

"아닐걸. 홀츠 박사님이라면 그래주길 바라셨겠지만."

"그나저나, 여기선 온통 그 얘기뿐이야." 라일리가 말했다. "인류 최초로 달에서 사람이 죽었으니, 네가 정말 존경스러울 정도야. 우리도 갔으면 좋았을걸."

"고맙다. 어디 가는 거야? 서핑하러?"

"잘 아네. 코할라에 왔어. 오늘 날씨가 완전 그림 같아. 봐봐."

해변의 모습을 내가 잘 볼 수 있도록, 라일리가 스마트워치의 방향을 바꿨다. 마침 때맞춰, 새파란 파도가 밀려들어오고 있었다.

못 견디게 지구가 그리운 나머지, 절로 신음 소리가 새어나왔다.

"아, 뭐야. 염장 지르는 것도 유분수지."

"염장이라고?" 엘리자가 되물었다. "여보세요! 달에 가 있는 사람이 누군데!"

"넌 6G나 되는 중력가속도를 이겨내며 우주선을 탔잖아." 라일리가 거들었다. "코할라의 파도는 회전목마 수준이지."

"하긴. 그래도 난 늘 거기가 그리워."

실제로는 전혀 행복하지 않은 내 형편을 사실대로 털어놓고 싶은 마음이 굴뚝같았다. 두 사람이 나에 관해 들은 그럴싸한 얘기들은 순전히 과장된 홍보에 불과했다.(희한하게도, 내 입으로 꺼낸 얘기는 하나도 없었다.)

"오빠, 오늘 거기, 어떤 여자애가 새로 왔다며? 맞지?" 엘리자가 물었다. "아직 못 만났어?"

"응, 만났어. 내가 걔 환영 담당이었어."

"어때 보여?" 라일리가 물었다.

"괜찮던데."

"우우!" 엘리자가 흥얼거리듯 말했다. "벌써 뿅갔네. 키스할 거야?"

"멍청한 소리 좀 그만둬."

라일리가 여동생을 화면 밖으로 힘껏 떠밀었다.

"대시 오빠는 달나라에!" 엘리자가 아랑곳 않고 노래를 불렀다. "여자친구가 생겼대요!"

그때, 배경화면 모드로 재생되고 있던 뉴스에서, 홀츠 박사님에 관한 어떤 장면이 갑자기 내 눈에 들어왔다. 그게 어떤 장면인지는 확실치 않았지만, 나를 벌떡 일어나게 만들기엔 충분했다.

라일리가 내 표정 변화를 눈치챈 듯했다.

"왜 그래?"

나는 모니터를 가볍게 톡 쳐서, 홀츠 박사님이 제법 젊었을 적에 파티장이라도 가는 듯 위아래로 번듯하게 차려입고 나온 장면을 정지시켰다.

"아무것도 아냐. 그냥 움찔한 거야."

"난 이만 서핑하러 가봐야겠다." 라일리가 말했다. "잘 지내고, 혹시 헛것이 보인다거나 그러면, 언제든지 나한테 연락해."

"나 대신 재밌게 타라."

"알로하, 무니."

라일리가 전화를 끊었다. 나는 그녀가 보여준 해변 풍경을 떠올리며, 잠깐 동안 미치도록 고향이 그리웠다.

다시 뉴스 영상을 보려다가, 문득 어떤 생각이 떠올랐다.

내가 홀츠 박사님의 통화를 엿들었을 때는 대화 간의 지연 시간이 2초도 채 되지 않았다. 통화 상대방의 목소리는 들을 수 없었지만, 그 정도는 분명히 알 수 있었다. 누군가와 통화할 때 상대방의 대답을 듣기 위해 몇 초씩 기다려야 한다면, 왠지 좀 대화가 부자연스럽기 마련이다. 그런데, 홀츠 박사님은 통화할 때 전혀 그렇지 않았다. 즉, 박사님은 지구가 아니라, 달에 있는 누군가와 통화하고 있었던 거다.

도대체 그럴 만한 사람이 누가 있을지 궁금했다. 도대체 누가 그 시간에 깨어 있었단 말인가? 그리고 무슨 이유로 두 사람은 전화를 사용해야 했을까? 기지 내의 어딘가에서 따로 만나서 얘기할 수도 있는데.

한숨이 절로 나왔다. 이렇게 방 안에 꼼짝없이 갇힌 상태에서는 더 이상 캐낼 방법이 없었다. 그래서 뉴스에 집중하기로 하고 영상을 30초쯤 뒤로 돌렸더니, 내가 놓쳤던 것을 발견할 수 있었다.

홀츠 박사님의 인생을 재조명하는 내용이었는데, 사진으로 봐선 10년 전쯤의 모습을 담고 있었다. 박사님의 머리카락은 희끗희끗했지만 백발까지는 아니었다. NASA에서 일할 때의 다양한 장면들이 스쳐 가는 동안, 리포터는 이렇게 얘기했다. "최근 수년 동안 홀츠 박사는 달기지 알파 건설의 핵심 인물로서, 우주비행사로서의 자신의 경험과 연구를 바탕으로, 인간이 달에서 살 수 있는 최상의 환경을 만드는 데 주력해왔습니다."

그다음에 내가 아까 잠깐 봤던 장면으로 바뀌었는데, 바로 박사님이 표창을 받는 시상식 장면이었다.

"홀츠 박사는 다양한 방면에서 그 공로를 인정받고 있습니다." 리포터는 계속해서 말했다. "그는 국가과학상을 수상한 것은 물론, 저중력 환경이 인간 몸에 끼치는 영향에 대한 연구 성과를 인정받아 NASA로부터 과학 부문 특별상을 수상하기도 했습니다."

"일시 정지." 나는 컴퓨터에게 명령했다.

이번에도 아까와 똑같은 장면이 내 눈에 잡혔다. 아까는 워낙 순식간에 지나치는 바람에 그게 뭔지 잘 보지 못했었다.

문제의 장면은, 번듯하게 정장을 빼입고 시상대 앞에 선 홀츠 박사님에게 NASA의 캐롤라인 레서 국장이 메달을 걸어주고 있는 장면이었다. 그들 주위에는 NASA 직원으로 보이는 수백 명의 사람들이 연회용 탁자에 앉아 열정적으로 박수를 보내고 있었다.

그런데, 모든 사람들이 그렇게 열정적으로 박수를 보내고 있던 것은 아니었다.

다른 사람들이 모두 기뻐하고 있는 와중에, 앞쪽 탁자에 앉은 한 사람만은 전혀 기쁜 얼굴이 아니었다. 만약 그가 눈에 띄는 모히칸족 머리를 하고 있지 않았다면 알아채지 못했을 것이다.

나는 그 장면을 손으로 톡 건드렸다.

"확대."

컴퓨터가 그의 얼굴을 확대하자, 하이테크 창 박사의 얼굴이 선명하게 나타났다.

자세히 살펴보니, 그는 단순히 기뻐하지 않는 얼굴이 아니었다.

그는 증오의 눈빛으로, 홀츠 박사님을 노려보고 있었다.

식사

MBA에서의 식사는 단체로 이루어지기 때문에 매 식사 시간은 파티를 즐기는 것과 같습니다! 여러분은 기지의 동료 주민들과 함께 구내식당에 모여, 선택할 수 있는 수백 가지의 메뉴들 중에서 마음대로 골라 식사를 즐길 수 있습니다. 이미 80년 전부터 요리 비법을 연구해온 NASA의 요리 사들이 여러분의 다양한 입맛을 충족시켜드릴 것입니다. 치킨 파르미지아 나, 치즈 엔칠라다스, 새우 칵테일처럼 전통적으로 선호하는 음식은 물론 이고, 한국식 오리 타코, 양고기 커리 라자냐, 페루식 스프링 롤과 같은 새 롭게 개발된 퓨전 요리들도 마음껏 즐겨보십시오!* 드시기 편하도록 미리 조리되어 개별 포장된 음식을 골라 수분공급기에 넣기만 하면, 30초 만에 맛있는 식사를 즐길 수 있습니다! 무엇보다 놀라운 것은, NASA에서 제공 한 이 음식들이 모두 공짜라는 사실입니다. 여러분은 MBA에서 너무나 쉽 게 맛있는 음식을 맛볼 수 있기 때문에, 나중에 지구로 귀환했을 때는 실 망할 수도 있다는 점을 기억하십시오!

---

* 기지 주민들의 제한 식이요법 취향을 존중하는 차원에서, 개인적으로 코셔, 할랄 등 의 종교적 식사법을 실천해야 하거나, 채식주의자이거나 기타 다른 기피 음식이 있는 경우, 여러분은 우주선 발사 전에 개인별 맞춤 식단을 요청할 수 있습니다.

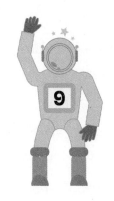

음식다운 음식

달 생활 188일째

저녁식사 시간

나는 부모님 덕분에 저녁을 먹으러 방에서 빠져나올 수 있었다.

두 분은 그날따라 이런저런 할 일이 많아 바쁜 와중에, 저녁식사 얼마 전에야 내가 근신 처분을 받았다는 얘기를 전해 들었다. 엄마, 아빠는 니나 대장이 내게 근신 명령을 내린 것을 부당하다고 생각했다. 날달걀 사건을 목격한 모든 사람들의 증언에 따르면, 패튼 쇼버그 역시 비난을 받을 만했다는 것이다.

나는 기지의 다른 사람들과 함께 구내식당 안에 자리 잡고 앉았다. 평소 같으면 MBA에서 밥을 먹는 일 역시 근신 처분만큼이나 괴로운 일로 여겼을 테지만, 마침 그날은 신선한 음식들이 도착한 날이었기 때문에 기대감에 부풀어 있었다. 그런 기분은 다른 사람들도 마찬가지였다. 구내식당 안은 사람들로 바글댔고, 서로 자기 차례가 오기만을 목을 빼고 기다렸다.

평상시 자기 음식은 스스로 준비해야 했다. 하지만 신선한 음식은 신경 쓸 게 많아서 니나 대장과 창 박사, 그리산 씨에게 음식 조리 및 배급의 영광이 돌아갔고, 다른 사람들은 차례를 기다려야 했다. 식당 안이 너무 붐비는 탓에, 키라의 아빠와 다프네 메릿 박사가 우리 가족과 합석하게 되었다. 그 시각, 구내식당에 모습을 보이지 않은 사람은 키라뿐이었다.

"아저씨 딸은 어디 갔어요?" 바이올렛이 물었다.

"으응?"

바깥 우주의 풍경에 넋이 나가 있던 하워드 박사는 주위를 두리번거리고 나서야 키라가 없다는 걸 알아차렸다.

"아, 새로운 곳에 왔으니 여기저기 둘러보는 모양이구나."

"오래 볼 것도 없을 텐데요." 내가 중얼거렸다. "여기가 그렇게 넓은 데도 아니고."

"내가 좋아하는 점 중에 하나가 바로 그거야." 다프네 박사가 신이 나서 말했다.

바이올렛 말고, 기지 내에서 매 순간 흥미를 잃지 않는 유일한 사람이 바로 다프네 박사였다. 바이올렛과 달리, 다프네 박사는 기지의 문제점들을 속속들이 파악하고 있었다. 다만 딱히 신경 쓰지 않을 뿐이었다.

"아늑해서 좋잖아? 건물만 크고 썰렁한 것보단 훨씬 낫지."

"맞아요!" 바이올렛이 말했다. "저도 여기가 좋아요!"

두 사람 말고, 그 말에 동의하는 사람은 아무도 없었다.

나는 혹시 키라가 컴퓨터를 해킹하겠다고 어딘가를 헤매고 있는 건 아닌지 걱정이 됐다. 물론 지금이야말로 그녀에게 최고의 기회이긴 했다. MBA 사람들이 죄다 식당 안에 모여 있으니 말이다.

식당 안 저편에, 이번에 새로 온 임시체류자들과 함께 앉아 있는 잔의 모습이 보였다. 태양열 집열판 설치 회사에서 나온 두 명과 아직 소개받지 못한 어떤 여자 한 명. 나와 눈이 마주치자, 잔이 한쪽 눈으로 윙크하며 우리는 한 팀이라는 표시를 보냈다.

아빠가 하워드 박사를 향해 말했다.

"키라를 찾아보시는 게 좋겠는데요. 당분간 오늘 저녁 같은 특식은 없을 거예요. 따님이 이 기회를 놓치지 않았으면 좋겠네요."

아빠가 주방 쪽을 가리켰다. 그곳에서는 니나 대장과 창 박사, 그리산 씨가 말 그대로 진짜 햄버거를 만들고 있었다.

물론 MBA에서는 햄버거를 굽기 위해 불을 사용할 수 없었다. 열린 공간에서 어떤 종류든 불을 사용하면 귀할 대로 귀한 산소를 태워먹기 때문이다. 그리고 혹시 기지 안에 화재라도 발생하면, 사람들이 대피할 곳은 어디에도 없다. 그래서 햄버거는 휴스턴 관제 센터에서 이미 조리된 상태로 진공 포장된 것들이었다. 모양새는 좀 이상해 보였지만 비닐 팩은 놀라우리만큼 원재료의 향을 잘 보존하고 있었다.

이제 우리의 요리사들은 전자레인지에 데운 햄버거들을 신선한 당근, 피클과 함께 접시에 담아내고 있었다. 쇼버그 가족은 이기적 이게도 자기들 먼저 달라고 요구했다. 저녁식사를 받아 온 그들의 접시에서 나는 고기 냄새가 미친 듯이 우리의 코를 자극했다.

식당 안의 사람들은 모두 최면이라도 걸린 듯, 넋이 나간 채 자 기 차례가 오기만을 기다렸다. 그런 와중에도 하워드 박사는 여전 히 정신이 딴 데 팔려 있었다.

"네에?" 그가 되물었다. "키라요? 아, 걔는 채식주의자일걸요."

"그런 것도 잘 모르세요?" 엄마가 놀라서 물었다.

하워드 박사가 고개를 저으며 멋쩍게 웃었다.

"열두 살짜리 여자애 취향을 무슨 수로 다 알겠어요?"

그때, 가볍게 딩동 소리가 나면서 내 스마트워치에 메시지가 표 시됐다. 엘리자 복이 보낸 문자였다. **새 여친은 잘 있지?**

"대시, 식사 중엔 문자 하면 안 되지." 엄마가 말했다.

"알아요."

쇼버그 가족을 힐끗 봤다가 뱃속에서 꾸르륵 소리만 나고 말았 다. 그들은 한입 베어 물 때마다 맛있어 죽겠다는 듯 신음 소리를 내고 입을 쩝쩝거리면서 지저분한 광경을 연출하고 있었다.

전자레인지에서 땡 소리가 들렸다. 모든 사람들이 마치 다람쥐 를 발견한 개처럼 그쪽을 처다봤다. 다음 차례는 아이들이었다. 그 리산 씨가 접시에 햄버거를 올려놓으면 니나 대장과 창 박사가 음 식을 날랐다.

니나 대장이 우리 탁자 위에 두 개의 접시를 내려놓았다.

"자, 여기 있다! 맛있게 먹으렴! 그런데 말이야, 대시. 비디오 블로그에 올리기로 한 건 아직이니?"

나는 그걸 까맣게 잊고 있었지만, 당황하지 않고 둘러댔다.

"아직 작성 중이에요. 말씀하신 대로, 다른 건 다 제쳐두고 열심히 하고 있어요."

내가 거짓말하는 걸 알고 있다는 듯 그녀가 순간 미간을 찌푸렸지만 이내 미소를 지었다.

"고맙다. 빨리 봤으면 좋겠구나."

니나 대장이 내 옆에 있는 것만으로도 짜증이 날 지경이었지만, 그래도 햄버거를 갖다 준 그녀를 껴안아주고 싶은 마음까지 들었다. 이렇게 맛있어 보이는 건 생전처음이었다. 침샘에서 침이 마구 분비되고 있었다. 나는 햄버거 한 조각을 작게 잘라 입 안에 넣고 굴렸다. 너무 좋아서 믿어지지가 않았다. 미치도록 감동적인 풍미에 현기증마저 났다.

식당 저편에서는 창 박사가 마르케스 가족 자녀들에게 햄버거를 나눠주고 있었다. 로디 녀석은 접시를 탁자에 내려놓기도 전에 햄버거를 낚아채더니 급히 입에 쑤셔 넣었다.

"혹시 창 박사님이랑 홀츠 박사님이 전에 같이 일한 적 있어요?"

"응." 아빠가 말했다. "몇 년 전 NASA에서 공동 프로젝트를 진행한 적이 있지."

"두 사람 사이는 서로 괜찮았어요?"

엄마가 이상하다는 듯 나를 쳐다봤다.

"그건 왜 묻니?"

"홀츠 박사님이 그렇게 되셨는데도, 창 박사님은 별로 슬퍼 보이지 않는 것 같아서요."

"그래 보인다고 슬프지 않은 건 아니지." 엄마가 말했다. "창 박사가 얼마나 마초인지는 너도 잘 알잖니. 아마 마음 약한 구석을 드러내기 싫어서겠지. 하지만 확실한 건, 창 박사도 다른 사람들 못지않게 홀츠 박사님을 좋아했다는 거야."

"그게… 꼭 그렇진 않았지." 아빠가 말했다.

엄마와 다프네 박사가 그 말에 놀라 아빠 쪽으로 고개를 돌렸다. 하워드 박사는 여전히 천장 위의 뭔가를 올려다보고 있었다.

"그게 무슨 뜻이죠?" 다프네 박사가 물었다.

아빠는 주변 탁자에 앉은 사람들에게 들리지 않게 목소리를 낮춰 말했다.

"창 박사는 홀츠 박사님이 자기 아이디어를 훔쳐갔다고 주장하고 있어요."

"그게 언제인데요?" 엄마가 물었다.

"한 5년 전쯤." 아빠가 대답했다. "창 박사는 우주에서 인간의 산소 소비 효율을 개선할 수 있는 특별한 방법을 발견했대요. 그게 뭔지는 나한테 묻지 마세요. 나도 설명하기 힘드니까. 설명하려면 너무 복잡하거든요. 어쨌든 창 박사는 생물학자가 아니라서 홀츠 박사님을 찾아가 그 얘기를 꺼냈는데, 나중에 홀츠 박사님이 자기 아이디어로 연구하고 있는 걸 알게 됐다고 하더군요."

다프네 박사가 놀라서 숨을 들이마셨다.

"믿을 수가 없네요. 홀츠 박사님이 그런 짓을 하실 분이 아닌데!"

아빠가 어깨를 으쓱했다.

"전 그저 창 박사의 말을 그대로 전했을 뿐입니다. 홀츠 박사님이 다른 사람 아이디어를 도용했을 거라고 상상하긴 힘들지만, 창 박사가 그런 말을 꾸며냈다고 생각하는 것도 쉬운 일은 아니죠."

"뭔가 오해가 있었겠죠." 엄마가 말했다.

"내 생각도 그래요." 아빠가 맞장구치며 말했다. "아무튼, 진실이 뭐든 간에 이젠 다 부질없는 게 돼버렸죠. 만약 두 사람 사이에 계속 불화가 있었다면, NASA가 지금까지 두 사람 다 데리고 있진 않았을 겁니다."

나는 그 얘기가 사실인지 의심스러웠다. 어쩌면 창 박사는 달에 오는 기회를 박탈당할까 봐 홀츠 박사님을 용서하는 척했을지도 모른다. 아무리 그렇다 해도, 누군가를 죽일 만큼 그 아이디어가 대단한 것이었을까? 생각해보면 말도 안 되는 일인데, 하긴 이 세상은 말도 안 되는 이유 때문에 사람들이 목숨을 잃곤 하지 않는가.

"보나 마나 이젠 다 잊었겠죠." 다프네 박사가 쾌활한 목소리로 말했다. "홀츠 박사님 상대로 누가 그렇게 뒤끝이 오래가겠어요? 박사님이 얼마나 마음이 따뜻한 분인데!"

"그럴지도 모르죠. 하지만 창 박사는 여전히 홀츠 박사님을 싫어하는 사람들 중 한 명이에요." 아빠가 말했다.

다프네 박사가 방금 이 세상에 부활절 토끼는 없다는 말을 들은 아이 같은 표정을 지었다.

"그럴 리가!"

"저는 지금 홀츠 박사님이 그런 짓을 할 사람이란 말을 하는 게 아닙니다." 아빠가 말을 이었다. "하지만 특히 NASA처럼 규모가 크고 정치적 간섭을 받는 기관에선 이런저런 이유로 서로 탐탁지 않아 하는 사람들이 존재해요. 제아무리 홀츠 박사님이라 해도 적은 있는 법이죠."

"말하자면요?" 나는 최대한 대수롭지 않은 척하며 물었다.

아빠가 막 대답을 하려는데, 식당 저편에서 소동이 일어났다. 로디 녀석이 목이 막혀 컥컥대고 있었다. 너무 급히 햄버거를 먹어치우다가 씹지도 않고 삼킨 것 같았다.

"목에 뭐가 걸렸나 봐!"

엄마가 아빠와 함께 로디를 도우러 달려갔다. 다른 사람들도 우르르 녀석한테 달려갔다. MBA에서는 한 사람도 빠짐없이 기본적인 응급구호 교육을 받은 터였다.

가장 먼저 달려간 사람은 창 박사였다. 그는 문신이 새겨진 두 팔을 로디의 허리에 감은 다음, 빠르고 강하게 녀석의 명치를 쿡 찔렀다.

달걀만 한 고깃덩어리가 로디의 입에서 튀어나오더니, 식당 안을 반쯤 날아가 라스 쇼버그 씨의 얼굴을 정통으로 강타했다. 소스라치게 놀란 쇼버그 씨가 비명을 지르며 뒤로 자빠지면서 탁자가 뒤집혔다. 쇼버그 가족이 먹고 있던 음식들이 공중으로 치솟았다가 쇼버그 씨를 덮쳤다.

만약 다른 누군가가 이런 일을 당했다면 사람들은 걱정스러운 반응을 보였을 거다. 하지만 라스 쇼버그 씨가 최근 몇 주 동안 자신이 우주에서 가장 멍청한 존재임을 끊임없이 알려왔던 탓에, 사람들 모두 염려는커녕 박장대소하기 바빴다. 심지어 니나 대장마저도 큰 소리로 웃음을 터뜨렸다.

쇼버그 씨가 비틀거리면서 간신히 일어났지만, 그의 얼굴에는 음식 찌꺼기들이 덕지덕지 붙어 있었다.

"왜 웃고 난리들이야!"

쇼버그 씨가 잔뜩 화가 나서 고함을 질렀지만, 사람들은 더 격하게 웃어댔다. 얼굴에 붙은 음식 찌꺼기들을 다 태울 듯 쇼버그 씨의 얼굴이 붉으락푸르락 달아올랐다.

"그만들 하라니까!"

쇼버그 씨가 으르렁대더니 곧장 니나 대장에게 걸어갔다.

"이렇게 끔찍한 곳에서 그동안 당할 만큼 당했소. 내 돈을 돌려주시오!"

니나 대장이 놀라서 웃음을 꾹 참으며 말했다.

"그게… 저한테는 그럴 권한이 없습니다. 쇼버그 씨, 제가 알기론 환불이 안 되는 것으로 압니다만."

"계약서를 쓸 땐 일생일대 최고의 모험이 될 거라고 했는데, 모험은 개뿔! 이게 고문이 아니고 뭐냐고! 객실은 형편없고 음식은 역겹고 사람들은 죄다 웬수들뿐인데! 나도 참을 만큼 참았소. 이틀 후 출발하는 지구행 우주선에 우리 가족도 타고 갈 테니 그렇게 아시오!"

"제가 보내드릴 수 없다는 걸 잘 아시잖습니까. 자리도 꽉 찬 상태이고요. 앞으로 3개월 동안은 가고 싶어도 가실 수 없습니다."

"그럼 다른 사람을 몇 명 안 태우면 되잖소!"

"그렇게 해요, 대장!" 창 박사가 외쳤다. "제발 다른 사람들하고 바꿉시다. 저 사람들을 빨리 보낼수록 우리에겐 더 좋아요."

사람들이 그 말에 동의하며 웅성거렸다. 다만, 지구로 귀환하는 우주선에 탑승할 임시체류자들은 자칫 3개월 동안 꼼짝없이 이곳에 갇히게 될지도 모른다는 생각에 잔뜩 겁에 질린 표정이었다.

이런 반응은 쇼버그 씨를 더욱 격분하게 만들었다.

"내가 가겠다는데 당신이 무슨 권한으로 날 막아? 나는 지구에서 가장 영향력 있는 사람들 중 한 명이란 말이오!"

"이런 말을 해서 좀 안됐소만," 창 박사가 비아냥댔다. "당신은 지금 지구 위에 있는 게 아니오."

쇼버그 씨가 니나 대장을 잔뜩 노려봤다.

"나는 이번 우주선을 타고 집으로 돌아가야겠소. 그렇게 만드시오. 그렇게 하지 못한다면, 나는 당신 인생을 아주, 아주 힘들게 만들 거요. 이곳에서는 물론, 나중에 지구로 돌아가더라도 말이오. 내겐 고위층 친구들이 많다는 것만 아시오."

그 말을 남기고 그는 휙 몸을 돌려 구내식당을 빠져나갔다. 그의 가족들이 뒤를 따랐다.

순간, 모두들 망연자실한 듯 아무 소리도 내지 못했다. 하지만 그것도 잠시, 아직 햄버거를 받지 못한 사람들이 햄버거를 달라고 아우성치기 시작했다. 사람들은 쇼버그 씨의 협박을 괜한 흰소리쯤으로 여기는 것 같았다. 쇼버그 가족이 떠나고 나자, 구내식당 안은 오히려 신이 난 분위기였다. 오직 니나 대장만이 근심이 가득한 표정을 짓고 있었다.

그리고 나도. 걱정스럽기는 나도 마찬가지였다. 만약 라스 쇼버그 씨가 홀츠 박사님의 살해범이라면, 그는 방금 달에서 가장 빠르게 빠져나갈 수 있는 구실을 찾은 셈이었다. 나는 그 이유를 알 것 같았다. 만약 라스 쇼버그 씨가 진범이라면, 달에서 체류하는 시간이 길수록, 그만큼 갇혀 있는 셈이다. 그러나 지구로 돌아간다면, 자신을 심판대에 세우려는 어떤 시도가 있더라도, 자신의 부와 권력을 이용해 변호사로 하여금 대신 싸우게 할 수 있다.

그때 스마트워치에서 진동이 울렸다. 문자를 확인하니, 키라가 보낸 것이었다.

네가 찾고 싶어 하는 걸 발견했어. 와서 봐. 우리 집으로. 지금.

에어로크

MBA에는 두 군데의 출구가 설치되어 있습니다. 하나는 중앙 에어로크이고, 다른 하나는 비상탈출용 예비 에어로크입니다. 달의 표면으로 드나들기 위해서는 기본적으로 중앙 에어로크만을 사용하며, 비상탈출용 예비 에어로크는 1) MBA에 비상탈출 상황이 발생했을 때, 2) 중앙 에어로크가 폐쇄되었거나 정상 작동하지 않을 때를 제외하곤 절대로 사용해서는 안 됩니다.*

중앙 에어로크는 달의 표면으로 나가 규정 업무(예를 들면 유지·보수, 연구, 우주선 착륙장 출입 등)를 수행하기 위해 승인을 받은 주민에 한하여 사용할 수 있습니다. 규정 업무를 수행하지 않는 주민은 중앙 에어로크에 접근을 삼가주시기 바랍니다. 중앙 에어로크는 놀이기구가 아닙니다! 함부로 손대면 당신은 물론, 당신 가족과 MBA 내 모든 동료들의 목숨까지 위태로워질 수 있습니다.

---

* 하지만 그런 비상사태가 발생할 가능성은 극히 희박하니 안심하시기 바랍니다. MBA에 설치된 해밀턴 사의 XP-50 에어로크는 NASA에서 수년 동안 치러진 작동 테스트에서 99.9995%의 신뢰도를 확보한 제품입니다.

마지막 메시지

달 생활 188일째

저녁식사 후

내가 문을 두드리자마자, 키라가 문을 열고 나를 집 안으로 홱 끌어당겼다. 그러고는 즉시 문을 잠갔다.

"왜 이렇게 오래 걸렸어?"

"너한테 문자 받자마자 온 거야."

"문자 보낸 지 5분이나 됐단 말이야."

"저녁 먹는 중이라 핑계 대느라고."

키라가 눈살을 찌푸리더니 모니터가 달린 탁자를 가리켰다.

나는 재빨리 자리를 잡고 앉았다.

"그러니까, 홀츠 박사님 영상 기록을 찾은 거야?"

"찾았지."

키라도 큐브를 잡아끌어 내 옆에 자리 잡고 앉았다. 흥분되는지 그녀의 눈이 커졌다.

"대단한데? 아무래도 넌 컴퓨터 천재인가 보다."

"꼭 그런 건 아니야. 꼼수를 좀 썼지."

"무슨 꼼수?"

"음, 네가 아까 말했잖아. 로디가 해킹할 줄 안다고… 로디한테 가서 방법을 알려달라고 했지."

"걔가 그걸 알려주디? 방금 만난 사람한테?"

"너야말로," 키라가 되받아쳤다. "방금 만난 나한테 이번 일을 함께 조사하는 걸 믿고 맡겼잖아."

"그거랑은 좀 다르지. 네가 엿듣는 바람에 나로선 어쩔 수 없었던 거잖아."

"그게 그거지 뭐." 키라가 어깨를 으쓱거렸다. "요점은, 로디가 나한테 방법을 알려줬다는 거야. 물론, 로디한테 진짜 이유는 말 안 했어. 그냥 내가 여기서 컴퓨터로 뭘 하는지, NASA에서 엿보는 게 싫다고만 했어."

"그 말을 믿디?"

"응. 아무래도 걔가 나한테 관심 있는 것 같더라. 해킹 방법을 가르쳐주면서 왠지 좀 오버하는 느낌? 자기랑 같이 밥 먹으러 가지 않겠냐는 둥, 자기 집에 놀러 오지 않겠냐는 둥, 계속 묻더라니까."

나는 로디의 입장에서 곰곰이 생각해봤다. 충분히 그럴 만했다.

달에 온 이후 몇 달 동안이나 또래 여자라곤 눈 씻고 찾아봐도 없던 차에, 느닷없이 쌈박한 여자애가 나타난 것도 감지덕지인데, 자기처럼 컴퓨터에도 관심이 많아 보이니.

"너한테 한눈에 뿅갔나 보다."

"헐~ 괜히 너 돕겠다고 나섰다가 니나 대장님 눈 밖에 나는 것도 모자라, 나더러 컴퓨터 폐인까지 신경 쓰라는 거야?"

"이것 보세요. 도와주겠다고 자청한 사람은 바로 너야. 네 입으로 말했잖아. 더한 일도 수두룩하게 겪었다고."

"그래, 맞아."

나는 키라가 컴퓨터에서 어떤 걸 찾아냈을지 무척이나 궁금했지만, 되묻지 않을 수 없었다.

"더한 일이란 게 뭔데?"

키라가 잠시 나를 빤히 쳐다보더니 이렇게 말했다.

"가지 말라는 곳을 걸핏하면 갔지."

"무단침입, 뭐 그런 거야?"

"맞아. 하지만 나쁜 의도가 있어서 그랬던 건 절대 아니고…" 키라는 당혹스러운 표정이었다. "뭐랄까, 세상엔 특별한 이유도 없이 가지 못하게 막는 곳들이 있거든. 난 그냥 그걸 무시했을 뿐이야."

"그래서, 어디 어디 가봤는데?"

"엄청나게 많은 명화들을 보관하고 있는 필라델피아 미술관 창고도 갔었고, 동물원 축사도 갔었고, 이글스 미식축구팀 경기장에 있는 지하 터널도 갔었고…."

"정말? 어떻게 들어갔는데?"

"그냥 걸어서 들어가면 돼."

"아빠한테 한 번도 들킨 적이 없어?"

"아니, 한 번 있어. 아빠가 속상해하셨지. 하지만 내가 범죄를 저지른 것도 아닌데 뭐. 물건을 훔친 적도 없고, 기물을 파손한 적도 없어. 난 그냥 호기심으로 그랬을 뿐이야. 여기 오게 된 것도 나한테 호기심이 너무 많아서인지 몰라. 여기보다 제한구역이 더 많은 데가 또 있겠니? 안 그래?"

"여기 와선 걸린 적 없어?"

"한 번도. 사람들은 여기 내가 있는지도 모르는 것 같았어. 보안팀 직원이랑 맞닥뜨린 적도 있는데, 길 잃은 아이처럼 좀 울먹거렸더니 불쌍하게 보더라. 나한테 사탕을 쥐여준 사람들도 많았어."

다른 얘기들도 궁금해서 물어보려는데, 키라가 입을 열었다.

"넌 홀츠 박사님 사건에 대해 내가 알아낸 게 뭔지 안 궁금한가 보네?"

"그야 당연히 궁금하지."

"좋아, 그럼. 컴퓨터, 영상을 보여줘."

"네, 아가씨."

컴퓨터가 공장 출고 시의 기본 여성 목소리로 말했다. 일시정지 영상이 모니터에 띄워졌다. 에어로크 직전의 대기구역을 높은 곳에서 촬영한 것이었다.

"로디가 가르쳐준 덕분에 시스템에 접속하는 건 식은 죽 먹기였지만, 이것들을 일일이 찾는 데는 꽤 시간이 걸렸어. 혹시 너, 여기에 카메라가 몇 대나 설치돼 있는지 아니?"

"이삼백 개쯤?" 나는 대충 찍어서 말했다.

"2,026개야."

나는 놀라서 다시 자리에 주저앉았다.

"정말?"

키라가 고개를 끄덕였다.

"카메라가 없는 데가 없어. 모든 공간마다 최소 열 개씩은 있어. 우리 숙소들만 빼고. 어떤 것들은 숨겨져 있어. 지붕에도 있고, 벽에도 있고, 심지어 화장실에도….”

"안전 문제 때문이겠지."

"어쨌든 일일이 찾아보기엔 카메라 수가 너무 많았어. 카메라 한 대당 몇 달 치 영상이 기록돼 있고. 하지만 난 결국 네가 원하는 걸 찾아냈어.”

키라가 모니터에 띄워진 일시정지 화면을 가리켰다.

"이 화면이 대기구역을 가장 넓은 각도로 볼 수 있는 화면이야. 그러니까 만약 홀츠 박사님 옆에 누군가 있었다면 누군지 알 수 있겠지. 안 그래?"

"그렇지."

그 화면은 광각의 어안렌즈로 촬영된 것이라서, 대기구역과 에어로크뿐 아니라 양쪽으로 연결된 복도의 상당 부분까지 잡아내고 있었다.

"좋아, 그럼. 무슨 일이 벌어지는지 보자구. 컴퓨터, 재생!"

"네, 아가씨."

영상이 재생되기 시작했다. 화면 밑에는 오전 5시 23분이라고 표시되어 있었다.

잠시 후, 구내식당과 연구동이 있는 쪽으로부터 대기구역으로 향하고 있는 홀츠 박사님의 모습이 보였다. 터벅터벅 힘없이 걷고 있는 그분의 얼굴은 비참하게 일그러져 보였다.

"아이고."

"왜?" 키라가 물었다.

"도저히 박사님 얼굴 같지가 않아서. 평상시 박사님은 말도 못하게 행복한 표정이거든. 걷는 모습만 봐도 박사님인 게 딱 티가 났는데. 항상 통통 튀듯이 걸으시거든. 그런데 저 모습 좀 봐봐."

"굉장히 슬퍼 보인다. 마치 조금 있으면 죽게 될 걸 알기라도 하는 것처럼 말이야."

"내 말이." 나는 그 말에 동의하면서도, 그녀의 생각에 깜짝 놀랐다. "그런데 저 때보다 세 시간 전 화장실에서 엿들었을 때만 해도, 박사님은 평소보다 훨씬 행복해 보였거든. 좋아 죽겠다는 듯이 말이야."

"잠깐만." 키라가 화면을 멈추고 말했다. "화장실 얘기는 또 뭐야?"

나는 그때 겪었던 일을 후다닥 얘기해줬다. 홀츠 박사님의 발견 얘기를 꺼냈을 때, 키라가 놀라서 입을 떡 벌렸다.

"세상에. 너 혹시, 박사님이 발견했다는 게 뭔지 짐작이라도 가?"

"아니. 어쨌든, 너무 이상하지 않니? 새벽 2시 반엔 위대한 발견을 사람들한테 알릴 생각에 들떠 있었던 분이, 어떻게 5시 반엔 저렇게 비참한 몰골일 수 있냐 이거지."

"나도 잘 모르겠다. 컴퓨터, 계속 재생."

키라의 명령에 영상이 다시 재생되기 시작했다. 홀츠 박사님이 보관함을 열고 우주복을 꺼내더니 천천히 입기 시작했다. 박사님이 곧 죽게 될 걸 알기라도 하는 것 같다고 했던 키라의 말이 귓가에 맴돌았다. 그러고 보니, 박사님의 모습은 영락없이 스스로 장례식을 준비하는 사람처럼 보였다.

"이해 안 되는 게 있어." 키라가 말했다. "만약 박사님이 곧 죽을 걸 알고 있었다면, 굳이 저렇게 우주복을 입을 필요가 있었을까? 입고 있던 옷 그대로 그냥 밖으로 걸어 나가면 되는 거 아냐?"

"누군지 모르지만, 사고처럼 보이길 원했던 배후가 있는 것 같아."

"글쎄. 그렇더라도 또 다른 문제가 생겨. 만약 배후에 누군가 있었다고 치자. 그럼, 정작 사건이 벌어졌을 때 그들은 어디 있었을까?"

"그거야 나도 모르지."

그건 나도 계속 머릿속에 맴도는 의문이었다. 카메라가 광각으로 전체를 비추고 있는 화면에서도, 누구 하나 보이는 사람은 없었다. 홀츠 박사님은 그야말로 혼자였다.

박사님은 외부로 나가기 전에 취해야 할 올바른 조치를 시범이라도 보이는 것 같았다. 우주복을 공기가 새지 않게 밀폐시키고, 머리에 쓴 헬멧의 잠금장치를 잠갔다. 그리고 다양한 측정장치들과 계기판들을 일일이 확인했다. 한마디로 우주복을 제대로 착용하고 있었다.

그런 뒤, 홀츠 박사님은 에어로크를 향해 걷기 시작했다.

나는 한숨을 내쉬었다.

"왜 그래?" 키라가 물었다.

"어째 일이 쉽게 풀린다 했다. 범인이 박사님한테 총이라도 겨누고 강제로 에어로크로 가게 했을 거라 생각했는데, 그게 아니었네. 저 장면만 보면, 딱 니나 대장님이 말한 그대로야. 이번 사건은 사고이지, 살인이 아니라는."

"그렇지만, 박사님의 행동은 어떻게 설명하고? 네가 말했잖아. 이상하다고."

나는 어깨를 으쓱했다.

"그렇다고 그게 누군가 강제로 박사님을 몰아붙였다는 증거는 아니지."

"그렇긴 한데," 키라가 말했다. "네가 봐야 할 게 또 있어."

"뭔데?"

"박사님이 에어로크 안으로 들어갔을 때, 자세히 봐."

나는 온 신경을 곤두세우며 화면 쪽으로 눈을 돌렸다.

홀츠 박사님은 지금 에어로크 앞에 있었다. 박사님이 숫자판의 비밀번호를 누르자 첫 번째 문이 미끄러지며 열렸다. 박사님은 압력실 안으로 들어가서 그 안에 자신을 가두듯 문을 닫았다. 그러고는 활짝 펴고 있던 왼쪽 손바닥 아래로 오른손을 움직였다.

"저기야!" 키라가 영상을 정지시키면서 외쳤다.

"뭔데? 그냥 손을 움직인 거잖아."

"그래. 그런데 왜일까? 저런 동작을 하다니, 좀 이상하지 않아? 5초 후 자기가 죽는다는 걸 알고 있는 사람이라면 특히 더."

나는 곰곰이 생각했다. 처음에 봤을 땐 손동작이 너무 미세해서 무슨 의도가 있는 것처럼 보이지 않았다. 하지만 키라의 말을 듣고 나선…

"좀 이상하긴 하다."

"그렇다니까. 만약 나한테 살 수 있는 시간이 몇 초밖에 안 남았다면, 나라면 뭔가 말을 남기려고 할 것 같아. 사방에 카메라가 있는 걸 알고 있다면 더더욱."

"박사님 모습이 더 잘 보이는 게 있어?"

"물론이지. 에어로크 안쪽에만 카메라가 네 대나 있어. 컴퓨터, 2번 카메라 영상 재생."

"네, 아가씨."

새로운 영상이 모니터에 띄워졌다. 이번 영상은 에어로크 안쪽에서 촬영된 것이었다.

"좋았어. 자, 그럼, 에어로크 안으로 들어간 다음 녹화된 영상부터 보자. 박사님이 아직 손동작을 하기 전이야."

에어로크의 양쪽 문 사이 벽에 설치된 카메라가 홀츠 박사님을 한층 더 가까이에서 잡고 있었다. 박사님이 에어로크 안으로 들어가자 박사님의 모습이 화면을 가득 채웠다. 안타깝게도 박사님의 얼굴은 보이지 않았다. 달의 대기층은 태양의 복사열을 튕겨낼 만큼 강하지 않기 때문에, 우주복 헬멧은 자체적으로 복사열을 차단하기 위해 설치된 가리개 탓에 곁에서 보면 커다란 거울처럼 보인다.(내 말이 무슨 말인지 궁금하다면, 우주비행사들의 사진을 검색해보기 바란다.) 그래서 우리 눈에 보이는 것은 박사님 얼굴이 아니라, 에어로크 내부가 반사된 모습이었다.

박사님의 등 뒤에서 에어로크 안쪽 문이 닫혔다. 그 순간, 박사님이 카메라 쪽으로 몸을 돌렸다.

"저기야!" 키라가 말했다. "봤어? 박사님은 카메라 위치를 알고 계셨어."

나는 다시 한 번, 박사님이 손을 움직이는 것을 볼 수 있었다. 이번에는 에어로크 안쪽에서 훨씬 크게 잡힌 장면이었다. 박사님은 밖의 달 표면을 물끄러미 쳐다보고 있었다. 그러면서 왼쪽 손바닥을 펼치고, 오른손을 그 밑으로 움직였다. 그런 다음 오른손을 둥글게 만들어 가슴 쪽으로 가져갔다.

키라가 영상을 다시 정지시켰다.

"저게 뭘까? 초조해서 꼼지락거리는 건 아닌 것 같은데, 안 그래? 뭔가 굉장히 의도적인 것 같단 말이야."

"그러게. 그래 보여."

나는 눈을 감고 생각에 잠겼다. 박사님의 행동이 왠지 모르게 익숙한 느낌이 들었는데, 그게 뭔지 콕 집어 말할 수는 없었다. 그렇지만 머릿속에 계속해서 뭔가 맴도는 것이 있었다. 뭐랄까, 예전에 본 적이 있는, 하지만 꽤 오래된.

"처음 봤을 땐, 무슨 손 운동 같은 건 줄 알았어." 키라가 말했다. "문워크 나가기 전에 딱딱한 우주복 장갑을 부드럽게 푸는 그런 거. 그런데 이런 생각이 들더라. 곧 죽으러 가는 사람이 장갑을 부드럽게 풀 건 또 뭐람?"

"잠깐만. 나한테 생각할 시간을 좀 줘."

"뭔지 알겠어?" 키라가 흥분해서 물었다.

"그런 것 같기도."

나는 계속 눈을 감은 채 머릿속 구석구석을 파헤쳤다. 키라의 장갑 얘기는 일리가 있었다. 우주인들에게 우주복 장갑은 항상 골칫덩어리다. 우주복은 외부 압력에 노출되는 순간 내부가 팽창하지 않으면 목숨을 잃을 수도 있는데, 우주복 내부가 팽창하면 장갑도 마찬가지로 팽창해서 딱딱해진다. 그렇게 되면 사용하기가 영 불편해진다. 양손을 풍선 안에 넣고 있는 느낌이랄까. 문워크 초창기에는 주먹을 쥐는 것처럼 쉬운 동작조차 말도 못하게 어려웠다. NASA에서 최신 섬유 소재와 새로운 압력장치, 로봇공학까지 접목시킨 덕에 장갑을 사용하기가 한결 수월해졌지만, 아직도 완벽한 수준은 아니었다. 아무리 박사님의 행동이 무심해 보일지라도, 손으로 어떤 동작을 취했다는 건, 박사님이 아무 생각 없이 손을 움직이진 않았다는 걸 어떻게든 알리려 노력한 것일 수 있었다.

문득 어떤 기억이 떠올랐다. 나는 눈을 뜨며 소리쳤다.

"수화였어!"

키라가 소스라치게 놀라 큐브에서 떨어지고 말았다. 하지만 금세 벌떡 일어났다.

"수화가 뭔데?"

"태어날 때부터 잘 듣지 못하는 사람들이 있는 건 너도 알지?"

"당연히 알지. 청각장애인. 우리 사촌도 그랬거든. 하지만 달팽이관을 이식하고 나선 바로 잘 듣던데."

"맞아. 하지만 옛날엔 청각장애나 시각장애를 안고 태어난 사람들은 그냥 그렇게 살아야 했어."

"알아." 키라가 못마땅하다는 듯이 말했다. "나도 책에서 읽어서 안다구."

"그럼 청각장애인들이 어떻게 의사소통을 했는지 알아?"

키라가 나를 멀뚱멀뚱 쳐다봤다. 부모님에게 디지털카메라가 있기 전에는 사람들이 어떻게 사진을 찍었는지 물어봤을 때의 내 모습과 똑같아 보였다.

"손을 사용했다는 거야?"

"그렇지. 그게 수화라는 거야. 지금은 청각장애를 갖고 태어나더라도 달팽이관 이식 수술을 받으면 되니까 수화를 사용하는 사람이 거의 없지만, 옛날엔 안 그랬대. 엄마가 그러는데, 수화야말로 세상에서 가장 많이 사용했던 공통언어 중 하나래."

"그럼 박사님도 어렸을 때 수화를 배운 건가?"

"맞아. 아마 박사님 주위에 청각장애를 가진 가족이나 친척이 있었겠지."

"대시, 너 정말 대단하다! 난 죽었다 깨어나도 그런 생각 못 했을 거야! 그나저나, 박사님이 뭐라고 하는 거야?"

"잘 모르겠어. 나도 배운 적이 없거든. 하지만 중앙 컴퓨터는 수천 가지의 언어를 이해할 수 있도록 프로그래밍돼 있으니까 알지도 몰라."

"그렇지!" 키라가 큰 소리로 말했다. "컴퓨터, 수화 통역할 수 있겠지?"

"그게 어떤 종족 언어입니까?" 컴퓨터가 되물었다. "저는 고대 마야인의 언어도 통역할 수 있게 프로그래밍되어 있습니다."

"마야 언어가 아니고!" 나는 딱 잘라 말했다. "수화라고, 수화. 수화 통역할 수 있겠어?"

"몸짓 언어입니까?" 컴퓨터가 물었다.

"그게… 그렇다고 할 수 있지."

"네. 통역할 수 있습니다."

"좋았어!" 키라가 말했다. "내가 영상을 하나 보여줄 테니까, 그걸 분석해서 홀츠 박사님이 뭐라고 하는지 알려줘."

"네. 걱정 마십시오."

키라가 박사님이 에어로크 안으로 들어가기 직전 순간으로 영상을 되돌린 다음, 다시 재생시켰다. 박사님이 손동작을 취하는 동안, 뭔가 두려운 느낌이 엄습했다. 박사님의 마지막 순간을 보고 싶지 않았지만, 박사님을 위해서는 어쩔 수 없이 지켜봐야만 했다.

카메라에 힐끗 눈길을 준 것 말고는, 박사님은 창문 밖의 달 표면을 담담히 마주하고 있었다. 박사님의 양손은 몸의 나머지 부분들과 완전히 별개로 움직이고 있었다. 간혹 양손을 헬멧 가까이로 움직였는데, 절묘한 동작 덕분에 신호를 보낸다기보다는 스트레칭을 하는 것처럼 보였다.

20초쯤 지나서 에어로크의 바깥쪽 문이 스르륵 열렸다. 박사님은 겁을 먹고 몸을 움츠리거나 하지 않고, 담담히 자신의 운명을 맞이하고 있었다. 이내 박사님이 흙먼지가 가득한 달 표면을 향해 문 밖으로 걸어 나갔다. 더 이상의 메시지는 없었다. 혹시라도 마지막 메시지가 있었다면, 그건 박사님이 생을 마감하는 순간을 기쁘게 맞이하는 것처럼 보였다는 것이다. 결과적으로, 달 위에서 자신의 일생을 다 바친 것이니.

박사님이 지면 위를 두 번 뛰어오르더니, 기지 쪽을 향해 몸을 돌린 다음, 머리를 최대한 뒤로 젖혔다.

"박사님이 쳐다보시는 게 뭐 같아?" 키라가 물었다.

"살펴보자. 컴퓨터, 박사님 얼굴을 확대해줘."

"네, 알겠습니다."

박사님의 얼굴이 확대되고, 동시에 선명하지 못한 화면의 해상도가 조절됐다. 박사님의 헬멧 가리개 위쪽으로 초록색의 둥근 모습이 반사되어 비쳤다.

"지구잖아." 키라가 말했다. "지구를 보신 이유가 뭘까?"

나는 어깨를 으쓱거렸다.

"마지막 순간인데, 추악한 기지의 모습보다는 뭔가 아름다운 장면을 보고 싶으셨나 보지."

키라가 고개를 끄덕였다.

"불과 몇 초 만에 저렇게 되네. 더 볼래?"

"아니. 더 보고 싶지 않아."

나는 박사님이 달 위에서 똑바로 지구를 바라보던 순간을 그분과의 마지막 추억으로 간직하고 싶었다.

"컴퓨터, 박사님이 했던 수화를 통역해줄래?"

"홀츠 박사가 보낸 신호는 이렇습니다. 나는 살해당하고 있다."

"정말이야?"

나는 가슴이 쿵쾅거리는 걸 느끼며 키라를 봤다. 내 추측이 맞았다는 생각에 전율과 두려움을 느꼈다. 키라도 나만큼이나 충격을 받은 듯했다.

"확실해? 박사님이 살해당하고 있다는 신호를 보낸 게?"

컴퓨터가 차근차근 설명했다.

"실제로 그는 손으로 '살인'이라는 단어를 표현하고 있습니다. 몸짓 언어에는 '당하다'라는 동사 표현이 없지만, 정황상 그렇게 추정됩니다. 경우에 따라서는 그의 신호가 '이것은 살인이다'라고 주장할 수도 있겠지만, 그보다는 '나는 살해를 당하고 있다'라는 해석이 좀 더 적절해 보입니다."

이번 일이 추악한 범죄일 거라고 의심해왔지만, 정작 확인하고 나니 머리가 멍해져서 꼼짝도 할 수 없었다.

"또 다른 말은 없어?"

"그의 말을 문장으로 제대로 표현하면 이렇습니다. 나는 살해당하고 있다. 지구가 나를 죽였다. 내 전화기를 찾아라. 내 가족들에게 사랑한다고 전해달라."

우리는 그게 대체 무슨 말인지 이해가 안 돼서 서로의 눈을 똑바로 쳐다봤다.

먼저 입을 뗀 건 키라였다.

"지구가 죽였다고?"

"맞습니다." 컴퓨터가 대답했다.

"대체 어떻게 지구가 사람을 죽일 수 있지?"

키라가 이번에는 나한테 물었다.

나는 대답 대신 그저 고개를 저었다.

"모르겠다. 전화기를 찾으라는 말이 그 때문인지도….."

"박사님이 지구에서 가져온, 그 유물 같은 핸드폰을 말하는 거야? 박사님이 아직도 그걸 사용하셨단 말이야?"

"응. 스마트워치는 화면이 너무 작다고 그러셨거든."

"모르긴 몰라도, 30년은 됐을 것 같은데." 키라가 고개를 절레절레 흔들었다. "세상에, 원시인이 따로 없었네."

"박사님이 최신 과학기술에 반감이 있었던 건 아니잖아. 박사님은 그냥 손에 익은 핸드폰이 좋으셨던 거겠지."

"그 핸드폰이 어디 있을 것 같아? 박사님 숙소?"

"그렇진 않을걸. 핸드폰을 숨기려 작정했다면, 아무나 쉽게 찾을 수 있는 덴 아니겠지."

"말 되네."

"그렇긴 한데, 어쨌든 박사님 숙소를 뒤져볼 필요는 있을 것 같아. 혹시 모르니까."

키라가 자리에서 불쑥 일어났다.

"지금 가자. 다른 사람들이 아직 저녁식사 중일 때."

"기다려봐. 저것 좀 복사하고."

"아, 맞다." 키라가 맞장구쳤다. "박사님이 살해당했다는 강력한 증거인데."

"범인은 지구라는 것도." 나는 절로 한숨이 나왔다. "그게 무슨 의미인지 모르겠지만."

"저걸 누구한테 보여줘야 할까? 니나 대장님? 저걸 보면 모른 척은 못 하겠지?"

"그래도 어떻게든 모른 척하려고 할걸? 대장님이 그렇게 찾으려 했던 게 바로 이거일 테니까."

"그래서, 뭐? 이건 살인이잖아! 이 사건을 수사해야 한다고!"

"걱정 마. 누군가 그렇게 할 거야."

나는 스마트워치로 컴퓨터에 접속했다. 컴퓨터가 홀츠 박사님의 영상 파일을 내 스마트워치로 전송했다.

"이 영상을 보여줘야 할 사람을 알아."

"누군데?" 키라가 물었다.

"지금 당장은 말하기 곤란해."

나는 서둘러 문 밖으로 나갔다. 키라가 나를 쫓아오려고 애썼지만, 그녀는 아직 저중력 상태에서 걷는 게 쉽지 않아 보였다.

"정말 이러기야? 그걸 찾은 게 누군데!"

"이번엔 너한테 제대로 신세졌다."

나는 복도를 앞장서서 걸었다. 홀츠 박사님 숙소는 같은 2층에 있었다. 박사님 숙소를 가기 위해서는 쇼버그 가족의 숙소를 지나쳐야 했다. 숙소 안에서 쇼버그 씨가 분에 겨워 날뛰는 소리가 들렸다. 지구에 사는 누군가와 통화하면서 지르는 소리 같았다.

"비용 따원 상관없다니까! 이 지긋지긋한 돌덩이 위에서 날 꺼내 달란 말이야!"

우리가 홀츠 박사님 숙소에 다다랐을 때, 내 스마트워치에 딩동 소리와 함께 메시지가 도착했다.

놀랍게도, 문자는 키라가 보낸 것이었다. 바로 내 눈앞에 키라가 서 있었기 때문에, 이건 말도 안 되는 일이었다.

그보다 더 나를 두렵게 만든 건 문자의 내용이었다.

대시, 조심하는 게 좋을 거다. 그러다 홀츠 박사랑 같은 꼴을 당하는 수가 있어.

키라가 숙소 문손잡이를 거칠게 밀었지만 문은 끄떡도 안 했다.

"문이 잠겼어. 무슨 좋은 수가 없을까?"

"어… 없는데."

내 심장이 마구 쿵쾅거리고 있었다. 누군지 모르지만, 정체를 숨기기 위해 키라의 계정을 해킹한 게 분명했다. 문자의 뜻은 확실했다. 그들은 내가 이 사건을 조사하는 걸 알고, 내가 그만두기를 원하고 있었다. 이 메시지는 범인들이 직접 보낸 것일까, 아니면 내가 사건을 파헤치는 걸 원치 않는 누군가가 보낸 것일까? 만약 범인들이 직접 보냈다면 그저 겁만 주려는 것일까, 아니면 정말로 나를 잡으러 오기라도 하겠다는 걸까?

"대시? 무슨 일 있어?"

키라가 걱정스러운 눈길로 나를 보고 있었다. 내 심장은 마구 뛰고 있었고, 이마에 땀이 송골송골 맺히는 게 느껴졌다. 이렇게 키라와 함께 있는데 메시지를 보냈다는 것은, 키라가 나를 돕고 있는 걸 범인들이 알고 있다는 뜻이기도 했다.

"아무것도 아냐."

"아, 뭐야." 키라가 한숨을 내쉬며 말했다. "너 지금, 주먹으로 배라도 얻어맞은 사람 같단 말이야. 무슨 일인데 그래?"

나는 차마 사실대로 말할 엄두가 나지 않았다. 키라까지 겁에 질리게 하고 싶진 않았다.

"넌 너희 집에 돌아가 있어. 난 만나야 할 사람이 있거든."

"누군데 그래?"

"우릴 도와줄 사람."

그렇게 말하고, 나는 잔 퍼포닉을 찾아 나섰다.

로봇공학

    지구에서도 이미 로봇은 일상에서의 중요성이 점점 커지고 있는 추세이기 때문에, MBA 역시 로봇의 필요성은 새삼스러운 일이 아닙니다. 달 표면은 인간에게 치명적인 환경을 갖고 있기 때문에, 시설의 관리와 보수, 그리고 연구가 필요한 영역에서 로봇을 활용하여 많은 일들을 처리하게 됩니다. 로봇을 이용해 처리할 수 있는데도, 직접 사람을 기지 밖으로 내보내는 일은 자제해주시기 바랍니다.

    로봇의 사용은 반드시 기지 로봇 기술자의 협조를 받아야 하며, 무단으로 로봇을 작동하는 일이 없도록 해주시기 바랍니다. 로봇들은 원래 파괴 목적으로 설계되지는 않았지만, 올바르게 작동하지 않을 경우 사물에 피해를 입힐 가능성이 있습니다. 만약 그런 일이 발생하게 되면, 로봇은 엄청난 물적 피해를 입힐 뿐만 아니라, 대체하기도 매우 어렵습니다. 하지만 적절한 감독 하에 올바르게 사용한다면, 로봇은 MBA에서의 여러분의 생활을 더욱 안전하고, 편리하게, 그리고 즐겁게 만들 것입니다.

우주착란증

달 생활 188일째

잠자리에 들 시간

안타깝게도, 잔의 모습은 어디에서도 보이지 않았다. 나는 기지를 세 번씩이나 돌며 샅샅이 찾아봤지만, 공용구역 어디에서도 그녀를 찾을 수 없었다. 많은 사람들이 여전히 구내식당에 남아 있었지만, 대부분의 임시체류자들은 각자 자기 방으로 돌아간 뒤였다.(처음 도착한 날은 피곤하기 마련이다.) 우리 부모님과 바이올렛도 집으로 돌아갔는지 보이지 않았다.

체육관에 사람들이 몇 명 보였고, 로디는 다목적실에서 늘 앉는 자리를 차지하고 컴링크에 접속하고 있었다. 중앙관제실과 마찬가지로 연구동은 텅 비어 있었는데, 다프네 박사만이 로봇팔의 작동을 감독하고 있었다. 우주선 랩터 호에는 사람의 힘으로는 움직일 수 없는 무거운 화물이 많이 실려 있었다. 신형 태양열 집열판, 달 탐사로봇, 달기지 베타 건설 자재 같은 것들은 크레인과 로봇이 결합된 로봇팔을 사용해야 하역이 가능했다. 로봇팔은 달 탐사로봇 격납고의 외부에 장착되어 있는데, 그곳에서 MBA까지, 그리고 우주선 착륙장과 태양열 집열판 2호기까지도 뻗을 수 있었다.

대부분의 로봇과 마찬가지로, 로봇팔은 인간이 조작을 많이 하지 않아도 스스로 일을 할 수 있었다. 가끔씩 다프네 박사가 다음 작업에 대한 명령을 내리면 됐다. 전자책을 읽다가 가끔씩 모니터를 통해 작업이 제대로 진행되고 있는지만 확인하면 그만이었다.

내가 기지를 세 번째 훑으며 그곳을 지나칠 때, 다프네 박사는 책을 읽고 있지 않았다. 대신에 컴퓨터에 뭔가를 미친 듯이 입력하고 있었다. 모니터에는 수많은 명령들이 화면을 가득 채우고 있었다. 나는 그녀가 무엇을 하고 있는지 궁금해서 살금살금 앞으로 다가갔다.

문득 내 존재가 느껴진 모양이었다. 다프네 박사가 재빨리 몸을 돌려 컴퓨터 모니터를 가렸다.

"대시!"

그녀는 아무렇지도 않은 척하며 나를 불렀지만, 그녀의 목소리는 평소보다 많이 높았다.

"다람쥐 쳇바퀴라도 도는 거니, 아니면 누굴 찾고 있는 거니?"

나는 하마터면 잔을 봤냐고 물어볼 뻔했지만, 간신히 참았다.

잔이 우리가 함께 일하는 것을 아무에게도 알리지 말라고 했던 말
이 떠올랐기 때문이다. 물론 다프네 박사는 벌레 한 마리도 쉽게
못 죽일 만큼 기지 내에서 가장 위협적이지 않은 인물이라서, 그녀
가 홀츠 박사님을 해코지했을 거라곤 상상조차 힘들었다. 아무리
그렇더라도 혹시 모르니 비밀을 지켜야 했다.

"부모님을 찾고 있어요."

"두 분은 네 여동생을 데리고 집으로 가시는 것 같던데." 다프네
박사가 웃으면서 말했다. "바이올렛은 정말 어디로 튈지 모르는
아이야. 귀여워 죽겠어. 네 동생 아양 떠는 모습에 세 사람이나 넘
어가, 결국 파이 한 조각을 더 얻어먹더라니까. 단것을 먹어서 흥
을 주체 못 하는지 바람처럼 쌩쌩 돌아다니다가 결국 지쳐 곯아떨
어졌지 뭐니."

나는 다프네 박사에게 고맙다는 표시를 하고 우리 숙소로 향했
다. 잔이 오늘 밤은 일단 잠자리에 들었을 거라는 생각이 들었다.
그토록 간절히 그녀를 찾아 헤매고 다녔던 것도 무색하게, 그저
그녀가 나를 찾아오기만을 잠자코 기다려야 할 것 같았다.

다프네 박사는 더 이상 컴퓨터에 뭔가를 입력하지 않았다. 그녀
의 시야에 내가 보이는 동안에는 그랬다. 그녀는 내가 점점 멀어지
는 동안, 로봇팔의 작동을 확인하는 척 연기하고 있었다.

아니나 다를까, 우리 가족은 모두 숙소에 돌아와 있었다. 바이
올렛은 당분 섭취에 따른 과도한 흥분으로 무슨 말인지도 모르는
소리를 중얼거리고 있었고, 아빠는 바이올렛한테 헬로키티 잠옷을

갈아입히느라 끙끙대고 있었다. 엄마는 탁자에 앉아, 모니터에 뭔가를 입력하고 있었다.

"대시!" 엄마가 다정하게 물었다. "키라는 만났니?"

"네. 그런데 뭐 쓰고 계신 거예요?"

"홀츠 박사님을 위한 추도문. 니나 대장이 내일 박사님 장례식을 치르고 싶어 하는데, 나한테 추도문을 부탁했거든."

"엄마한테만요?"

"아니. 몇 명 더 있어. 니나 대장, 얀크 박사… 키라 아빠도 낄지 몰라."

"조랑말 키우고 싶어요." 바이올렛이 잠꼬대를 했다.

아빠가 바이올렛을 수면 캡슐에 밀어 넣고 이마에 키스했다. 잠시 후 바이올렛이 코를 골기 시작했다.

"박사님 시신은 어떻게 한대요?"

"NASA에서 박사님을 달에 묻어드려도 좋다고 승인했어." 엄마가 말했다. "박사님 딸도 동의했고. 아빠가 마지막 순간을 장식하기에 최고의 장소라면서 말이야. 게다가, 카트야 선장을 비롯해 다른 사람들도 박사님 시신을 우주선에 실어 지구로 송환하는 건 별로라고 생각하거든."

"무덤은 누가 만들고요?"

"다프네 박사가 내일 로봇을 몇 대 보내기로 했어. 사람이 직접 처리하기엔 너무 위험한 작업이라서. 지표면이 워낙 두꺼워서 폭파 작업을 해야 할 거야."

나는 탁자로 가서 엄마 옆에 자리 잡고 앉았다.

"시신을 여기 놔두면 부패하겠죠?"

"으휴." 엄마가 말했다. "무슨 질문이 그래?"

"못 할 질문도 아닌데 뭐." 아빠가 말했다. "공기나 세균 같은 게 없으니, 부패가 진행되진 않을 거야. 그대신 미라처럼 되겠지."

나는 고개를 끄덕이곤 다시 엄마한테 물었다.

"뭐라고 말씀하실 거예요?"

"특별한 건 없지 뭐. 박사님이 얼마나 위대한 분이었는지, 우주여행을 위해 얼마나 많은 헌신을 하셨는지, 이곳은 그분이 일생을 다 바쳐 꿈을 실현시킨 곳이다, 뭐 그런 얘기. 한 사람의 일생을 몇 마디로 요약하려니까 어렵네."

"당신 아니면 누가 하겠어."

아빠가 엄마 뒤에서 어깨를 주물렀다. 엄마는 안도의 한숨을 쉬고 두 눈을 감았다.

"엄마, 아까 아침 먹으면서 홀츠 박사님 얘길 하시려다 마르케스 박사님이 끼어드는 바람에 그만두셨잖아요. 박사님에 대해 제가 알아야 할 중요한 게 있다고."

엄마가 마지못해 눈을 떴다. 엄마는 그때의 대화를 기억해내려는 듯 살짝 어리둥절한 모습이었다.

나는 엄마가 기억해낼 수 있도록 틈을 주지 않고 말했다.

"그때 제가 홀츠 박사님은 사고를 당한 게 아니라고 했더니, 제가 알아야 할 게 있다고 하셨잖아요."

"아, 맞다." 엄마가 내 쪽으로 몸을 기울이며 말했다. "굳이 되새길 만한 얘기는 아닌데, 우리끼리만 알고 있는 걸로 하자."

"당연하죠. 뭔데요?"

"내 생각엔 말이야, 홀츠 박사님은 정신이 좀 나가 있는 것처럼 보였어."

나는 힐끗 아빠를 쳐다봤다. 아빠가 별로 놀라지 않는 걸 보니, 두 분은 이미 그 얘기를 나눈 적이 있는 듯했다.

"아니, 어떠셨길래요?"

"글쎄, 최근 몇 주 동안 계속, 박사님이 평소처럼 예민하지 않은 것 같더라고." 엄마가 말을 이었다. "정신이 딴 데 가 있는 것 같았어. 넋이 나갔다고나 할까. 그러더니 갑자기 광적으로 변하더라. 미친 듯이 즐거워하고 말이야. 되게 이상했어."

나는 홀츠 박사님이 사망하기 전 화장실에서의 그분 모습을 떠올렸다.

"엄청난 발견을 하고 너무 기뻐서 그러셨나 보죠."

엄마가 한숨을 내쉬었다.

"그럴지도 모르지. 하지만… 난 박사님이 그 발견이라는 걸, 과연 했는지도 잘 모르겠어."

"그럼, 혼자만의 착각이란 건가요?"

"그럴 수도 있지. 정신적인 스트레스 같은 걸로 정말 힘들어하고 있었다면 말이야. 비슷한 사례는 아주 많아. 과학자들은 뭔가 대단한 업적이 바로 눈앞에 있다고 믿곤 해. 엄청난 난제를 풀었다거나, 새로운 물리 이론을 완성했다거나 하는 식이지. 그들은 수첩에 온갖 생각들과 공식들을 빼곡히 적어놓고는 확신에 가득 차 있지. 하지만 막상 다른 과학자들이 와서 자세히 살펴보면 앞뒤가 하나도 안 맞는 경우도 있거든."

나는 얼굴을 찌푸렸다.

"하지만 그건 정신분열 증세가 심각한 사람들 얘기죠, 안 그래요? 조현병 같은 거 말이에요. 홀츠 박사님은 저한테 그런 모습을 보인 적이…."

"혼잣말까지 하더라."

"그거야 다른 사람들도 하는 건데요 뭐."

"경우가 좀 달랐어." 엄마가 진지한 어조로 말했다. "언젠가 우연히 박사님을 지나친 적이 있는데, 그때 그러고 있더라. 네가 말하는 혼잣말하곤 다른 경우야. 꼭 누군가랑 대화를 나누는 것 같았어. 상대방이 정말로 그 자리에 있기라도 한 것처럼 말이야. 일방적으로 말하기만 한 건 아니야. 들어주기까지 하더라니까."

나는 심란한 마음에 자세를 고쳐 앉았다.

"그러니까… 엄마 생각엔, 박사님이 정말로 미쳤다 이거예요? 정신병자처럼요?"

"나도 잘 모르겠어. 이 분야는 엄마 전문이 아니잖니. 하지만 니나 대장한테 그 얘기를 했더니, 같은 얘기를 해준 사람이 엄마만은 아니라더라."

"누가 또 봤다는데요?"

"말을 안 해주더라고. 어쨌든 마르케스 박사한테 부탁해서 홀츠 박사님을 계속 눈여겨보라고는 했다더라."

"인간의 마음은 여러 가지 원인 때문에 잘못될 수 있어." 아빠가 말했다. "홀츠 박사님은 연세가 많으시잖니. 이번 일은 알츠하이머 병 초기 증세나, 나이와 관련 있는 다른 종류의 치매 때문일 수도 있어. 아니면 연세에 비해 너무 오래 이런 데 계신 탓일 수도 있고. 어쩌면 산소 결핍 같은 게 원인일 수도 있어."

"아빠 말씀은, 박사님이 우주착란증 같은 병에 걸렸을지도 모른 다는 거죠? 로디가 오늘 그런 추측을 하더라고요."

아빠가 놀란 표정을 지었다.

"의외인걸. 하지만 그 애는 이곳을 책임지는 정신과 전문의의 아들이잖니. 서당 개도 삼 년이면 풍월을 읊는다더니, 그런 모양이구나."

"그러니까… 아빠도 홀츠 박사님이 혼자 에어로크 밖으로 나간 게 그런 이유 때문이라고 생각하시는 거죠?"

"가능성이 있지." 엄마가 말했다. "만약 박사님이 정말로 제정신이 아니었다면, 왜 평소답지 않게 그런 부주의한 행동을 했는지 설명이 되거든."

나는 아까 봤던 에어로크 영상을 다시 떠올렸다. 만약 박사님이 정말로 미쳤다면, 과연 그렇게 단순히 상상만으로, 누군가 자신을 달 표면으로 내쫓아 죽이려 한다고 생각했을까? 말은 되지만, 홀츠 박사님은 내가 보기엔 정신이 멀쩡해 보였다. 박사님의 수화는

다분히 계산된 것이었다. 수화 동작을 하느라 꽤나 집중하는 게 보였기 때문이다.

에어로크 영상과 박사님이 남긴 비밀스러운 메시지에 대해 부모님께 털어놓을지 말지 고민이 됐다. 계속 비밀로 간직하려니 힘이 들었다. 하지만 잔과의 약속이 마음에 걸렸다.

"니나 대장님도 박사님이 제정신이 아니었다고 생각하는 거죠? 그래서 저더러 괜히 소란 피우지 말라고 하는 거죠?"

"엄마도 정확한 이유는 모르겠다만, 어쨌거나 NASA 입장에서 보면, 홀츠 박사님이 미쳤다는 사실이 세상에 공개되는 걸 원치 않으리란 것만큼은 확실해."

"왜 안 되는데요?"

"그거야, 인간이 개입된 모든 우주개발 계획에 일반 대중이 의문을 가질 수 있기 때문이지." 아빠가 설명했다. "만약 여기서 산 것 때문에 홀츠 박사님의 병이 생겼다거나, 혹은 급속 진행됐다고 판단되면 어떻게 되겠니? 향후 인간의 달 이주 계획에 대해 뭐라고 할까? 다른 우주여행에 대한 장기 계획들은 어떻고?"

"그래서 NASA에서 이 사건을 아예 쳐다보지도 않는다는 말씀인가요? 지구 사람들보다 지금 달에 살고 있는 우리한테 더 중요한 문제 같은데요."

"네 아빠 말씀은, 따지고 보면 그렇다는 거지." 엄마가 끼어들었다. "애초에 홀츠 박사님께 정신적인 문제가 있었다면 여기 보내지도 않았겠지. 보통 이런 종류의 질환은 유전적이거나, 나이와 관계 있기 마련이야. 홀츠 박사님은 여기 있는 사람들보다 훨씬 나이가 많으셨잖니."

"그리산 아저씨보다도요?"

고개를 돌려 보니, 바이올렛이 잠이 덜 깬 듯 눈꺼풀을 반쯤 감은 채 담요를 둘둘 말고 있었다.

"언제부터 얘기를 들었던 거니?" 아빠가 물었다.

"몰라요." 바이올렛이 하품을 하며 대답했다. "그리산 아저씨가 훨씬 나이 많아 보이던데. 한 백 살쯤."

엄마가 바이올렛의 수면 캡슐 옆에 무릎 꿇고 앉아서, 다시 잠들기 쉽게 바이올렛의 머리카락과 등을 쓰다듬었다.

"그렇지 않아."

"젊은 나이는 아니잖아요." 나는 곰곰이 생각한 끝에 말했다. "홀츠 박사님보다 더 이상한 행동을 많이 보이던데. 다른 사람들과 얘기하는 걸 거의 본 적이 없어요."

"그리산 씨는 그냥 조용한 성격인 거야. 수줍음을 많이 타는 것일 수도 있고. 그리산 씨는 과학자들로 바글거리는 기지 내에서 유일하게 육체노동자이잖니. 그것도 쉽지는 않은 일이야."

"저는 발레리나가 될 거예요." 바이올렛이 숨 쉬듯 그렇게 말하고는 두 눈을 감았다.

부모님이 홀츠 박사님 사건을 어떻게 생각하고 있는지 알고 나서, 나는 마음이 어수선했다. 두 분은 정말로 박사님이 미쳤다고 믿고 있었고, 박사님의 위대한 발견 역시 망상에서 비롯된 것으로 치부하는 것 같았다. 나는 이제 나 자신에게 질문을 던지기 시작했다. 과연 오늘 새벽 화장실에서 박사님이 그토록 날뛰듯 기뻐했던게 그저 정신질환 때문이었을까? 자신이 살해당하고 있다는 신호를 보낸 게 그저 피해망상 때문이었을까? 하긴 지구가 자기를 죽이려 한다고 했으니, 누가 들어도 미친 소리로 들릴 법했다.

하지만, 나에겐 살인범이 기지를 활보하고 있을지도 모른다는 또 하나의 증거가 있었다.

"아까 어떤 사람이 저한테 협박 문자를 보냈어요."

"언제?"

엄마, 아빠 모두 깜짝 놀라서 동시에 물었다.

"한 시간 전쯤에요."

나는 스마트워치에 메시지를 띄워서 두 분에게 보여줬다.

대시, 조심하는 게 좋을 거다. 그러다 홀츠 박사랑 같은 꼴을 당하는 수가 있어.

"이걸 누가 보낸 거니?" 아빠가 따지듯이 물었다.

"그게요, 스마트워치엔 키라가 보낸 걸로 돼 있어요. 그런데, 그때 저는 키라랑 같이 있었거든요. 다른 사람이 키라의 계정을 해킹해서 보낸 것 같아요."

"보나 마나, 얼간이 패튼 녀석 짓이겠지." 엄마가 말했다.

"패튼요? 살인범이 보냈을 거라는 생각은 안 드세요?"

"딱 봐도 어떤 멍청한 놈 짓이네. 오늘 엄청나게 골탕 먹은 사람이 아무 생각 없이 보낸 협박 같은데?"

"그렇게 멍청한데, 키라 이름으로 보낼 방법을 어떻게 알겠어요?"

"해킹이 그렇게 어려운 건 아니거든." 아빠가 말했다. "릴리가 그 집에선 꽤나 똑똑하다더라. 걔가 도와줬을지도 몰라."

"아니면, 릴리가 직접 보냈든가." 엄마가 말했다. "걔들 부모가 그랬을 수도 있지. 그 집 식구들은 누구든 이런 몰상식한 짓을 하고도 남을 사람들이야."

"그런데 왜, 굳이 키라 이름으로 보냈을까요? 그냥 직접 보내면 되잖아요?"

"그거야, 직접 협박을 하면 범죄가 되니까 그렇지." 아빠가 말했다. "그리고 이렇게 누군지도 모르게 협박하면 더 두렵게 만들 수 있으니까."

부모님 말씀을 듣고 곰곰이 따져보니, 단순히 나한테 앙심을 품은 누군가가 별 생각 없이 보낸 협박일 수도 있겠다는 생각이 들었다.

"두 분 생각엔, 이게 살인범이 나더러 손 떼라고 보낸 협박일 가능성은 전혀 없다는 거죠?"

아빠가 고개를 끄덕였다. 그러고는 엄마 쪽으로 몸을 돌렸다.

"내일 아침에 이걸 니나 대장한테 보여줘야겠어. 제아무리 부자라 해도 받을 벌은 받아야지."

엄마가 동의의 뜻으로 고개를 끄덕였다.

"당연한 말씀."

운동

　지구에서 건강한 생활을 영위하기 위해서는 육체적 활동이 중요한 역할을 하는데, 달 위에서는 그 중요성이 더욱 큽니다. 지구보다 월등히 적게 작용하는 달의 중력(불과 지구의 6분의 1) 때문에, 여러분은 MBA에서 지내는 동안 좀처럼 근육을 과도하게 사용할 기회가 없을 것입니다. 한편으로는 다행스러운 소리로 들릴 수도 있겠지만, 그에 따른 결과는 사뭇 심각할 수 있습니다. 달 위에서는 근육을 사용하지 않으면 근육의 위축 증상이 올 수 있는데, 이는 평상시처럼 걷거나 물건 들기, 또는 똑바로 앉는 것과 같이 근육을 적당히 움직이는 것만으로는 대비할 수 없습니다. 만약 꾸준히 근육을 사용하지 않는다면, 나중에 지구로 돌아가더라도 여러분의 근육은 제대로 서 있지도 못할 만큼 약해지게 될 것입니다! 또한, 달에서는 지구에서보다 적은 중력의 영향을 받기 때문에, 여러분의 뼈는 밀도가 차츰 약해지게 됩니다.

　그렇지만, 겁낼 필요는 없습니다! 근육과 뼈의 손상을 막는 것은 물론, 다양한 즐거움까지 경험할 수 있는 간단한 해결 방법이 있으니까요. 바로 운동입니다! MBA에는 최신 운동기구들과 각종 편의시설을 갖춘 체육관이 마련되어 있습니다. 중력이 적은 환경에 대응하기 위해서는 적어도 하루에

2시간씩은 운동하시기를 권합니다. 그보다 더 많은 시간을 할애하셔도 해가 되지는 않습니다! 운동을 하실 때는 지구력 운동(러닝머신, 스태퍼, 실내 자전거)은 물론, 근육의 퇴화를 늦추기 위해 평소보다 다소 강도 높은 근력 운동(스트레칭 밴드)을 병행하는 것이 좋습니다.

   기지의 모든 주민들의 운동 내역은 상세히 기록되어, 개인별 건강 상태와 근육 강도, 그리고 골밀도 등에 대한 전반적인 상황이 정밀하게 관리되고 평가될 것입니다. 운동은 절대로 귀찮거나 성가신 일이 아닙니다! 여러분은 운동기구에 올라선 채로 영화를 보거나 책을 읽을 수 있고, 친구와 짝을 이뤄 운동할 수도 있습니다. MBA에서도 여러분은 지구에서와 마찬가지의 건강 상태를 유지할 수 있습니다!

용의자들 간의 결투

달 생활 189일째

심야의 결투

나는 쉽게 잠을 잘 수가 없었다.

이번에는 폐소공포증이나 맛이 간 에어매트리스, 배탈을 유발하는 우주 음식 등, 평소 나를 괴롭히던 것들 때문이 아니었다. 나는 홀츠 박사님의 죽음에 대한 생각에서 좀처럼 헤어나지 못하고 있었다. 박사님은 정말 제정신이 아니었을까, 아니면 정말로 위대한 발견을 해낸 것이었을까? 니나 대장님은 왜 화장실에는 카메라가 없다고 거짓말을 했을까? 박사님이 미쳤다는 것을 알면서도 그 사실을 감추려 했던 걸까? 그게 아니라면, 다른 이유가 있는 것일까? 창 박사는 아직도 홀츠 박사님을 죽일 정도로 울분을 삭이지 못하고 있었던 걸까? 라스 쇼버그 씨는 왜 갑자기 지구로 돌아가지 못해 안달이 났을까? 홀츠 박사님이 죽기 전에는 왜 지구로 돌아갈 시도조차 하지 않았을까? 패튼 쇼버그는 정말로 나한테 협박 메시지를 보낸 걸까? 다프네 박사는 로봇팔 작업을 감독해야 할 시간에 컴퓨터로 무슨 일을 하고 있었던 걸까?

새벽 두 시가 될 때까지 아무 답도 찾을 수가 없었다. 비좁은 수면 캡슐 안에 갇혀 있자니, 이러다 산 채로 매장될 것 같은 느낌이 들기 시작했다. 그래서 나는 식구들이 깨지 않도록 조심조심 수면 캡슐에서 빠져나와 체육관으로 향했다.

어제 벌어진 온갖 난리 탓에, 뼈와 근육이 풀어지는 것을 막기 위해 나한테 할당된 두 시간의 운동을 걸렀었다. 솔직히 하루 정도 빼먹는다고 해서 무슨 큰 탈이 날까마는, 괜히 나중에 후회하는 것보다는 나을 것 같았다. 게으름을 한 번 부리기 시작하면 다시 원래대로 되돌리기 쉽지 않은 법이니까. 로디 녀석처럼 되고 싶지는 않았다. 녀석은 일주일에 한 번도, 대충이라도 운동을 하는 법이 없었다. 현재 녀석의 근육 긴장도는 푸딩과 다름없었다.

체육관에 나 혼자일 거라고 생각했지만, 그곳에는 창 박사도 와 있었다. 창 박사는 스트레칭 밴드를 가지고 운동하고 있었다. MBA에서 스트레칭 밴드는 역기나 마찬가지다. 무거운 역기를 달로 운반하려면 많은 비용이 드는 데다, 중력이 적은 이곳에서 지구와 동일한 효과를 내려면 여섯 배나 무거운 것을 들어야 하기 때문에, 특수 제작된 스트레칭 밴드를 대신 사용한다. 스트레칭 밴드는 전기적으로 탄성을 조절할 수 있는 거대한 크기의 고무로 되어 있는데, 바닥이나 벽에 고정시켜놓고 다리나 팔로 잡아당기며 운동하는 방식이다.

나는 출입구에서 잠시 멈칫했다. 창 박사는 나와 우리 가족에게 호의적인 사람이지만, 지금은 머릿속에 있는 살인사건과 결부되어 나도 모르게 살짝 겁이 났다. 만에 하나 범인일지도 모르는 사람과 단둘이 있어야 한다는 게 맘에 걸렸다.

그런데 내가 발길을 돌리기도 전에, 창 박사가 나를 발견하고 말았다.

"대시!" 그가 큰 소리로 불렀다. "불면증 환자가 또 있었구나! 넌 또 왜 잠을 못 자고 있니?"

"홀츠 박사님 사건 때문에 싱숭생숭해서 그런가 봐요."

"그렇잖아도 얘기 들었다."

창 박사는 민소매 옷 하나만 입고 있어서 팔에 있는 온갖 문신들이 그대로 드러났다. 스트레칭 밴드에 힘을 가할 때마다 아인슈타인을 비롯한 위대한 과학자들의 얼굴이 크게 부풀어 올랐다.

"이번 일은 뭔가 한 대 얻어맞은 기분이야. 오랫동안 홀츠 박사님을 알고 지냈지만, 박사님은 늘 젊음을 유지하는 사람처럼 보였단 말이지. 뭐랄까, 평생 늙지 않고 사실 분처럼 말이야. 우리, 헤드 투 헤드로 시합 한 번 할까?"

'헤드 투 헤드'는 MBA에서 몇 안 되는 재미있는 것들 중 하나로, 운동기계들 중 아무거나 골라 몸을 고정시킨 다음, 가상현실 속에서 경쟁을 벌이는 장치였다. 실제 달리기나 자전거 경주 같지는 않지만, 밖으로 나갈 수 없는 이곳에서는 꽤 인기가 있었다. 물론 나도 곧잘 즐기지만, 이 자리를 피할 구실을 찾는 게 먼저였다.

"아뇨, 사양할래요. 보나 마나, 제가 질 텐데요."

"내가 한 수 접어줄게."

창 박사가 마지막으로 힘을 쓰고 나서 스트레칭 밴드를 벽으로 휙 팽개쳤다. 그의 근육이 핏줄과 함께 잔뜩 부풀어 오르면서 아인슈타인과 닐스 보어의 얼굴이 금세라도 터져버릴 것만 같았다.

"아무래도 제가 여길 오지 말았⋯."

"그러지 말고! 재미있을 거야!"

창 박사가 어서 오라고 연신 손짓을 했다. 일이 이렇게 된 이상, 더 이상 핑계를 대는 것은 공연히 의심만 살 것 같았다.

"알았어요."

"옳지! 러닝머신으로 할까?"

"얼마든지요."

나는 러닝머신에 올랐다. 러닝머신에는 지구에서의 중력이 적용되어 실제로 달릴 수 있도록 내 몸을 아래쪽으로 잡아당기는 벨트가 달려 있었다. 나는 벨트를 허리에 둘러 고정시키고 고글을 썼다. 이내 지구의 요세미티 계곡에 서 있는 내 모습이 보였다. 눈부시게 푸른 하늘에 구름 한 점 보이지 않는 날씨였다. 저만치에 보이는 버널 폭포에서는 세찬 물줄기가 가파른 절벽 아래로 떨어지고 있었다.

이 게임에서는 내 아바타를 찾을 수 없었다. 어쩔 수 없이, 나는 내 시선으로 게임을 치러야 했다.

잠시 후, 창 박사가 내 옆에 나타났다. 로디와 다르게, 그는 자기 아바타에 전혀 손을 대지 않았다. 평소의 모습과 똑같았다.

"준비됐지?"

"네."

나는 반사적으로 힘이 잔뜩 들어갔다.

절벽 위쪽에서 초읽기가 시작되면서 숫자가 표시됐다.

3… 2… 1…

버저가 울렸다.

나는 튕기듯 몸을 움직였지만, 창 박사가 빠르게 나를 제치고 앞으로 나아갔다. 악착같이 따라가다 금세 지쳐 쓰러질 수 있기 때문에, 나는 나무가 우거진 길을 적당한 거리를 두고 따라갔다. 지구의 중력을 느끼며 달리는 기분이 좋았다. 가상현실로 구현된 것이긴 해도, 걸을 때마다 허공으로 통통 튀어오르는 것보다는 훨씬 느낌이 좋았다.

숲 속에서 새들이 지저귀는 소리와 시냇물이 졸졸 흐르는 소리가 들려왔다. 가상현실 속에서 함께 달리면서 이참에 창 박사와 대화를 시도해봐야겠다는 생각이 들었다.

"박사님도 홀츠 박사님 때문에 마음이 안 좋으셨어요?"

"당연하지. 그걸 말이라고 하니?"

"홀츠 박사님이 박사님 아이디어를 훔쳤단 말을 들었거든요."

창 박사의 아바타가 몸을 돌려 나를 쳐다봤다. 그건 그가 실제로 나를 쳐다봤다는 뜻이었다. 그런데 놀랍게도, 그는 소리 내어 웃고 있었다.

"그래. 그랬지. 그래도, 그분이 죽었는데 내가 기뻐할 일은 아니지."

그때 숲 속에서 소름끼치는 으스스한 울음소리가 들려왔다.

"뭐였어요?"

"벨로시랩터 같은데."

"뭐라고요? 요세미티 공원에 무슨 공룡이 있어요?"

"여긴 있어. 내가 모듈을 추가했거든. 그래야 무서워서라도 더 빨리 뛸 거 아냐."

숲 속에서 또다시 으스스한 소리가 들렸다. 이번에는 더 가까이에서 들렸다. 비록 가상의 존재이긴 하지만 공룡의 울음소리는 엄청난 공포심을 불러일으켰다. 몸속에서 아드레날린이 솟구치는 느낌이 들면서 나는 반사적으로 속도를 올렸다.

"그건 인정해. 홀츠 박사님이 내 아이디어를 훔쳤다는 걸 알았을 땐 정말 화가 치밀었지. 내가 하고 싶은 말은, 정말 기발한 아이디어는 날이면 날마다 오는 게 아니라는 거야. 홀츠 박사님과 난 NASA에서 함께 연구했어. 난 우주에서 우리 몸속 신진대사를 증가시키는 방법을 고안해냈고, 그 내용을 홀츠 박사님과 공유했어. 그런데 두 달 뒤, 그 양반이 그걸 가로챈 거야. 솔직히 말하면 죽이고 싶을 정도였지. 하지만, 그것도 다 몇 년 전 얘기야. 그런 감정

에만 매달려 있어봐야 나만 손해더라고. 아무것도 할 수가 없었지. 그래서 난 그냥 받아들이기로 했어. 정신과 의사와 상담도 해보고, 요가도 하면서 말이야.

결국, 난 홀츠 박사님이 자기가 무슨 짓을 했는지 모르고 있다는 걸 깨달았어. 악의적으로 내 아이디어를 훔친 건 아니었던 거지. 홀츠 박사님은 우리가 주고받은 대화 내용을 하나도 기억 못하고, 자기 혼자 그 아이디어를 찾은 줄로만 알고 있었던 것 같아. 과학자들 사이에서 이런 일은 생각보다 많이 일어나지. 아이고!"

키가 1미터 80센티쯤 되는 벨로시랩터가 갑자기 숲 속에서 달려들자, 창 박사가 옆으로 펄쩍 뛰었다. 벨로시랩터가 바로 코앞에서 길을 가로질러 빠르게 지나가는 바람에, 나는 녀석의 꼬리를 피해 고개를 숙였다.

"그런 와중에, 우연히 이곳으로 올 기회가 생겼어. 물론 홀츠 박사님도 온다는 걸 알았지. 그분은 반드시 와야 할 사람이니까. 이곳으로 오기 위해, 정말 고생이란 고생은 다 했지. 체력검사는 기본이고, 셀 수 없을 정도로 많은 면접과 정신과 적부심사도 받았어. 검사가 가능한 부위라면 그게 어디든 검사를 받아야 했지. 행여 어느 누구라도, 내가 홀츠 박사님한테 딴 속셈이 있을 거라고 생각한 사람이 있었다면, 난 처음부터 심사를 통과하지 못했을 거야. 심사받을 때 그 일에 대해 집요하게 묻더라니까. 한두 번도 아니고 계속해서. 하지만 난 이미 마음을 비운 지 오래야. 지나간 일은 지나간 일일 뿐이지."

뒤쫓아오는 벨로시랩터한테 신경을 빼앗기고 있었지만, 창 박사의 얘기는 정말로 솔직하고 믿을 만한 것처럼 들렸다. 아바타의 뒤통수 말고 그의 얼굴을 직접 보면 좋겠다는 생각이 들었다. 이제 와서 돌이켜보면, 가상현실 속에서 살인 용의자를 다그친 건 좋은 행동이 아니었지만, 그때 내겐 딱히 다른 대안이 없었다.

"그 말은, 누구든 홀츠 박사님을 싫어하는 사람은 이곳으로 올 수 없었다는 뜻인 거죠? NASA에서 걸러냈을 테니까요."

"글쎄, 그게 꼭 그랬던 건… 심사를 진행하는 동안 그들은 어떻게든 지원자들의 결격 사유를 찾으려고 애썼지. 하지만, 여기 와 있는 사람들 중엔 그런 엄격한 심사 기준에 부합하지 않는 사람들도 있어."

앞쪽의 나무들 사이에서 곰 한 마리가 불쑥 나타나더니 빠르게 길을 건너갔다. 평소 같으면 그것만으로도 충분히 짜릿한 광경이겠지만, 이번엔 카르노타우루스 세 마리가 그 뒤를 쫓고 있었다.

"그런 사람들이 누군데요?"

"우선, 쇼버그 패거리가 있지. 하지만 그 사람들이야 돈 주고 표를 산 사람들이니까."

"또 누가 있는데요?"

"마르케스 박사. 홀츠 박사님이 그 양반을 여기 못 오게 막을 정도였으니까."

"정말요? 왜요?"

"그야, 마르케스는 형편없는 정신과 의사니까."

"네?" 그 말에 놀란 나머지, 나는 러닝머신 위에서 살짝 비틀거렸다. "유명한 분이잖아요."

"유명하다고 해서 훌륭한 건 아니지. 마르케스는 전문의 자격증도 시답잖은 학교에서 땄어. 그 양반 실력으론 술에 취한 건지 마약에 취한 건지도 제대로 진단 못 할 거야. 홀츠 박사님은 그 사람을 데려오는 건 애먼 자리 하나 축내는 꼴이라고 생각했지. 하지만 홀츠 박사님도 NASA를 이길 순 없었어. NASA는 아내가 천체물리학 권위자인 데다 대중적으로 큰 인기가 있는 마르케스의 유명세를 앞세우면 홍보에 도움이 될 거라고 판단했던 거지."

"마르케스 박사님은 순전히 유명세 덕분이라는 건가요?"

"두말하면 잔소리지. 우리가 여기 오기 전에 온갖 언론이 쏟아냈던 기사들을 생각해봐. 사람들의 이목이 가장 많이 집중됐던 사람이 누구지?"

나는 모든 무니들이 언론에 공개되고 난 직후를 곰곰이 떠올려봤다. 우리 모두 유명세를 탔지만, 마르케스 박사의 유명세는 우리와는 차원이 달랐다. 그는 온갖 토크쇼에 초대 손님으로 출연했고 NASA에서 열린 기자회견에도 빠짐없이 참석했다.

"그야, 마르케스 박사님이죠."

"그렇다니까. 일반인들은 천체물리학이 뭔지, 지구화학이 뭔지 따윈 관심이 없어. 그들의 관심사는 오직 유명인뿐이지. 과학자들이 거세게 반발하지 않았다면 NASA는 영화배우를 보냈을지도 몰라. 마르케스 박사는 차선책이었지. 일반 대중으로부터 많은 관심을 이끌어낼 만한 유명인이니까.”

뒤에서 콧바람 같은 게 느껴졌다. 워낙 가까운 데서 불어온 탓에, 총알이 내 머리카락을 스치기라도 한 것 같았다. 창 박사의 말에 정신을 빼앗기고 있던 나머지, 바로 뒤에서 랩터들이 쫓아오고 있다는 걸 잊고 있었다. 내가 몸을 휙 돌리자, 놈들이 침을 질질 흘리며 달려들었다. 나는 죽을힘을 다해 앞으로 튀어나갔다.

“큰일 날 뻔했네!” 창 박사가 웃음을 터뜨렸다. “까딱하면 잡아먹힐 뻔했잖아!”

내겐 전혀 즐거운 상황이 아니었다. 심장이 쿵쾅쿵쾅 뛰었다.

“마르케스 박사님도 홀츠 박사님이 자기를 막으려고 한 걸 알았어요?”

“물론이지. 비밀이랄 것도 없었어. 홀츠 박사님은 마르케스가 얼마나 형편없는 의사인지 상세히 보고서를 작성해서 제출했거든. 마르케스는 엄청 화가 났지. 말 그대로 멘붕이 온 거야. 그런데 NASA가 마르케스의 MBA 합류를 승인했고, 마르케스는 실력으로 억울함을 풀겠다고 마음먹었어. 하지만 홀츠 박사님은 계속 마르케스를 깎아내렸고, 그 양반이 자신을 진료하는 것조차 거부했지. 말 한 마디도 안 섞으려 하더라니까.”

“만약 홀츠 박사님이 정신적으로 문제가 있었다면, 아무도 그걸 몰랐을까요?”

“그랬겠지. 홀츠 박사님은 마르케스가 그런 진단을 내릴 자격조차 없다고 주장했을 테니까 말이야.”

나는 상처받은 자존심 때문에 누군가를 죽일 마음을 먹을 수 있을까 하는 의문이 들었다.

"홀츠 박사님을 탐탁잖게 생각했던 사람이 또 있을까요?"

나란히 달리고 있던 창 박사의 아바타가 힐끗 나를 쳐다봤다.

"넌 왜 그렇게 이 일에 관심이 많니?"

"어제까지만 해도, 저는 사람들 모두 홀츠 박사님을 좋아하는 줄 알았거든요. 그랬는데, 지금 그렇지 않다는 얘기를 듣고 있잖아요. 너무 충격을 받아서요."

최대한 내 속마음을 숨기면서 한 말이었다. 홀츠 박사님을 극도로 성가시게 생각한 잠재적 살인자들이 누구인지 알아낸 셈이었다. 아니, 그렇게 좋은 분에게 그토록 적이 많을 수가 있을까? 나는 도무지 알 수가 없었다. 그게 아니라면, 홀츠 박사님은 내가 생각하는 만큼 좋은 분이 아니었던 것일까?

"넌 누군가 홀츠 박사님을 제거했을지도 모른다는 생각은 안 하는구나, 그렇지?"

"아니요!" 나는 엉겁결에 즉각 대답하고 말았다. "저는… 그게… 저도 잘 모르겠어요. 공룡들이 쫓아오니까 대화에 집중하기가 정말 어려워요."

"넌 이게 별로니? 난 정말 짜릿한데."

"정말 소름끼친단 말이에요."

"그럼 이만 껐으면 좋겠니?" 창 박사가 실망한 듯 말했다. "이제부터 진짜 끝내주는 게 나올 텐데… 바로 지금!"

우리는 요세미티 폭포 근처의 빈터로 접어들었다. 앞에 버티고 선 티라노사우루스 한 마리가 고막을 터뜨릴 것처럼 포효했다.

"전 그만 할래요."

나는 고글을 홱 벗고 달리기를 멈췄다.

놀랍게도, 계기판에는 우리가 3킬로미터를 달린 것으로 표시되어 있었다.

"내가 뭐랬냐!" 창 박사가 고글을 벗어 이마에 걸쳐놓고는 보란 듯이 떠들어댔다. "랩터들이 자극이 될 거라고 했잖아! 잘 달렸어!"

창 박사가 손을 들어 하이파이브를 했다. 하도 세게 부딪치는 바람에 손이 떨어져나가는 줄 알았다.

"거기 덜떨어진 두 사람, 그 멍청한 입 좀 닫아주겠소?"

나는 고개를 돌리지 않고도 그렇게 말한 사람이 누구인지 알 수 있었다. MBA에서 그렇게 못돼먹은 소리를 함부로 해댈 사람은 한 명뿐이니까.

그는 잠옷 바람으로 출입구 쪽에서 우리를 노려보고 있었다.

"안 그래도 이 거지 같은 데서 잠이 안 와 죽겠는데, 왜 밤새도록 떠들고 난리야!"

창 박사가 중력 벨트를 풀고 러닝머신에서 내려와서 스트레칭 밴드 옆에 고글을 걸었다.

"시끄럽게 굴려던 게 아닙니다, 쇼버그 씨. 운동을 한 거지."

"새벽 두 시에!" 쇼버그 씨가 으르렁거렸다. "다른 사람들은 죄다 자고 있을 시간인데!"

"잠이 잘 안 와서요." 내가 끼어들었다. "홀츠 박사님 일로 마음이 복잡해서."

쇼버그 씨가 넌더리가 난다는 듯 콧방귀를 뀌었다.

"그 멍청한 노인네가 살아 있을 땐 괜찮기라도 했단 말이냐?"

"그게 무슨 말이오?" 창 박사가 따지듯 물었다.

"별것도 아닌 사람을 뭐가 그리 대단하다고 잔뜩 떠받들기나 하고 말이야." 쇼버그 씨가 투덜댔다. "그 양반은 이 기지의 자문위원이었소. 그런데 그 양반 덕분에 이곳이 뭐 하나 나아진 게 있냐이 말이오."

"홀츠 박사님의 역할은 적은 중력이 우주여행 중인 인간 몸에 어떤 영향을 미치는지를 판단하는 거였소." 창 박사가 말했다. "당신 같은 사람들을 위해 휴양시설을 운영하는 사람이 아니란 말이오. 당신이 이곳에 만족 못 한다면, 그건 당신 잘못이지 그분 잘못이 아니오. 그분은 당신더러 여기로 오라고 부추긴 적도 없소. 솔직히 말하면, 오히려 못 오게 막았지. 당신이 여기 온 건, 순전히 당신이 선택한 일이었소."

"그거야 NASA는 말할 것도 없고 과학자라는 사람들이 평생 최고의 모험이 될 거라고 우릴 부추겼으니까 그랬지!"

쇼버그 씨가 파란 눈이 벌게질 정도로 창 박사를 향해 버럭 소리질렀다. 싸우지 못해 안달이 난 사람처럼, 그동안 MBA에서 느꼈던 모든 분노를 한꺼번에 쏟아내는 것 같았다.

"당신들이 떠받들던 홀츠 같은 과학자들이 우리한테 사기를 쳤

단 말이오. 돌팔이가 따로 없지! 할 줄 아는 거라곤 NASA의 야바
위꾼 노릇밖에 없었던 멍청이 같으니라고."

이제 쇼버그 씨와 창 박사는 팽팽하게 서로 얼굴을 맞대고 있었
다. 전에는 미처 몰랐었는데, 쇼버그 씨도 창 박사만큼이나 키가
컸다. 쇼버그 씨의 뱃살이 좀 늘어져 있긴 했지만, 싸움이 붙더라
도 감당할 정도는 되어 보였다.

"그 말 취소하시오." 창 박사가 말했다. "그분은 이미 돌아가셨
소. 예의를 갖추시오."

쇼버그 씨가 손가락으로 창 박사의 가슴팍을 쿡 찔렀다.

"그렇게 못 하겠다면?"

"나한테 손대지 마시오."

"난 하고 싶은 건 뭐든지 하는 사람이오."

쇼버그 씨가 또다시 창 박사의 가슴팍을 찔렀다.

"우리 가족은 며칠만 더 견디면 우주선을 타고 이곳을 뜰 거요.
그러니까 당신이나 우리한테 예의를 갖추시지."

창 박사가 주먹을 불끈 쥐었다.

쇼버그 씨가 기다리던 건 바로 그거였다. 갑자기 그가 주먹을 휘
둘렀다. 그의 눈에서 적개심이 느껴졌다. 아무래도 이미 오래전부
터 창 박사에게 주먹을 날리고 싶었던 것 같았다.

하지만 창 박사는 이미 낌새를 채고 있었다. 그가 능숙하게 몸
을 피하자 쇼버그 씨의 주먹이 창 박사의 코끝을 스쳐서 벽을 내리
치고 말았다.

쇼버그 씨가 고통으로 신음하는 사이, 창 박사가 벽에 고정되지 않은 스트레칭 밴드의 한쪽 끝을 홱 잡아 당겨 그 억만장자의 얼굴에 칭칭 감고는 벽을 향해 내동댕이쳤다. 벽에 머리를 제대로 부딪힌 쇼버그 씨가 비틀거렸다.

싸움은 싱겁게 끝이 났다.

"이… 웬수 같은…."

쇼버그 씨가 숨이 막히는 듯한 소리를 내더니 그대로 바닥에 쓰러졌다.

창 박사가 나를 보며 말했다.

"대시, 네가 증인이다. 이건 정당방위였어. 그리고 난 저 사람한테 손가락 하나도 대지 않았어."

그러고는 축 늘어진 쇼버그 씨를 넘어 휘파람을 불며 체육관을 나갔다.

여전히 정신 못 차리는 억만장자를 보면서 나는 걱정이 됐다. 방금 아주 불편한 사실 두 가지를 발견하고 만 것이다.

라스 쇼버그 씨는 홀츠 박사님에게 큰 원한을 품었을 수도 있는 위험인물이라는 사실.

그리고 창 박사는, 자기 입으로는 홀츠 박사님을 이미 용서했다고 하지만, 잘못 심기를 건드렸다간 어떻게 나올지 모르는 사람이라는 사실.

수면

MBA는 여러분이 편하게 쉴 수 있는 최고의 숙소를 마련하기 위해 지대한 공을 들였지만, 특히 우주선을 타고 기지에 도착한 직후와 같은 특별한 환경에서는 일시적으로 숙면을 취하지 못할 수도 있습니다. 우주개발 계획에서 일시적인 수면장애 현상이 생소한 일은 아니지만, 수십 년간의 연구개발을 통해 개선된 잠자리 환경은 여러분이 편안하게 휴식을 취하는 데 도움이 될 것입니다! 어둡고 소음이 발생하지 않도록 설계된 수면 공간 안에는 안락한 매트리스가 설치되어 있고, 산소가 상시 공급되고 있으며, 2~3일간의 적응 기간이 끝나면 여러분은 (지구와 비교했을 때, 더 낫지는 않을지라도) 지구에서와 마찬가지로 편안하게 잠을 이룰 수 있을 것입니다!*

---

* 밤새 숙면을 취하는 일은 사실상 어렵습니다. 시일이 지나도 수면장애가 계속되면, 담당 의사 혹은 정신과 전문의에게 상담을 받으시기 바랍니다. 수면장애가 지속적으로 발생할 경우, 숙면에 도움을 주는 특별한 약을 처방받을 수 있습니다.

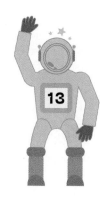

또 다른 용의자들

달 생활 189일째

생각보다 많이 늦은 오전

"일어나, 이 잠꾸러기야."

부드럽고 다정한 목소리가 귀에 들려왔다. 정신이 혼미한 상태에서 간신히 눈을 뜨니, 잔 퍼포닉이 내 수면 캡슐 안을 빠끔히 들여다보고 있었다.

"지금 몇 시예요?"

"조금 있으면 점심시간."

"네?"

나는 벌떡 일어나다가 수면 캡슐 천장에 머리를 부딪치고 말았다.

"젠장! 늦잠을 잤네!"

"괜찮아." 잔이 차분히 말했다. "오늘도 학교 수업이 다 취소됐거든."

나는 머리를 문지르며 다시 누웠다.

"도무지 잠이 안 와서 새벽 다섯 시까지 잠을 못 잤어요."

"어젠 너도 심적으로 피곤한 하루였잖니. 밤중엔 체육관에서까지 스트레스를 받고."

"헉, 알고 계셨어요?"

"모르는 사람이 없지. 죄다 그 얘기뿐인걸. 쇼버그 씨가 NASA랑 창 박사랑 죄다 고소하겠다고 난리야. 창 박사는 네가 증인이라면서, 정당방위였다고 주장하는 중이고. 니나 대장은 이미 체육관의 녹화 기록을 살펴본 모양이야."

아직 잠자리에 있는데 이런 대화를 하고 있자니 왠지 좀 깬다는 느낌이 들었다. 이불 속에서 나는 고작 속옷 하나만 걸친 상태였다.

"제가 옷 입을 동안 눈 좀 감아주실래요?"

"아, 그래야지. 미안하구나. 이런 식으로 불쑥 찾아올 생각은 없었는데, 네가 뭘 찾아냈는지 무지 궁금해서."

"괜찮아요. 저도 어제부터 만나뵙고 싶었거든요."

힐끗 수면 캡슐 밖을 보니, 잔은 저만치 방 끝에서 등을 돌린 채 서 있었다.

"제가 요원님을 찾아다니느라 얼마나…."

"대시! 내가 그러지 말라고 했잖아! 우리가 같이 일하는 걸 아무도 알면 안 된다니까 그러네."

"조심했어요. 그냥 혼자 찾아만 다녔어요."

"나에 관해선 아무한테도 말 안 한 거 맞지?"

"안 했다니까요. 정말이에요. 어젯밤엔 어디 계셨어요?"

"임시체류자 숙소에. 미안하게 됐다. 우주선 타고 오느라 녹초가 되는 바람에."

나는 티셔츠와 반바지를 후다닥 챙겨 입었다.

"됐어요. 다 입었어요."

산이 몸을 돌려 내 쪽을 향했다.

"에어로크 쪽 영상은 찾았니?"

"네."

잔의 얼굴이 기대감에 부풀어 환해졌다.

"그래서?"

"홀츠 박사님은 본인 의지와 상관없이 에어로크 밖으로 강제로 나가신 것일 수도 있어요."

잔의 얼굴은 잔뜩 흥분되어 있었다.

"그걸 어떻게 알아?"

"직접 보시는 게 나을 거예요."

나는 스마트워치를 톡 건드려서 키라가 찾아낸 영상을 슬림 스크린으로 전송한 다음, 영상을 재생시켰다.

"누가 강제로 뭘 시킨 것처럼 보이진 않는데."

"잠깐 기다려보세요."

나는 홀츠 박사님이 손으로 신호를 보내는 장면이 나올 때까지 영상을 빠르게 재생시켰다.

"뭐 하시는 거지?"

"수화예요. 청각장애인이 대화할 때 하는 거요."

"아, 그렇구나. 너도 할 줄 아니?"

"아뇨. 그래서 컴퓨터한테 통역을 시켰죠. 홀츠 박사님 말씀은, '나는 살해당하고 있다. 지구가 나를 죽였다. 내 전화기를 찾아라. 내 가족들에게 사랑한다고 전해달라'였어요."

잔이 급히 숨을 들이마시더니 몸을 돌렸다. 억지로 울음을 참고 있는 것 같았다.

나는 홀츠 박사님이 지구 쪽을 빤히 쳐다보는 장면이 나오자 화면을 정지시켰다.

"다시 한 번 보여드릴까요?"

잔이 고개를 저었다.

"아니. 한 번이면 충분해. 이번 사건의 배후에 누군가 있다는 사실이 너무나…."

"그런데 말예요." 나는 조심스럽게 말을 꺼냈다. "홀츠 박사님은 그게 누군지 콕 집어 말하지 않았어요. 그냥 지구가 그랬다고만 했죠."

"그러게. 그게 좀 이상하네. 아마 박사님을 억지로 밖으로 내몬 사람의 이름을 의미하는 암호가 아닐까?"

"수화 자체가 암호나 마찬가지 아닌가요?"

"아니." 잔이 슬픈 목소리로 대답했다. "어쩌면 박사님은 범인이 영상을 발견했을 때 혹시 자기 이름이 언급되면 영상을 지울 것까지 염두에 두셨을지 몰라. 그 말은, 범인이 영상 기록에 접근할 권한이 있는…."

"니나 대장님요."

"이곳에서 유일하게 그 권한을 가진 사람이지. 게다가, 처음부터 이 사건을 조사하는 걸 계속 막아왔고."

"그렇긴 해도, 대장님이 왜 그런 짓을 하겠어요?"

"그건 나도 잘 모르겠다." 잔이 비통한 표정을 지었다. "니나 대장의 모습이 잡힌 다른 카메라 영상이 있을지도 몰라. 아무래도 네가, 어제 새벽 대기구역 주변에 설치된 모든 카메라 영상을 확보해줘야겠다."

"우리가 이미 확보했어요."

그렇게 말을 꺼냈지만, 그 순간 키라의 이름을 언급해선 안 되겠다는 생각이 뇌리에 스쳤다.

"제가 찾아냈어요. 그렇지만 어디서도 홀츠 박사님 말고 보이는 사람은 없었어요."

잔이 한숨을 쉬었다.

"그렇다면 사전에 박사님께 강요했겠지. 화장실에서 네가 들었다는 그 통화를 했을 때부터 에어로크 밖으로 나가기까지, 그 2시간 30분 사이에 뭔가 중요한 일이 있었던 거지. 박사님이 전화기를 찾으라는 메시지를 보냈으니, 핸드폰 안에 뭔가 남겼을 게 분명해. 혹시 넌 그 핸드폰이 어디 있을지 감이 오니?"

나는 풀이 죽어서 큐브에 주저앉았다.

"아뇨. 어제 박사님 숙소 안을 찾아보려고 갔지만, 문이 잠겨 있었어요."

잔이 머리를 절레절레 흔들더니 서성거리기 시작했다.

"난 과연 박사님이 그걸 숙소 안에 두셨을지 의문이야. 그건 너무 빤하거든. 장담하는데, 그게 나나 대장이든 다른 사람이든, 이미 박사님 숙소를 샅샅이 뒤졌을 거야."

"그럼, 연구동에 있을까요? 박사님 연구실이 거기 있잖아요."

"얀크 박사하고 연구실을 같이 쓰셨잖아. 그러니 그것도 너무 빤해 보여."

"그럼, 대체 어디일까요? 기지가 넓진 않아도, 핸드폰처럼 작은 물건을 숨길 만한 장소는 많잖아요."

"그러니까 우리 둘이 머리를 맞대고 생각해내야지."

나는 잔이 별로 듣고 싶어 하지 않을 것 같다는 생각이 들어 잠시 망설이다가 얘기를 꺼냈다.

"아셔야 할 게, 한 가지 더 있어요. 저희 부모님 말씀에 따르면, 홀츠 박사님이 제정신이 아니었을 가능성이 있대요."

잔이 발걸음을 멈추고는 놀란 눈을 동그랗게 떴다.

"그런 말씀을 하신 이유가 뭔데?"

"최근에 박사님 행동이 이상했대요. 혼자서 누구랑 대화하듯 중얼거리기도 했대요. 저희 부모님은 피해망상이나 조현병 같은 것 때문에 박사님이 스스로 에어로크 밖으로 나갔을지도 모른다고 생각하세요. 위대한 발견을 했다는 것도 사실이 아니라, 상상이나 착각 때문일지 모른다고 하셨어요."

잔이 잠시 화난 표정을 지었지만, 이내 평정심을 되찾았다.

"박사님이 최근에 평소와 좀 다른 모습을 보였을지 몰라도, 너희 부모님이 잘못 보신 게 분명해. 그분은 미치지 않았어. 난 최근에도 그분과 대화를 나눴는데, 그 어느 때보다 멀쩡해 보였…"

"그렇다 해도, 그게 항상 멀쩡했다는 뜻은 아니잖아요."

"그렇지. 하지만 너희 부모님 역시 일시적으로 복격한 것만 보고 판단하신 거잖아. 달에서 지낸 것 때문에 어떤 사람이 미쳤다는 보고는 아직 한 건도 없어. 이미 수백 명의 사람들이 기지를 건설하는 동안 여기서 생활했는데도 말이야. 그들 중 일부가 우울증이나 심한 향수병을 앓았다는 얘기는 있지만, 그 이상은 아니었어."

"저는 그냥 부모님한테 들은 말을 전한 것뿐이에요. 제가 보기에도 박사님이 미친 것 같진 않았어요… 지구가 죽었다는 메시지를 보기 전까지는요."

"그건 미친 소리가 아니라 어떤 암호가 분명해."

그 점에 대해서는 확신이 없었지만, 어쨌든 나는 알았다는 뜻으로 고개를 끄덕였다.

"혹시 나나 대장님 말고도 영상 기록에 접근할 권한이 있는 사람이 또 있을까요?"

잔이 푸른 눈으로 나를 빤히 쳐다봤다.

"그건 왜 묻는데?"

"뭐랄까, 니나 대장님이 이번 사건 내내 수상쩍은 행동을 하고 있는 건 저도 아는데, 왠지 대장님에겐 마땅한 동기가 없는 것 같아서요. 반면에, 그럴 만한 동기를 가진 다른 사람들이 좀 있거든요."

"예를 들면?"

"라스 쇼버그 씨요. 그 사람은 홀츠 박사님을 조금도 좋아하지 않았어요. 체육관에서 그 소동이 있었던 것도 다 그것 때문이에요. 그 사람이 박사님에 대해 온갖 나쁜 소리를 해대니까 창 박사님이 화가 났던 거죠."

"나쁜 소리가 어떤 건데?"

"사람들이 편히 생활할 수 있게 기지를 개선하는 일을 홀츠 박사님이 형편없이 했다는 거죠. 정작 그런 일은 박사님이 맡은 일이 아닌데도 말이에요."

"흠." 잔이 다시 서성거리기 시작했다. "쇼버그 씨는 여기 오겠다고 5억 달러나 날린 사람이야. 그러니 누군가 덤터기를 씌울 사람이 필요했겠지. 안 그래도 워낙 난폭한 걸로 소문난 사람인데."

"게다가 상황이 이렇게 돌아가는데도, 갑자기 지구로 귀환하는 우주선에 탑승시키라고 압박을 가하고 있잖아요. 범죄 현장에서 최대한 빨리 도망치고 싶어 안달이 난 사람처럼 말이에요."

"맞는 말이야."

"니나 대장님이 그대로 보내줄까요?"

"글쎄. 우주선 운행 계획만 놓고 봤을 때, 쇼버그 가족을 보내주면 일이 엄청나게 꼬일 수 있거든. 임시체류자들 중 여럿이 다음 우주선이 올 때까지 꼼짝없이 여기 묶일 수밖에 없으니까. 하지만 NASA 입장에서 보면, 지구에서 영향력이 막강한 억만장자가 이곳 생활이 감옥 같았다고 사람들한테 떠벌리는 걸 좋아할 리가 없지. 부자 여행객들이 계속 이곳에 오겠다고 해야 돈을 벌어들일 것 아니니. 만약 쇼버그 가족이 달기지 알파를 비방하지 않겠다는 각서를 쓴다면, NASA에선 내일 당장이라도 그들을 돌려보낼 방법을 찾겠지."

"그럼, 쇼버그 씨가 여기서 도망칠 수도 있는 거네요?"

"그 사람이 범인이라는 어떤 증거도 없잖아."

잔이 깊은 생각에 잠긴 듯 멍하니 슬림 스크린을 쳐다봤다.

"또 의심 가는 다른 사람이 있니?"

나는 잠시 뜸을 들였다가 입을 뗐다.

"하이테크 창 박사님요."

잔이 깜짝 놀라서 나를 쳐다봤다.

"그게 정말이니?"

"오래전 홀츠 박사님이 자기 아이디어를 훔쳐서 엄청 화가 난 적이 있었대요. 말로는 이젠 다 지나간 일이라고 했지만, 어쩌면 그 말은 거짓일 수도 있어요. 새벽에 체육관에서 보니까 화가 나면 엄청 무섭던데요."

"그럴 수도 있겠다. 하지만 만약 그토록 원한을 품고 있었다면, 왜 지구에서 홀츠 박사님을 죽이지 않았을까? 그랬다면 증거를 없애기도 더 쉬웠을 텐데."

"그리고 마르케스 박사님도 있어요. 창 박사님이 그러는데, 마르케스 박사님은 뛰어난 정신과 의사가 아니래요. 그래서 홀츠 박사님은 그분이 여기 오는 걸 반대했고, 그분도 그 사실을 알고 있다고 했어요."

"정말이니? 일이 점점 흥미진진해지는구나."

"그리고 다프네 메릿 박사님도 뭔가를 꾸미고 있는 것 같아요. 어젯밤 다프네 박사님이 컴퓨터로 뭔가를 조작하는 걸 봤거든요. 그게 홀츠 박사님 사건과 연관이 있는지는 모르겠지만, 어쨌든 뭔가 수상했어요."

"와우." 잔이 한숨을 쉬었다. "온통 용의자들 천지로구나."

"한 가지 더 있어요."

나는 스마트워치에서 협박 메시지를 불러와서 잔에게 보여줬다.

"이 메시지는 키라가 보낸 게 아니에요. 누군가 키라 계정을 해킹해서 저한테 보낸 거죠."

메시지를 읽는 잔의 푸른 두 눈에서 두려움이 느껴졌다.

"이거 언제 받았니?"

"어젯밤 저녁 먹고 나서요. 이것 때문에 제가 요원님을 그렇게 찾아 다녔던 거예요. 이걸 부모님께 보여드렸더니, 아마 패튼 쇼버 그 같은 사람이 겁주려고 보낸 것 같다고만 하시더라고요."

"그럴 가능성도 있어 보인다만… 아무래도 걱정은 되겠구나." 잔이 고개를 마구 흔들었다. "오, 대시. 미안하다. 부디 이런 일은 일어나지 않길 바랐는데."

"그럼… 제가 정말 위험해진 거예요?"

"그건 확실치 않아. 이게 정말 범인이 보낸 게 맞다면, 그냥 너한테 손을 떼라는 경고를 보낸 걸로 봐선, 자기도 겁을 먹고 있다는 뜻이겠지. 하지만 우리가 가까이 갈수록 그자도 꼬리가 잡힐까 봐 전전긍긍하겠지. 이 문제는 가볍게 넘길 일이 아닌 것 같다."

내 스마트워치에서 알람이 울렸다. 나는 스마트워치를 힐끗 보고 탄성을 질렀다.

"뭐가 잘못됐니?"

"오늘 마르케스 박사님한테 상담을 받아야 하는 걸 깜박하고 있었어요."

"무슨 상담?"

"제가 홀츠 박사님 사건이 의심스럽다는 말을 하고 다니까, 사람들이 저한테 정신병이라도 생긴 게 아니냐고 생각하고 있거든요. 여기 있는 모든 증거들이 제 말이 맞다는 걸 보여주는데도 말이에요."

"그렇더라도, 이 일은 우리끼리만 알고 있는 게 좋겠다." 잔이 나를 날카롭게 쳐다보며 말을 이었다. "너 정말, 나랑 우리가 하고 있는 일에 대해 아무에게도 말하지 않았다고 맹세할 수 있겠니?"

"맹세할 수 있어요."

"좋아. 하지만…."

어떻게 말을 끝내야 할지 모르겠다는 듯, 잔이 말꼬리를 흐렸다.

"뭐 다른 게 더 필요하세요?"

"너한테 계속 부탁을 해야 하는지 정말 모르겠다. 네가 받은 협박 메시지를 생각하면 더더욱."

"그것 때문에라도 제가 더 돕고 싶어요. 이걸 보낸 사람이 누군지 빨리 알아낼수록, 제가 위험해질 가능성은 줄어들 테니까요."

사실, 꼭 그 이유 때문만은 아니었다. 이 일은 내게 무척이나 흥분되는 일이었다. MBA에서의 지루한 일상을 송두리째 흔들고 뭔가에 집중할 수 있는 계기가 됐으니까. 비록 협박까지 받는 신세가 되었지만, 예전의 지루한 일상을 되풀이하고 싶은 생각은 없었다.

"난 그저, 네가 좀 더 눈을 크게 뜨고 귀를 활짝 열길 바랄 뿐이야. 네가 찾아낸 단서들을 면밀히 살펴보고 홀츠 박사님이 핸드폰에 뭘 숨겨놨는지 알아내려 노력하겠지만, 다른 가능성에 대해서도 생각을 열어놓을 거야. 넌 일단 마르케스 박사의 의중을 떠보렴. 다프네 박사가 무슨 수상한 행동을 하는지도 지켜보고."

"그게 다예요?"

"두고 봐, 할 일이 많아. 자, 서둘러. 마르케스 박사랑 상담하러 가야지."

"사실, 이미 늦었어요. 솔직히 말하면, 그냥 제쳤으면 좋겠어요."

잔이 웃었다. 그녀의 웃음소리는 노랫소리처럼 너무나 듣기가 좋았다.

"마르케스 박사가 용의자만 아니어도, 너한테 가보라는 소린 안 할 텐데."

"전 괜찮아요."

나는 문 앞으로 가서 살짝 문을 연 다음, 복도 쪽을 살폈다.

아래층에서 그리산 씨가 지나갈 뿐, 주변에는 아무도 보이지 않았다. 그리산 씨가 모퉁이를 돌자, 나는 복도로 나가서 잔에게 나오라고 신호했다.

잔이 숙소를 나와 계단을 향해 가고 있을 때, 문득 어떤 생각이 났다.

"잠깐만요!"

잔이 주위를 경계하며 고개를 돌렸다.

"왜?"

"저는 제가 알아낸 용의자를 다 말씀드렸는데, 요원님은 뭐 알아내신 게 있나요?"

"있지."

"누군데요?"

"날 믿어, 대시. 내가 하는 일에 대해 모르면 모를수록 너한테 덜 위험할 거야."

내가 뭐라고 말을 꺼내기도 전에, 잔은 이미 모퉁이를 돌아 사라져버렸다.

정신건강

　MBA에서는 기지의 모든 주민들에게 안락하고 즐거운 환경을 만들기 위해 모든 노력을 기울이고 있습니다. 하지만, 여러분은 지구가 아닌 우주에 건설된 기지에서 생활하는 최초의 인류이기 때문에, 지구인들은 거의 경험할 수 없는 낯선 경험들과 맞닥뜨리게 될 것입니다. 따라서 최상의 의료 서비스를 지원하겠다는 우리의 약속을 지키기 위한 방법 중 하나로, 기지의 전 주민들은 정신과 전문의에게 정기적인 상담을 받으셔야 합니다.

　다만, 지구와 환경이 다른 달 위에서 생활하는 것만으로 어떤 정신질환이 발생한다는 근거는 없다는 점을 명심하시기 바랍니다.* 이러한 정신과 상담을 통한 진료 기록들은 MBA 주민들이 달에서 생활하면서 겪는 현상들을 이해하는 것은 물론, 미래의 우주개발 계획에도 큰 도움을 주는 밑바탕이 될 것입니다. 또한, 정신과 전문의와의 상담 시간을 심신을 안정시키고, 자신을 이해하며, 나아가 즐거움까지 느낄 수 있는 시간으로 만들어보십시오. 그 기회를 최대한 활용하시기 바랍니다.

---

* 익숙한 지구 생활환경과의 단절로 인해 일부 주민에게 우울증이 발생할 수 있다는 사소한 연구 결과가 있음.

정신과 상담

달 생활 189일째

점심시간

"지금 기분은 어떠니?" 마르케스 박사가 물었다.

"배고파요. 오늘 아침도 못 먹었거든요."

나는 마르케스 박사의 숙소 안에서 탁자를 사이에 두고 앉아 있었다. 평상시 마르케스 박사와 상담할 때는 진료실을 이용하지만, 아직 그곳에 홀츠 박사님의 시신이 안치되어 있기 때문이었다.

"너희 부모님은 홀츠 박사님 사건 때문에 네가 걱정된다고 하시더구나. 심리적으로 얼이 빠진 데다, 피해망상까지…."

"제가 뭘 어쨌기에 피해망상이라는 거죠?"

"그 사건은 단순 사고가 아니라고 했다며? 무슨 음모가 어쩌고

저쩌고 하면서 말이야.”

“음모라는 말은 꺼낸 적도 없는데요.”

마르케스 박사가 두 손으로 턱을 받친 채 관자놀이에 손가락을 갖다 댔다. 마르케스 박사만의 전형적인 습관으로, 괜히 있어 보이려고 할 때 취하는 동작이었다.

“내 생각엔 말이다, 넌 분노가 치밀어 오르는 걸 알면서도 그걸 정면으로 거부하는 것 같구나. 잔뜩 화가 나 있는데도 말이야.”

그럼요, 바로 당신 때문이죠. 나는 그렇게 내뱉고 싶었지만, 그럴 순 없었다.

“대시, 난 네 분노의 근원을 알고 있다. 홀츠 박사님의 죽음으로 우리 모두가 속상하고….”

“아닌데요?”

마르케스 박사의 한쪽 눈썹이 치켜 올라갔다.

“넌 속상하지 않았단 말이니?”

“아뇨. 굉장히 속상했죠. 하지만 어떤 사람들은 속상해하지 않더라고요. 홀츠 박사님을 싫어한 사람들이 꽤 많던걸요.”

“그건….”

“예를 들면, 박사님처럼요.”

순간 마르케스 박사의 몸이 굳었다. 뭔가 말을 하려 하는 것 같았지만, 그의 입에서는 구역질 비슷한 괴상한 소리만 들렸다. 결국 그는 화를 내는 방법을 택했다.

“넌 대체 무슨 이유로 그런 식으로 말하는 거냐?”

"사실이니까요."

"아니, 내가 홀츠 박사님을 싫어할 이유가 뭐가 있어?"

"홀츠 박사님이 박사님을 형편없는 의사라면서 이곳에 오지 못하게 막았으니까요."

마르케스 박사가 또다시 괴상한 구역질 소리를 냈다. 감정을 추스르기 위해 애쓰고 있었지만, 결과는 딱히 그렇지 못했다. 그의 두 눈이 분노로 이글거렸다.

"그런 소리는 어디서 들었는데?"

창 박사가 그랬다고 곧이곧대로 털어놓을 수는 없어서, 나는 이렇게 말했다.

"한두 명이 그런 얘길 한 게 아니에요."

"말도 안 되는 소리!"

"그럼 홀츠 박사님 때문에 화내신 적이 없다는 말씀인가요?"

"지금 이 시간은, 내 얘길 하는 시간이 아니야! 네 얘길 듣는 시간이지."

다른 날이라면 내가 한발 물러났겠지만, 마르케스 박사의 의중을 떠보라고 했던 잔의 말이 생각났다.

"저는 지금, 홀츠 박사님이 돌아가셨어도 전혀 속상해하지 않는 사람들이 많다는 말을 하고 있는 거예요. 박사님처럼요. 그러니 홀츠 박사님 사건이 단순 사고가 아니라고 생각한다 해서, 제가 피해망상에 사로잡힌 건 아니라는 말이죠."

마르케스 박사는 숨이 막히는지 제대로 말을 하지 못했다.

"그래서, 나한테 책임이라도 있다는 게냐?"

나는 대답은 하지 않고 어깨만 으쓱거렸다.

마르케스 박사가 고개를 절레절레 흔들며 못마땅한지 쯧쯧 소리를 냈다.

"이거 참, 심히 불쾌하구나. 너의 망상 증상이 내가 생각했던 것보다 훨씬 심각한 것 같다. 이런 얘길 다른 사람들한테도 했니?"

"보안팀 몇 명한테요."

"그랬더니 그 사람들이 뭐라든?"

"이미 박사님이 수상하다고 생각한다던데요."

그 말은 거짓말이었지만, 마르케스 박사는 그 말에 속아 넘어가고 말았다. 그의 두 눈이 휘둥그레졌다.

"말도 안 돼! 난 홀츠 박사님의 죽음과는 아무 상관이 없어! 그리고 나보다 더 박사님한테 열 받은 사람들이 얼마나 많은데!"

"예를 들면요?"

"쇼버그 부부!"

할 말, 안 할 말을 가려서 해야 하는 본분도 망각하고, 마르케스 박사가 무심결에 말을 내뱉고 말았다.

나는 마르케스 박사에게 몸을 바짝 기울이며 자극을 가했다.

"소냐 아줌마 말인가요?"

"그야 물론이지. 그 여자가 홀츠 박사님을 얼마나 증오했는데. 홀츠 박사님은 쇼버그 가족이 여기 오는 걸 누구보다 앞장서서 반대했던 사람이야. 그래서 쇼버그 부인은 기분이 상할 대로 상했지.

내 말 똑똑히 들어. 그 여자야말로 눈 밖에 났다간 큰일 날 사람이야. 사람들은 죄다 쇼버그 씨가 위험한 사람이라고 생각하는데, 사실 그 집안에서 성질이 제일 급한 사람은 바로 그 여자야."

"정말요? 그렇게 보이진 않던데."

"냉철해 보이는 겉모습만 갖고 판단하면 안 돼. 바로 그 밑에 화산이 숨어 있다는 걸 알아야 해. 몇 년 전 지구에서 있었던 일인데, 자선 행사를 위한 오찬에서 쇼버그 부인의 친구가 그 여자한테 좀 없어 보인다고 농담했다가 포크로 허벅지를 찔렸대. 그때 쇼버그 씨가 소송에 휘말리지 않게 변호사를 선임하는 비용으로 100만 달러를 썼다고 하더라."

"그 얘기는 처음 들었어요."

"라스 쇼버그 씨는 그 얘기가 퍼져나가지 않도록 추가로 200만 달러를 더 썼대. 나도 최면 치료 중에 알게 된 사실이다만."

마르케스 박사가 좋은 의사가 아니라는 확신이 더욱더 강해졌다. 내가 알기론, 의사들은 진료 중에 알아낸 환자의 정보를 다른 사람에게 얘기할 수 없게 되어 있다. 좀 더 그를 압박해야겠다는 생각이 들었다.

"다른 사람을 해코지했던 적이 또 있나요?"

"아, 그럼. 한 번은 파파라치를 하이힐 굽으로 찍은 적도 있는 걸. 자기 속옷을 훔치다가 들킨 집사와 몸싸움을 벌이다가 그 집사의 한쪽 귀를 찢은 적도 있었고."

"그런데도 NASA에서 이리로 보낸 거예요?"

"NASA는 몰랐던 사실이야. 내가 말했잖니. 쇼버그 가족은 그 여자의 못된 행동들을 숨기려고 엄청난 돈을 썼다고. 하지만 이곳에 홀츠 박사님의 적은 그 여자뿐이 아니야. 그리산 씨도 있지."

"그리산 씨도 홀츠 박사님을 싫어했어요?"

마르케스 박사가 무슨 말을 하려다 마음을 바꿨다.

"이런 얘기 하면 안 되는데."

"왜요? 그리산 씨가 박사님께 비밀로 해달라고 했나 보죠?"

"그게 아니라… 그리산 씨는 나한테 진료를 받은 적이 없거든."

"받은 적이 없다고요? 누구든 예외 없이 진료를 받아야 하는 줄 알았는데요."

마르케스 박사가 어깨를 으쓱했다.

"그 양반은 아니었어. 이유는 나도 몰라. NASA의 높은 사람들한테 물어봤는데, 그냥 신경 쓰지 말고 놔두라고만 하더라."

"그런데 왜 그분 이름을 꺼내신 거예요?"

"내가 보기에, 두 사람은 서로 잘 맞지 않았어. 홀츠 박사님이 니나 대장한테 하는 말을 엿들은 적이 있는데, 그리산 씨는 믿지 못할 사람이라고 하더구나."

"왜요?"

"그거야 나도 잘 모르지. 난 그냥 그렇게 들었을 뿐이야. 내가 하지 말았어야 할 말을 했구나. 네가 하도 나를 곤란하게 하는 바람에, 나도 모르게 실수를…"

조바심이 나는지, 마르케스 박사가 손톱을 물어뜯었다.

"그럼, 딱히 수상한 사람은 더 없는 거예요?"

"이미 내가 너무 많은 말을 해버렸다."

"제 말은, 박사님이 진료 중에 들었던 얘기 말고…."

너무 많은 얘기를 했다는 사실을 깨달았는지, 마르케스 박사가 차츰 마음을 가라앉혔다.

"누군가를 비난한다고 사건이 해결되는 건 아니야. 박사님의 죽음과 전혀 관련이 없는 사람은 박사님 자신 말고는 아무도 없어. 그분은 판단 실수 때문에 사고로 죽은 거야. 그게 다야."

"하지만, 박사님이 직접 두 사람을 언급하셨잖아요. 박사님도 정말 이번 사건이 단순 사고라고 생각하세요?"

"이제 네 얘기를 해보자. 넌 왜 아직도 뭔가 음모가 있을 거라고 주장하는 거냐?"

나는 한숨을 내쉬었다. 마르케스 박사도 이젠 제정신을 차린 듯했다. 더 이상 그에게서 알아낼 수 있는 게 없을 것 같았다. 그래서 꼼짝없이 내 기분에 대한 얘기를 늘어놓아야 했다.

그에게서 두 가지의 새로운 단서를 캐낼 수 있었지만, 내 마음은 아주 복잡했다. 어제까지만 해도 MBA의 모든 사람들이 홀츠 박사님을 좋아했다고 믿었는데, 이젠 내가 가는 곳마다 홀츠 박사님에게 적대감을 가졌던 사람들, 혹은 홀츠 박사님이 죽기를 바랐을지도 모르는 사람들에 대해 점점 더 많이 알아가고 있었다.

주민 모임

　　MBA에는 모든 시설들이 갖춰져 있지만, 기지 주민들은 다양한 수단(전자우편, 전화, 컴링크 등)을 통해 서로 소통할 수 있습니다. 하지만 단체 회합이라는 전통적인 방법은 여전히 각종 정보를 공유할 수 있는 최고의 수단입니다. 기지 내 18세 이상의 모든 주민들은, 매월 첫째 주 월요일 다목적실에서 개최되는 주민 회의에 참석하시기 바랍니다. 기지 대장의 주재 하에 열리는 주민 회의에서는 필요한 모든 안건을 다룰 것입니다. 주민 전체의 의견을 듣고 싶은 안건이 있다면, 회의가 개최되기 2~3일 전에 기지 대장에게 요청하시기 바랍니다.

　　또한, 기지 대장 혹은 기지 주민의 요청이 있어 추가로 주민 회의가 필요하다고 판단되는 경우, 기지 대장은 언제든지 회의를 소집할 권한이 있습니다. 이 경우, 참석 대상에 해당하는 모든 주민들은 반드시 회의에 참석해야 합니다. 누군가 앞장서서 회의를 체계적이고 열정적으로 이끌며 불필요한 시간을 아낄 수 있다면, 모든 사람이 즐거워하는 자리를 만들 수 있다는 것을 명심하시어, 그에 따른 협조를 부탁드립니다.

우주 장례식

오후

　오후에 홀츠 박사님의 장례식이 열렸다. 기지 내의 사람들 모두 참석하라는 연락을 받았다. 하지만 쇼버그 가족은 코빼기도 보이지 않았다. 그들은 제외한 다른 사람들은 모두 참석했다. 사람들이 워낙 많아서 앉을 자리가 부족했다. 결국 나는 키라와 함께 다목적실 뒤쪽에 서 있어야만 했다.

　니나 대장이 가장 먼저 나와서 추도문을 낭독했다. 그녀는 생전에 박사님이 했던 오만가지 일들을 아무 감정 없이 맥 빠진 목소리로 나열하기 시작했다. 정말 말 그대로 하나도 빠짐없이 나열하고 있었다. 계속 눈을 뜨고 듣기 힘들 정도였고, 꼬맹이들은 5분도 채

되지 않아 잠에 곯아떨어졌다.

"홀츠 박사는 1998년 국제 천체물리학 및 우주과학 저널에, 장기간의 우주비행이 인간의 창자에 미치는 영향에 대한 자신의 첫 번째 논문을 발표…."

키라가 몸을 기울이며 속삭였다.

"홀츠 박사님에 관해 해줄 말이 있어."

"뭔데?"

"오늘 아침에 단서를 찾을 방법이 생각났어. 컴퓨터를 해킹해서 MBA 통화 기록을 찾아보면, 박사님이 돌아가시기 전 누구랑 통화했는지 알 수 있을 거야. 너도 그날 화장실에서 들었다고 했잖아."

장례식만 아니었다면 내 이마를 탁 쳤을 거다. NASA는 당연히 기지 내에서 발생한 모든 통화 기록을 가지고 있겠지. 왜 진즉 그 생각을 못 했지?

"그런데? 확인해봤어?"

"그게, 찾아보긴 했는데… 어제 새벽 2시 반에 박사님 통화 기록은 없더라구. 그 시각 전후로는 아무 기록도 없었어."

"에이, 말도 안 돼. 내가 분명히 들었는데. 누군가 통화 기록을 지운 게 틀림없어."

"내 생각도 그래. 그럼, 누구에게 그런 권한이 있을까?"

나는 다목적실 앞쪽을 쳐다보며 속삭였다.

"니나 대장님."

니나 대장은 여전히 이렇다 할 감정 없이 추도문을 낭독하고 있었다. "홀츠 박사는 무중력이 비장(脾臟)에 끼치는 영향을 정밀 분석함으로써 소화기 계통에 관한 획기적인 업적을…."

"그런데 말이야, 다른 사람이 해킹한 걸 수도 있잖아."

"그럴지도." 키라가 맞장구쳤다. "니나 대장님 말고 또 다른 용의자가 있다는 거야?"

"한둘이 아니더라구."

"그게 누군데?"

나는 주위를 살폈다. 창 박사와 마르케스 박사가 우리 얘기를 엿들을 수 있을 만큼 가까이에 있었다. 뭔가 엿들은 기색은 보이지 않았지만, 그저 못 들은 척하는지도 모를 일이었다.

"여기서 얘기하긴 좀 그렇고… 이젠 핸드폰을 찾는 수밖에."

키라가 고개를 끄덕였다.

"박사님 숙소에 들어갈 방법은 알아냈어?"

"아니. 그렇지만, 그게 거기 없는 건 확실해."

갑자기 키라의 두 눈이 설렘으로 반짝였다.

"어쩌면 핸드폰에 남아 있는 증거는 어제 새벽 화장실에서 통화한 내용일 수도 있어! 누군가 이렇게 통화 기록을 지울 걸 예상하고, 박사님이 녹음해놨을지도 몰라."

"그럴 수도." 나는 키라의 말에 동의했다. "당연한 말이지만, 핸드폰을 찾지 못하면 말짱 꽝이야."

문득 누군가 우리를 예의 주시하고 있다는 느낌이 들었다. 앞줄에 앉은 로디가 고개를 돌리고 빤히 우리를 쳐다보고 있었다. 아니, 키라를 쳐다보고 있었다.

키라도 로디를 발견하고 재빨리 눈을 피했다.

로디가 느닷없이 늑대 같은 음흉한 웃음을 지어 보였다. 그러더니 앉아 있던 자리에서 살며시 빠져나왔다.

"쟤, 뭐 하는 거야?" 키라가 물었다.

"우리한테 오고 있는데."

"왜?"

"음… 네가 좋은가 봐."

다목적실 앞쪽에서는 니나 대장의 웅웅거리는 말소리가 계속 들려왔다. "마침내, 홀츠 박사는 우주비행이 쥐와 바퀴벌레 등을 비롯한 다른 생물들의 임신은 물론, 다음 세대에 어떤 영향을 끼치는지에 관한 위대한 연구를 최초로 완성하고…."

로디가 우리 쪽으로 어슬렁어슬렁 걸어왔다.

"야, 거기 뒤에서 뭐 하고 있냐?"

"하긴 뭘 해." 키라가 말했다.

"내가 보기엔 아닌 것 같은데. 내 뒷담화 하고 있었냐?"

"아니." 내가 말했다. "홀츠 박사님 얘기를 하고 있었…."

로디는 내 얘긴 듣는 척도 안 하고 키라 쪽을 향했다.

"내가 알려준 방법은 제대로 써먹었어? 원하는 건 찾았고?"

"응, 고마워." 키라가 왠지 불편한 기색으로 대답했다.

"또 필요한 게 있으면, 언제든 말만 해. 여기 컴퓨터들은 내 손바닥 안이니까. 이런 형편없는 곳에서 딱히 할 게 있어야 말이지."

"그렇게 형편없는 덴 아니던데."

"몇 주만 더 있어봐."

"여긴 달 위야. 이게 얼마나 대단한 경험인지 잊었어? 지구에 있는 애들이 우릴 얼마나 부러워하는데. 우리 얘기는 역사에도 남을 거야. 언젠가 인류가 다른 은하계를 여행하게 되면, 우리가 이렇게 첫발을 내딛은 걸 돌아보며 사람들이 얼마나 고마워하겠어."

로디가 소리 내어 웃었다.

"우리가 다른 은하계를 여행할 수 있을 거라고 생각해?"

나는 키라를 향해 고개 저으며 로디한테 말려들지 말라는 신호를 보냈다. 우주여행에 관해 녀석이 떠들어대는 헛소리를 귀에 못이 박히도록 들어왔기 때문이다.

하지만 키라는 내 경고에도 아랑곳하지 않았다.

"물론이지. 언젠가는 말이야."

"퍽이나 그러겠다. 현재 인간이 만든 우주선 중에서 가장 빠른 우주선이 겨우 1시간에 25만 7천 킬로미터쯤 이동할 수 있는데, 그 속도로는 명왕성까지 가는 데만 해도 10년이 걸려. 그나마 지구에서 가장 가까운 항성인 프록시마 켄타우리는 4.25광년이나 떨어져 있어. 거기까지 가려면, 1만 7천 년이나 걸린다는 뜻이지. 자그마치 1만 7천 년! 인류가 원시인이었을 때부터 현재까지 문명이 발전한 시간과 맞먹는 시간이라구. 게다가 혹시나 그 별에 갈 수 있다 쳐도, 그 돌덩이 항성이 여기보다 더 낫다는 보장도 없지."

그렇게 떠들어대고는 로디가 팔짱을 낀 채 으스댔다.

이제 키라가 공격할 차례였다.

"200년 전엔 달 위에서 사는 게 불가능하다고 생각했고, 100년 전까지는 아무도 달 위에 발을 내딛지 못했어. 인터넷 같은 것도 상상 못 했지. 스마트워치나 가상현실은 또 어떻고. 인간이 앞으로 100년 안에 또 어떤 걸 발명할지 누가 알아?"

"워프 비행은 절대 안 될걸. 그건 정말 허황된 꿈이거든."

그 와중에도 나나 대장은 여전히 홀츠 박사님의 업적을 묵묵히 늘어놓고 있었다. 바로 가까이에 있는 창 박사는 결국 졸음과의 싸움에서 이기지 못하고 널브러져 있었다. 다른 사람들도 별반 다르지 않아 보였다.

나는 다목적실 반대편에서 임시체류자들 속에 서 있는 잔 퍼포닉을 발견했다. 그녀는 나한테 겨우 눈치챌까 말까 한 고갯짓을 보내곤, 다시 나나 대장의 연설에 귀를 기울였다.

로디는 여전히 우주여행에 대한 장광설을 밀어붙이고 있었다.

"내가 1만 7천 년이라고 했던가? 그건 가장 가까운 별 얘기고, 지구와 조금이라도 비슷한 별까지는 적어도 2배 이상 걸릴 거야. 게다가, 기껏 그런 별에 도착했는데 주위는 온통 산성 바다로 둘러싸여 있고 그 속엔 뇌를 갉아먹는 거머리들이 우글댄다고 생각해봐. 와우, 재미있겠는데!"

"지금 그딴 얘기는 하고 싶지 않아." 키라가 말했다.

"왜?" 로디가 다시 늑대 같은 음흉한 미소를 지었다. "나 때문에 말문이 막혀서?"

"웃기시네. 지금 장례식 중이니까 그렇지, 이 한심아."

로디는 키라가 자기 때문에 화가 나 있는 것도 모르고, 눈썹을 흔들며 대단한 제안이라도 하듯 말했다.

"말만 하면, 컴퓨터 해킹하는 거 또 도와줄게."

키라가 녀석과 거리를 두며 쭈뼛쭈뼛 내 쪽으로 다가왔다.

"지금은 됐어. 장례식을 빼먹을 순 없잖아."

"안 될 건 또 뭐야?"

"모두 참석하랬잖아. 괜히 빼먹었다가 무슨 꼴을 당하려고."

"누가 이르기라도 할까 봐? 사람들이 죄다 여기 와 있잖아. 솔직히, 해킹할 마음이 있으면 지금이 최고지. 지금 보안에 신경 쓰는 사람이 누가 있다고."

순간 정신이 번쩍 들었다. 로디의 말에 일리가 있었다. 혹시 누군가 나쁜 짓을 하려고 마음먹었다면, 바로 지금이 가장 완벽한 타이밍이었다. 나는 사람들을 하나하나 훑어봤고, 뭔가 이상한 것을 발견했다. 이곳에 참석하지 않은 사람이 있었다.

"너희들, 혹시 다프네 박사님 봤니?"

"여기 어디 계시겠지." 로디가 말했다.

"글쎄, 안 보이는데." 키라가 말했다. "그럼, 어디 가셨을까?"

"아무래도 우리가 찾아보는 게 좋겠다."

경계

　여러분은 지구를 벗어난 우주에서 공동체를 이뤄 생활하는 최초의 집단입니다. 이러한 경험은 한편으로는 짜릿한 경험이 되겠지만, 달 위의 최초 개척자로서 종종 뜻하지 않은 난관에 부딪힐 수 있다는 점을 명심하시기 바랍니다. 모든 주민들에게 항상 긴장의 끈을 놓지 말 것을 당부합니다. 항상 눈은 크게 뜨고, 귀는 활짝 열어두십시오! 조금이라도 이상한 징후를 발견하면, 주저하지 말고 즉시 기지 대장에게 보고하십시오. 혹시 별 이상이 없는 것으로 판명될지언정, 알리는 것을 주저하지 마시기 바랍니다. MBA는 최고의 내구성을 지닌 안전한 장소로 건설되었지만, 만에 하나 문제가 발생할 경우에 대비하여 항상 방심하지 않고 경계하는 것만이 참사를 막을 수 있는 최선의 방법이 될 것입니다!

뜻밖의 스파이

달 생활 189일째

오후

로디가 후다닥 문밖으로 나가자, 키라가 바로 녀석을 따라 나갔다. 그렇지만 나는 잠시 망설였다. 만약 다프네 박사가 범인이라면 찾으러 나섰다가 위험에 처할 수도 있었다. 나는 너무 티 나지 않게 손짓으로 잔 퍼포닉의 주의를 끌었다. 문 쪽을 가리키며 긴급 상황임을 알렸다.

'기다려.' 잔이 소리 없이 입 모양으로 말했다.

"대시!" 키라가 복도에서 낮게 부르는 소리가 들렸다. "뭐 해!"

나는 다목적실 밖으로 나가면서, 제발 잔이 따라오기만 바랐다. 복도에는 키라만 있고 로디가 보이지 않았다.

"로디 어딨어?"

"지 혼자 막 가던데."

"못 가게 막지 그랬어?"

"나더러 어쩌라고? 그럼, 걔한테 다프네 박사님이 살인 용의자라고 말해?" 키라가 잠시 말을 끊었다가 다시 물었다. "정말 다프네 박사님이 홀츠 박사님 사건의 용의자야?"

"그거야 모르지. 하지만 뭔가 있는 건 분명해."

"그럼 로디가 일을 망치기 전에, 우리가 먼저 찾아야겠네."

다목적실 안을 힐끔 보니, 잔은 여전히 사람들에 둘러싸여 있었다. 잔이 언제 나올 수 있을지는 알 수 없었다.

키라가 에어로크 쪽을 향해 통통 튀며 걷기 시작했다. 하지만 여전히 저중력 상태에 적응이 안 돼서 너무 높이 튀어올랐다가 천장에 머리를 부딪치고 말았다. 나는 그녀를 부축하고 나란히 걸었다.

대기구역을 지나치니, 금세 로디의 모습이 보였다. 녀석은 관리사무실 벽에 몸을 납작하게 붙인 채, 눈에 띄지 않기 위해 애쓰고 있었다. 우리를 발견한 녀석이 사무실 창문을 가리키며 입 모양으로 신호를 보냈다. '저기 있어.'

나는 창문을 통해 사무실 안이 보일 때까지 살금살금 앞으로 나아갔다. 내 이럴 줄 알았지. 다프네 박사는 컴퓨터로 뭔가를 하고 있었다. 그녀는 키보드로 미친 듯이 입력하고 정보 페이지들을 연신 띄우면서, 모니터에서 스마트워치로 뭔가를 내려받고 있었다. 그녀가 지금 이곳에 있어선 안 되는 것만큼은 분명해 보였다.

다프네 박사한테 들킬까 봐 한 걸음 뒤로 물러서려는데, 그 순간 로디가 재채기를 했다. 그것도 콧물이 튀어나올 정도로 큰 재채기를. 어이구, 차라리 대놓고 심벌즈를 치시지그래.

다프네 박사가 창문 밖 우리를 발견하고 비명을 질렀다.

그 바람에, 로디 녀석도 덩달아 비명을 질렀다.

다프네 박사가 놀랐는지 가슴 쪽을 움켜잡았다.

"엄마야! 너희들 때문에 간 떨어지는 줄 알았잖니!"

키라가 사무실 문을 열고 들어가서 그녀에게 물었다.

"여기서 뭐 하고 계세요?"

우리를 보는 다프네 박사의 눈빛에 절망하는 기색이 역력했다. 그녀는 무슨 말이라도 둘러대려 했지만, 결국 실패하고 말았다.

"저… 그게… 그러니까… 맞아, 이것저것. 더는 못 하겠다. 사실 난, 스파이야."

"박사님이요?"

다프네 박사가 스파이라니, 말도 안 돼. 유치원 선생님도 아니고, 빵집 사장도 아니고, 스파이?

"CIA나 뭐 그런 건 아니고." 다프네 박사가 재빨리 덧붙였다. "난 산업 스파이야."

"그러니까, 회사에서 보낸 스파이라고요?" 키라가 물었다.

다프네 박사의 얼굴이 빨개졌다.

"그래. 맥시멈 어드벤처 소속."

"그 여행사요?" 로디가 혼란스러운지 얼굴을 잔뜩 찌푸리며 말했다. "왜요? 그 회사는 이미 여기서 운영을 하고 있잖아요."

"회사에서는 자체적으로 달 위에 호텔을 짓고 싶어 해. 한 번에 한 가족보다는 여러 가족을 데려오는 게 더 장사가 되니까."

"얼마나 됐는데요?" 키라가 물었다.

"몇 년 됐어."

자신의 비밀을 다 털어놓아서인지, 다프네 박사는 무거운 짐을 내려놓은 것처럼 마음이 편해 보였다.

"MBA가 진정으로 완벽한 여행지는 아니잖아. 그런데 이제 쇼버 그 가족까지 방방 뜨고 있으니, 회사에선 여기 오겠다고 줄을 서 있는 사람들이 줄줄이 취소할까 봐 끙끙 앓고 있는 실정이야. 회사에서는 진즉부터 이곳에 진정한 휴양지를 건설하고 싶어 했어. 멋진 침대와 고급 음식, 마사지사들과 저중력에서도 즐길 수 있는 스포츠 시설을 두루 갖춘 그런 곳을 말이야."

"그동안 무슨 일을 하신 거예요?" 내가 물었다.

"정보를 수집했지. 특정 장치들이 어떻게 작동하는지 같은. 증발 건조기라든가 난방장치, 뭐 그런 거."

"그건 정보를 수집한 게 아니죠." 로디가 따졌다. "훔친 거지. 그런 장치들을 개발하느라 NASA에서 수십조 원을 투자했는데, 박사님은 그걸 그냥 가져가신다고요?"

다프네 박사가 고개를 떨궜다.

"네 말이 맞아. 이건 나쁜 짓이야. 정말, 정말 나쁜 짓. 처음에 맥시멈 어드벤처에서 나한테 접근했을 땐, 그렇게 나쁜 짓처럼 들리

지 않았어. 내 말은, 아무도 다치는 사람은 없을 것 같았다는 뜻이
야. 그리고 솔직히 말하면, 난 돈이 필요했어. 여기서 하는 일만 갖
고는 벌이가 신통치 않거든. 그냥 지구에 남아 사설 로봇 회사에
있었다면, 여기보다 열 배는 더 벌었을 거야."

"그럼, 굳이 왜 오셨어요?" 키라가 물었다.

"너희들은 왜 왔니? 달 위를 밟고 싶어서잖아! 역사의 한 페이지
를 장식하고 싶어서! 맥시멈 어드벤처에서 이 일을 제의했을 때, 난
두 가지를 한꺼번에 할 수 있을 거라고 생각했지. 달에도 오고, 돈
도 벌고. 그렇지만 그동안 내내 끔찍했어. 맥시멈 어드벤처는 내가
생각했던 것보다 훨씬 많은 걸 요구해왔거든. 여기 사람들은 너무
좋은 사람들인데, 난 늘 그 사람들 등 뒤에 숨어 살아야만 했지.
지금 내 꼴을 보라고! 나도 홀츠 박사님을 존경했는데, 지금 그분
장례식도 빼먹고 여기서 이런 짓을 하고 있잖아."

"엄밀히 말하면, 그렇게 많이 빼먹은 건 아니에요." 내가 말했다.

다프네 박사가 크게 한숨을 내쉬었다.

"내가 너희들한테 이런 말을 하게 될 줄이야. 난 세상에서 가장
형편없는 스파이인가 보다."

"그렇긴 해요." 로디가 말했다. "고작 우리 같은 애들한테 탈탈
털리셨잖아요."

다프네 박사가 미소를 지었다.

"나도 알아. 어쨌든 이렇게 다 털어놓으니 맘은 편하구나. 여태
껏 거짓말하는 게 제일 싫었는데… 부탁인데, 아무한테도 얘기하

지 말아줘."

"박사님을 위해 거짓말을 할 순 없어요." 키라가 말했다.

"아니! 내 말은 그런 뜻이 아니야! 내 말은, 그동안 내가 했던 일을 내가 직접 말하겠다는 거야. 이젠 다 털어놓을 때가 됐어. 장례식이 끝나면 내가 다 얘기할 거야."

나는 키라와 로디를 차례로 쳐다봤다. 다프네 박사한테 화가 나야 할 상황인데 전혀 그런 느낌이 들지 않았고, 그건 키라와 로디도 마찬가지인 것 같았다.

"알았어요." 내가 말했다.

"돌아가봐야겠어요." 키라가 말했다. "아마 지금쯤 니나 대장님의 추도문 낭독이 끝나가고 있을 거예요."

"난 아니다에 한 표." 로디가 투덜대듯 말했다.

우리는 다시 다목적실로 향했다. 그런데 다프네 박사는 따라오지 않고 그 자리에 가만히 서 있었다.

"안 가실 거예요?"

"잠깐만. 확인해야 할 게 하나 더 있어서 말이야."

"뭘요?"

다프네 박사가 손을 심장 쪽으로 가져가며 말했다.

"맹세컨대, 맥시멈 어드벤처 때문에 그러는 건 아니야. 아까 작업을 하다가 어제 로봇 작업 기록에서 뭔가 이상한 걸 발견했거든. 그래서 까먹기 전에 확인하려고."

키라와 나는 동시에 서로 얼굴을 쳐다봤다.

"그러니까, 홀츠 박사님이 돌아가신 날 말이죠?"

"맞아."

다프네 박사가 다시 컴퓨터 앞으로 돌아갔다. 그녀는 날짜와 시간이 빼곡하게 표시된 기록 파일이 보일 때까지, 열려 있던 여러 개의 파일 창을 닫았다.

"이상한 게 뭔데요?"

다프네 박사가 기록 파일을 자세히 살피며 말했다.

"너희도 알겠지만, 이곳에서 일하는 로봇이 수백 개나 있잖니. 밤에는 더 그렇고. 로봇들은 우리가 잠자는 동안, 온갖 것들을 유지·보수하는 일을 맡고 있거든. 증발건조기가 혹시 고장 났는지 점검하고, 기지 외부로 공기가 새어나가는 건 아닌지 확인하고, 태양열 집열판을 청소하지. 로봇들의 작업 일정은 서로 엉키거나 방해가 안 되도록, 시간차를 두고 편성해. 로봇들이 작업을 시작하고 끝내는 시각이 컴퓨터에 기록으로 남기 때문에, 혹시 문제가 있다면 내가 알 수 있게끔 돼 있어. 그런데, 어제는 평소처럼 316대의 로봇이 아니라, 317대가 움직인 걸로 기록돼 있더라구."

로디가 의심스럽다는 눈초리로 다프네 박사를 쳐다봤다. 녀석은 기습 작전으로 그녀가 스파이임을 알아낸 것에 우쭐해서, 마치 자기가 기지 경찰이라도 되는 양 유세를 떨고 있었다.

"왜 이제야 그 얘기를 하시는 거예요? 박사님은 매일 아침 그 기록을 확인하게 돼 있지 않나요?"

다프네 박사가 한숨을 내쉬었다.

"맞아. 하지만 어젠 너무나도 많은 일들이 있었잖니."

"어제 무슨 일이 있었는데요?" 로디가 물었다.

나는 녀석의 뒤통수를 한 대 갈겼다.

"홀츠 박사님이 돌아가셨잖아, 이 멍청아."

"아, 그렇지."

다프네 박사가 말을 이었다.

"어제 그 소동이 일어나는 바람에, 로봇 작업 기록을 확인하는 걸 까맣게 잊고 있었지 뭐니."

"추가된 로봇이 어떤 로봇인지 아세요?" 키라가 물었다.

"아직은." 다프네 박사가 계속 기록을 살피며 말했다. "하지만, 찾는 데 오래 걸리진 않을… 그렇지! 찾았다!"

다프네 박사가 의기양양하게 모니터를 가리키더니, 이내 놀란 표정을 지었다.

"거참, 이상하네."

"뭔데요?" 키라와 내가 동시에 물었다.

"한 번이 아니라 두 번 나간 기록이 있길래, 난 정비를 담당하는 로봇들 중 하나에서 사소한 고장이 있었나 보다 생각했는데, 이걸 보니 드론을 내보낸 거였네."

"드론이 뭔데요?" 키라가 물었다.

"특정한 임무 수행을 위해 내보내는 로봇이야. 정비로봇들은 매일같이 똑같은 일을 반복해. 그런데 가끔씩은 좀 더 예민한 작업이 필요할 때가 있거든. 생물학자가 토양 샘플이 필요하다고 하면,

난 드릴을 장착한 드론을 밖으로 내보내. 지질학자가 특정 분화구의 정확한 위치를 알고 싶다고 요청하면, 비행이 가능한 드론을 내보내 그 지역을 촬영하게 하고. 중요한 건, 아무나 드론을 밖으로 내보낼 수 있는 건 아니라는 거지. 그럴 권한은 나한테만 있거든. 다른 사람이 드론을 내보낼 수도 있지만, 그럴 때는 내 승인을 받게 돼 있지."

수상한 로봇에 대한 정보들이 화면 위에 점점 더 많아질수록, 다프네 박사의 손가락들이 키보드 위에서 탭댄스를 췄다.

"이번 드론은 어떤 종류인데요? 어디로 갔는데요?" 내가 물었다.

"그리고 나간 시각은요?" 키라가 덧붙였다.

"탐사로봇이었어." 다프네 박사가 대답했다. "태양열 집열판 2호기, 36B 패널로 간 걸로 돼 있네. 나간 시각은 새벽 5시 15분이고."

"누가 내보냈는데요?" 로디가 물었다.

다프네 박사가 입력을 하다 말고, 컴퓨터를 빤히 들여다보며 놀란 표정을 지었다.

"이 기록엔 내가 내보낸 걸로 돼 있어. 하지만 난 그런 적이 없거든. 이건 누군가 내 명령 코드를 훔쳤다는 뜻이야."

나는 흥분을 주체 못 하는 내 표정을 들킬까 봐, 다프네 박사로부터 뒷걸음쳤다. 왜냐하면, 그 탐사로봇을 누가 내보냈을지 딱 떠오르는 사람이 있었기 때문이다.

그는 바로, 로널드 홀츠 박사님이었다.

달의 지표면

달의 외부 환경은 놀랍도록 아름답고 고요해 보이는 것과 달리, 사람이 살기에는 너무나도 가혹한 환경을 가지고 있습니다. 직접 내리쬐는 햇빛의 온도가 섭씨 127도에 이를 뿐만 아니라, 해가 지고 나면 외부 온도가 곧바로 영하 115도까지 곤두박질치기 때문에, 동사로 인해 목숨을 잃을 수 있습니다. 또한, 지표면 위에는 산소가 존재하지 않습니다. 물론 여러분이 착용하는 우주복이 이 모든 것들을 막아주지만, 우주복을 올바르게 착용하지 않는다면, 불과 몇 초 만에 목숨을 잃을 수 있습니다.

이러한 이유 때문에, 달 지표면으로의 접근은 엄격히 제한됩니다. NASA 및 기지 대장의 승인을 받지 못하면 그 누구도 기지 밖으로 나갈 수 없습니다. 여러분의 일을 로봇이 처리할 수 있다고 판단되면, 로봇을 대신 내보내시기 바랍니다. 사람이 직접 처리할 수밖에 없는 일인 경우라도, 단독으로 기지 밖으로 나가는 일은 절대로 없어야 합니다. 항상 동료와 짝을 이뤄 움직이고, 에어로크를 통과하기 전에는 우주복 착용 상태를 수차례 점검하십시오. MBA에서 너무 먼 곳까지 이동하는 일은 자제하고, 밖에서는 각별히 주의하십시오. 안타까운 사고 등으로 인해, 우리의 아름다운 달 환경을 훼손시키는 일이 없도록 합시다!

문워크

달 생활 189일째

저녁나절

내가 추측하기에, 홀츠 박사님이 드론을 내보낸 이유는 자신의 핸드폰을 태양열 집열판 2호기의 36B 패널 주변에 숨겨놓기 위한 것이었다. 즉, 그 로봇은 홀츠 박사님이 에어로크 밖으로 나가기 직전에 나갔다는 뜻이었다. 그곳은 뭔가를 숨기기에 완벽한 장소였다. 만약 홀츠 박사님이 증거를 숨겼을 거라고 의심했다면, 범인은 이미 기지 내를 샅샅이 뒤졌을 거다. 하지만 그게 기지 밖이라는 건 생각도 못 했겠지. 나중에 키라한테 이런 내 추측을 설명했더니, 자기도 같은 생각을 하고 있었다고 했다.

하지만, 문제가 한 가지 있었다. 달 표면은 치명적인 곳이다. 그래서 키라와 나는 물론이고 기지 내의 모든 아이들은 밖으로 나가는 것이 금지되어 있었다.

그런데도 키라는 밖으로 나가고 싶어 안달이 나 있었다.

"어제 보니, 밖이 정말 장난 아니더라."

우리가 다프네 박사를 만나고 온 지 한 시간 뒤였다. 장례식은 끝났고, 대부분의 사람들이 다목적실 안에 어수선하게 뒤섞여 있는 동안, 키라와 나는 대기구역 모퉁이에 어정쩡하게 자리 잡고 앉아 있었다.

"저 바깥으로 나갈 수 있다면 정말 끝내줄 것 같지 않아?"

"그걸 말이라고 하니?"

대답은 그렇게 했지만, 사실 내가 우주선에서 내려 기지까지 터덜터덜 걸었던 게 6개월 전의 일이라서, 그 기억조차 가물가물했다.

"그럼, 나가보자." 키라가 말했다. "태양열 집열판까지 10분이면 충분할 거야."

"이건 박물관이나 동물원에서 몰래 숨는 거랑은 달라. 위험하단 말이야."

"조심하면 되잖아. 우주복 입고 나가면 아무 문제 없어."

"홀츠 박사님도 우주복 입고 나가셨다가 그렇게 된 거잖아."

"그거야, 누군가 박사님이 우주복을 일부러 잘못 입게 만들어서 그런 거지."

키라가 에어로크 바깥의 태양열 집열판 2호기 쪽을 가리켰다.

"그건 추측일 뿐이야."

"그래도, 충분히 타당한 추측이잖아." 키라가 볼멘 표정으로 나를 째려봤다. "네가 자꾸 요리조리 빠져나갈 궁리만 하는 게 이해가 안 돼. 뭐, 언제는 여기 갇혀 사느라 좀이 쑤셔 미칠 지경이라며?"

"그건 맞아."

"그런데? 고작 몇 분밖에 안 되겠지만, 다시 저 바깥으로 나갈 수 있다면 얼마나 기분이 끝내줄지 생각해봐. 우리가 나가면 안 될 이유도 딱히 없잖아. 이런 말도 안 되는 규칙은 깨도 돼."

"괜히 그랬다가 들키기라도 하면, 우린 아주 곤란한 처지가 되고 말 거야."

"우리가 홀츠 박사님 핸드폰을 찾으면 얘기가 달라지지." 키라가 반박했다. "그럼, 영웅 대접을 받게 될걸?"

나는 한숨을 내쉬며 에어로크 창밖을 바라봤다. 키라의 말이 맞았다. 나는 다시 한 번 밖으로 나가고 싶은 마음이 간절했다. 지구로 귀환할 때까지 2년 6개월이나 더 기다리고 싶지는 않았다. 하지만 밖으로 나가는 건 키라가 생각하는 것보다 훨씬 위험한 일이었다.

"다른 방법이 있을 거야."

"로봇을 내보내든지, 뭐 그런?" 키라가 물었다.

"아니. 그것까지는 나도 잘 모르겠어. 그렇다고 다프네 박사님한테 도와달라고 할 수도 없는 노릇이고."

복도 저만치에서 다프네 박사가 우리 부모님, 창 박사와 함께 서 있었다.

다프네 박사는 이미 다른 사람들에게 비밀을 털어놓은 뒤였다.

우리에게 약속한 대로, 그녀는 장례식이 끝나자마자 니나 대장에게 모든 것을 고백했고, 그 소식은 순식간에 다른 사람들에게 전해졌다. 니나 대장의 표정은 어두웠다. 다프네 박사는 합당한 처벌을 받게 될 것이고, 다른 사람들은 그 상황을 담담히 받아들이는 모습이었다. 어쨌든, 다프네 박사야말로 기지 내에서 가장 어른스러운 모습을 보여준 사람 같았다. 그녀가 자신의 잘못을 인정하고 진심으로 뉘우치는 모습은 다른 사람들로 하여금 전보다 더 그녀를 좋아하게 만드는 계기가 된 것 같았다. 우리 아빠와 창 박사는 007 영화 주제가를 흥얼거리면서, 특수요원 다프네가 어쩌네 하고 그녀를 놀리기까지 했다.

"그럼, 네가 생각하는 다른 방법은 뭐야?" 키라가 물었다.

"다른 어른한테 부탁해야지."

키라가 어이없다는 표정을 지었다.

"누구? 너희 부모님?"

"아니. 그분들도 규칙을 깨려고 하진 않으실 거야. 더구나, 여전히 홀츠 박사님이 제정신이 아니었다고 생각하시거든."

"그럼, 누구? 우리 아빠한테 말할 수도 없잖아. 괜히 밖에 나갔다가 길이라도 잃으시면, 그럼 다신 아빠를 못 볼 거 아냐."

"너한테는 말할 수 없어."

나는 잔이야말로 이 일에 가장 적합한 사람임을 알고 있었다. 그녀는 어른이고, 홀츠 박사님을 죽인 범인을 찾는 일에 누구보다도 의지가 확고하니까. 박사님 핸드폰이 어디 있는지 알아냈다고 하면 그녀는 흥분을 감추지 못할 게 분명하고, 달 표면으로 나가기 위한 승인도 받을 수 있을지 몰랐다. 하지만 그녀는 자신의 존재를 다른 사람에게 절대 알리지 말라는 말을 귀에 못이 박히도록 해온 터였다. 내가 아무리 믿는 사람일지라도.

"그게 무슨 소리야?" 키라가 따지듯 물었다. "날 못 믿는 거야?"

"물론, 믿지."

"그럼 그게 누군지, 왜 나한테 말을 못 해?"

"그냥, 말하면 안 돼서 그래."

키라가 한참 동안이나 매섭게 나를 노려봤다.

"알았어. 어쨌든 됐고. 하지만, 너의 그 비밀 동지가 못 간다고 하면, 그땐 우리끼리 가는 거야. 알았지?"

"못 간다는 소리는 안 할걸."

"그래도 만약에 못 간다고 하면… 우리끼리 가자. 이따 밤에, 사람들이 잠자리에 들면. 질질 끌 시간이 없단 말이야. 범인이 누군지 모르겠지만, 곧 그 로봇에 대해 알아낼지도 몰라."

"좋아. 그럴게."

"약속했다?"

키라가 손을 쑥 내밀었다. 나는 그녀의 손을 잡고 흔들었다.

"약속."

그 말은 100퍼센트 진심이었다. 정말 그렇게 될 줄은 미처 몰랐으니까.

결국, 나는 잔 퍼포닉에게 말할 기회가 없었다. 그녀를 보긴 했다. 첫 번째 봤을 때, 그녀는 장례식이 끝난 직후, 여러 명의 과학자들과 함께 있었다. 두 번째 봤을 때는 다른 임시체류자들과 함께 식당에서 저녁을 먹는 중이었다. 나는 그녀에게 필사적으로 신호를 보냈지만, 그녀는 입 모양으로 '지금은 안 돼'라고만 했다. 그래서 나는 일단 포기하고 그녀가 찾아오기를 기다렸지만, 그녀는 오지 않았다.

나는 정말로 당황스러웠다. 가장 확실한 단서를 찾아냈는데, 잔은 내 얘기를 들을 시간조차 내지 못하다니. 우리의 동맹 관계를 비밀에 부쳐야 한다는 건 잘 알겠지만, 그 비밀을 지키느라 정작 우리의 주된 목적은 위태로운 지경에 처해 있었다.

저녁식사를 끝내고 집에 돌아와서도, 곧 잔이 찾아올 거라고 믿으며, 마음을 진정시키는 데만 한 시간을 보냈다. 결국 나는 밖으로 나가 그녀를 찾으러 기지를 샅샅이 뒤지고 다녔다. 만나고 싶지 않은 사람들(니나 대장, 마르케스 박사, 쇼버그 가족)은 죄다 만났지만, 어떻게 해도 잔은 만날 수 없었다. 결국 그녀가 나를 만나고 싶어 하지 않는다는 결론을 내릴 수밖에 없었다.

더 이상 그녀를 기다릴 수만은 없었다. 키라의 말마따나 지체할 시간이 없었다. 홀츠 박사님이 로봇을 내보냈다는 중요한 사실을 우리가 알아냈으니, 범인 역시 그 사실을 알게 되는 건 시간문제일 것 같았다. 범인이 알게 되면 그 증거마저 범인의 손아귀에 들어갈 게 뻔했다.

나는 키라한테 문자를 보냈다. **오늘 밤, 작전 개시.**

몇 초 만에 답이 왔다. **준비 완료.**

나는 숙소로 돌아가서 아무렇지도 않은 척하며 시간을 보냈다. 하지만 마음 한구석에서는 잔이 와주기만을 바라고 있었다. 다른 식구들이 모두 잠자리에 들자, 내내 씩씩거리고 돌아다니느라 피곤했던 나도 잠자리에 들었다. 책이라도 읽어볼까 했지만, 도무지 집중할 수가 없었다.

잔은 끝내 모습을 보이지 않았다.

정확히 새벽 1시에, 나는 슬그머니 숙소를 빠져나왔다. 키라는 이미 대기구역에 도착해서 동물원의 사자처럼 어슬렁거리고 있었다. 나를 발견한 키라의 얼굴이 환해졌다.

"겁먹고 안 올까 봐 걱정했는데." 그녀가 속삭였다.

"제시간에 딱 왔는데 뭐."

그녀가 뭔가 다른 말을 하려 했지만, 나는 손가락을 입술에 대고 조용히 하라는 시늉을 했다. 한밤의 기지 내부는 쥐죽은 듯 고요해서, 우리가 아무리 소곤거리더라도 다른 사람이 그 소리를 들을 것만 같았다.

키라가 고개를 끄덕인 후, 아이들 전용 우주복 보관함을 열었다. 그 우주복들은 우주선과 기지 사이를 이동할 수 있도록, 각자의 몸에 딱 맞게 제작된 것들이었다. 그 20분 남짓한 시간을 위해, 우주복 한 벌에 10억여 원씩의 비용이 들어갔다. 물론, 만에 하나

MBA에서 탈출해야 할 비상사태가 발생할 수도 있으니, NASA에서 단지 그 20분만을 위해 많은 비용을 들인 건 아니었다.

MBA에서는 한 달에 한 번씩 의무적으로 비상훈련을 실시하여, 비상사태 발생 시에 탈출하는 방법을 꾸준히 연습하고 있었다. 덕분에 나는 우주복을 신속히 챙겨 입을 수 있었다. 우주여행 초창기만 해도 여러 겹의 단열 소재를 겹겹이 껴입어야 했기 때문에, 우주복을 입는 데만 해도 몇 분이나 걸렸다. 요즘 우주복은 단열 처리가 완벽한 소재로 되어 있어서 그만큼 우주복을 입는 데 제약이 덜했다. 내가 후다닥 외피를 입고 부츠를 신은 다음, 헬멧을 조이고 장갑을 끼기까지 채 2분이 걸리지 않았다. 우주인 기저귀는 착용하지 않기로 했다. 우주인 기저귀는 화장실 용무 때문에 다시 기지로 돌아가야 하는 불편함을 덜고, 달 표면에서 오랜 시간을 버틸 수 있게 고안된 것이었다.

나는 모든 연결 부위를 밀봉한 뒤 다시 한 번 확인했다. 그리고 또 한 번. 그리고 또 한 번. 그것도 모자라 키라한테 우주복 상태를 확인해달라고 했다. 나는 달 위에서 인류 역사상 두 번째로 죽은 사람으로 기록되고 싶은 마음은 없었다. 키라의 우주복 착용 상태를 점검해보니, 그녀 역시 제대로 입고 있었다.

우주복에서 새 차에서나 날 만한 냄새가 났다. 환풍기 스위치를 켜자 헬멧 안의 습기가 사라졌다. 기지는 달의 극 지역에 위치해 있고 태양이 아직 떠 있었기 때문에, 우리는 반사경을 내려 썼다. 반사경이 없다면 직접 내리쬐는 태양열에 우리 머리가 오븐 안의 감자처럼 바싹 타고 말 터였다. 헬멧 안에는 무선통신장치도 있어서, 다른 사람들을 신경 쓰지 않고 우리끼리 대화를 나눌 수 있었다.

"아, 아, 마이크 테스트." 키라의 목소리가 내 귀에 대고 말하는 것처럼 또렷이 들렸다. "잘 들려?"

"응. 너도 잘 들려?"

"엄청 잘 들려. 자, 출발!"

우리는 에어로크로 갔다. 평상시에 에어로크 출입문은 지문이나 망막 센서에 의해 제어되기 때문에 특정한 사람들만 문을 열 수 있다. 하지만 우주복을 입고 장갑과 헬멧을 착용한 상태에서 제대로 인식이 안 될 때도 있는데, 이런 경우에는 커다란 숫자판을 대신 사용한다. 우리 같은 아이들은 비밀번호를 알 수 없게 되어 있지만, 혹시 모를 비상상황에 대비해 몇 달 전 부모님이 비밀번호를 알려줬다. 내가 두 분의 허락 없이 기지 밖으로 나가는 바보 같은 짓은 하지 않을 거라는 믿음이 있었기 때문이다.

나는 비밀번호 여섯 자리를 입력했다. 에어로크의 안쪽 문이 미끄러지며 열렸다. 우리는 에어로크 안으로 들어가서 반대편 숫자판에 똑같은 비밀번호를 입력했다. 열렸던 안쪽 문이 미끄러지며 닫혔다. 쉭 하는 소리가 나면서 에어로크 내부와 바깥 달 표면의 대기압이 동일하게 맞춰졌다.

나는 키라를 돌아봤다. 그녀는 기지 밖을 경험한 게 불과 하루 전인데도 잔뜩 부푼 마음으로 발을 동동 구르고 있었다. 반사경 때문에 그녀 얼굴을 확인할 수는 없었지만, 지금 우리가 하려는 일에 대해 불안해하는 기색은 손톱만큼도 보이지 않았다.

그사이를 참지 못하고 키라가 내 쪽으로 몸을 돌렸다.

"빨리. 뭘 기다리는 거야?"

나는 에어로크 바깥쪽 문을 열기 위해 다시 비밀번호를 입력했다. 문이 미끄러지며 열렸다.

키라가 기다렸다는 듯 달 표면 위로 뛰어올랐다.

나도 그녀 뒤를 따라 나섰다.

6개월 동안 안에 갇혀 있었던 터라 밖으로 나가면 기분이 이상할 것 같았는데, 막상 나와보니 그렇지 않았다. 우주복 때문에 무게가 늘어서 생각만큼 몸이 뛰어오르지 않는 것 말고는 기지 안에서 느끼는 것과 똑같았다. 하지만 심리적인 면에서는 굉장히 다른 느낌이었다. 감옥에서 풀려난 죄수 같다고나 할까. 동물원 우리에 갇혀 있던 동물이 야생으로 되돌아간 느낌이랄까. 극도의 희열감이 확 몰려왔다.

평소보다 열성적으로 움직이는 걸 보면, 키라도 나와 똑같은 기분을 느끼고 있는 게 분명했다. 그녀는 나보다 앞서 폴짝폴짝 잘도 뛰어올랐다.

"와, 대박!" 그녀가 큰 소리로 외쳤다. "믿어져? 지금 우리가 달 위에 있다는 게!"

한 걸음씩 내딛을 때마다 달 표면의 하얀 흙먼지가 부츠 밑에서 흩어지며 날렸다. 마치 팬케이크 가루가 뒤덮인 대평원을 걷는 느낌이었다. 공기층이 없어서 바닥을 밟아도 전혀 소리가 나지 않았고, 부츠 밑에서 흙먼지가 부서지는 소리도 나지 않았다. 헬멧 안에 키라의 괴성만 들려올 뿐이었다.

에어로크에서 시작된 서너 개의 길은 뱀이 기어간 흔적처럼 구불구불하게 나 있었다. 그중에서 우리가 선택한 길은 오른쪽으로 방향을 튼 다음 두 갈래로 나뉘어 있었다. 두 갈래의 길 중에서 하나는 탐사로봇 격납고인 하얀색의 커다란 돔 구조물로 직접 연결되어 있었고, 우리가 가야 할 길은 MBA와 탐사로봇 격납고 사이를 지나 연구동 건물을 피해 왼쪽으로 휘어져 있었다.

내가 방향을 틀자, 로봇팔이 눈에 보이기 시작했다. 로봇팔을 이렇게 가까이에서 본 건 처음이었다. 번쩍거리는 금속과 피스톤, 그리고 전선들이 복잡하게 연결된 로봇팔은 다른 기계들과 비교해도 특히 인상적이었다. 세 부분으로 나뉜 로봇팔의 각 부분은 건물 3층 높이보다도 더 높았다. 엄청난 크기의 구상관절(球狀關節) 부위와 연결되어 수직으로 접힌 로봇팔의 모습은 마치 거대한 사마귀에 집게발을 달아놓은 것처럼 보였다. 로봇팔은 달 표면의 회전장치에 고정되어 있어 360도 회전이 가능하고, 우주선 착륙장과 에어로크 사이에 있는 것이면 어떤 것이든 팔을 뻗어 닿을 수 있었다. 로봇팔의 손에 해당하는 부분은 내 키보다도 컸고, 다섯 손가락을 한꺼번에 모으면 실로 어마어마한 크기의 주먹이 됐다.

"대시! 대체 뭐 하는 거야?"

키라의 말에 나는 정신이 번쩍 들었다.

"미안. 잠깐 딴생각 좀 하느라."

"누가 너 아니랄까 봐." 키라가 약을 올리듯 말했다. "야, 이것 좀 봐봐!"

그 말과 동시에 키라가 앞쪽으로 튀어오르더니 한 번에 6미터나 날아갔다. 잠시 후 등이 먼저 지표면에 닿으면서 쿵 떨어지고 말았지만, 그녀는 오히려 킥킥 웃었다.

키라의 과감한 행동에 전염이라도 된 건지, 나도 다리를 들어 앞을 향해 튀어올랐다. 나는 로봇팔을 훌쩍 지나 연구동의 끝부분까지 날아간 다음, 엄청난 흙먼지를 날리며 지면 위로 내려앉았다.

"짱인데!" 키라가 환호성을 질렀다. "와, 궤도 밖까지 날아가는 줄 알았잖아!"

키라가 일어나서 다시 튀어올랐다. 나는 그녀 뒤를 따랐다.

달의 지표면을 깡충깡충 뛰는 게 지난 몇 달 동안 겪었던 어떤 것보다도 즐거웠다. 컴퓨터가 그럴듯하게 만들어낸 시뮬레이션과는 비교가 안 될 만큼 대단한 체험이었다. 우리의 머리 위로 잉크처럼 새까만 하늘에서는 은하수가 화려한 빛을 뿜어내고 있었다. 그 한가운데에 푸른 보석처럼 영롱하게 빛나는 지구가 보였다.

한 번씩 튀어오를 때마다 엄청난 거리를 날아간 덕분에, 우리는 금세 태양열 집열판 2호기 앞에 도착했다. 집열판은 기지보다도 엄청나게 넓은 면적을 차지하고 있는 패널들의 집합체였다. 각각의 패널은 가로세로 길이가 1.5미터쯤 되는 정사각형 구조물로, 태양이 비추는 쪽을 정면으로 바라보고 세워진 높다란 철제 기둥에 장착되어 있었다.

"다프네 박사님 말로는, 로봇이 36B 패널 쪽으로 갔다고 했는데." 키라가 말했다. "어딘지 알겠어?"

나는 태양열 집열판을 두루 살펴봤다. 얼핏 봐도 1천 개가 넘는 패널이 있었다. 나는 가장 가까운 기둥을 찾아 서둘러 움직였다. 측면에 29A라는 숫자가 음각으로 새겨져 있었다. 그 오른쪽에는 28A, 왼쪽으로는 30A가 있었다.

"이쪽이야."

나는 왼쪽으로 조심스레 걸음을 옮겼다. 예상한 대로, 36A는 30A에서 6번째에 위치해 있었다. 그리고 그 안쪽에 36B 패널이 자리 잡고 있었다.

나는 패널을 받치고 있는 기둥의 아래쪽을 힐끗 살폈다. 지난 몇 개월 동안 패널들을 설치하고 관리하느라 생긴 수많은 부츠 발자국들 사이에, 비교적 최근에 생긴, 사람의 것은 아닌 것으로 보이는 자국이 남아 있었다. 그 자국은 쌍을 이루며 부츠 발자국들을 가로질러 나 있었다.

"이것 좀 봐."

"홀츠 박사님이 보낸 로봇인가 보네." 키라가 말했다.

"제대로 찾아온 것 같다."

나는 기둥을 빙 돌면서 로봇이 핸드폰을 숨겼을 만한 곳을 꼼꼼히 살폈다.

하지만 핸드폰은 보이지 않았다.

"아무것도 안 보여." 키라가 걱정스러운 목소리로 말했다.

"바람에 날아가버렸나?"

"핸드폰이 통째로? 말이 돼? 여긴 바람이 안 불잖아, 이 헛똑똑아."

"나도 알아. 하지만 우주선이 착륙할 때 후폭풍에 날아갔을 수도 있잖아."

"말도 안 돼. 그럴까 봐 보호벽을 세운 거잖아. 안 그랬으면, 우주선이 뜨고 내릴 때마다 태양열 집열판에 흙먼지가 뒤덮여 엉망이 됐겠지."

나는 혹시라도 우리가 놓친 표식이 있나 해서 36B 패널이 있는 기둥 주변을 다시 한 번 샅샅이 살폈다.

"대시." 키라가 말했다. "내가 말 안 한 게 있어. 여기 오기 전에, 시간은 많이 남았는데 딱히 할 게 없어서, 컴퓨터 파일들을 좀 더 살펴봤거든."

나는 흙먼지 위에 로봇이 남긴 자국들을 가만히 바라봤다. 그 자국들이 뭔가 중요한 것을 나한테 알려주려 하는 것만 같았다.

"네가 어제 새벽 홀츠 박사님 얘기를 엿들었다는 화장실 영상을 살펴봤어." 키라가 말을 이었다. "통화 기록은 이미 지워졌지만, 혹시나 박사님이 통화하는 장면을 볼 수 있지 않을까 해서…."

지면 위의 자국은 작은 로봇이 남긴 것으로 보였다. 무거운 물건을 신고 다니는 유지·보수용 로봇이 아니라, 과학자들이 토양 샘플을 채취하는 데 사용하는 소형 탐사로봇일 가능성이 컸다.

그 말은, 땅을 팔 수 있는 로봇이라는 의미였다.

나는 무릎을 꿇고 앉아서 36B 패널의 기둥 아래쪽에 있는 흙먼지를 쓸어내기 시작했다.

키라가 하던 말을 멈추더니, 같이 무릎을 꿇고 나를 도왔다.

"하던 얘기 계속 해봐."

"아니야. 별로 중요한 얘긴 아닐지도 몰라."

흙을 한 줌 더 파내자, 구멍 안에서 반짝이는 빛이 보였다. 나는 손을 그 안에 쑥 집어넣었다. 장갑이 워낙 커서 가까스로 그것을 집을 수 있었다.

구멍 안에는 작고 투명한 비닐 봉투가 묻혀 있었다. 과학자들이 사용하는 멸균 봉투였다.

홀츠 박사님의 핸드폰이 그 안에 들어 있었다.

"찾았다!" 키라가 환호성을 질렀다. "아싸!"

키라가 자축하는 의미로 하이파이브 동작을 취했다. 나는 그녀에게 맞장구를 쳐줬다. 그런데 핸드폰을 찾았는데도, 마땅히 느껴야 할 짜릿한 기분이 들지 않았다.

키라의 목소리는 흥분했다기보다는 오히려 안도하는 느낌이었다. 마치 내가 모르는 것을 자기가 알고 있기라도 한 것처럼.

"컴퓨터에서 뭐라도 찾았어?"

"아니다." 키라가 벌떡 일어나 걸어가기 시작했다. "내가 한 말신경 쓰지 마. 기지로 돌아가자."

"말해봐."

키라가 몸을 돌렸다.

"아냐. 내가 말을 하지 말았어야 했는데. 너무 급히 훑어보는 바람에, 잘못 봤을지도 몰라."

"뭘 잘못 봤는데?"

키라가 빨리 따라오라는 시늉을 했다.

"빨리 와. 너무 오래 나와 있었어."

하지만 나는 꼼짝 않고 버텼다.

"뭘 봤길래 그래?"

키라가 땅이 꺼질 듯 한숨을 내쉬었다. 내 헬멧 안에서 그녀의 한숨 소리가 마치 태풍처럼 몰아쳤다.

"좋아. 말할게. 내 생각이 틀릴 수도 있지만… 나도 박사님이 살짝 미쳤던 게 아닐까 하는 생각이 들더라."

"왜 그런 생각이 드는데?"

"그야, 내가 화장실 영상을 봤으니까 그렇지." 키라가 내 쪽으로 다가왔다. "박사님이 전화 통화를 하시던 장면 말이야. 우리가 박사님의 통화 기록을 전혀 찾을 수 없었던 건 바로, 박사님은 통화를 하지 않았기 때문이야."

"말도 안 돼. 내가 분명히 들었는데."

"네가 들은 건 박사님이 누군가와 대화하는 소리였지. 박사님은 전화기를 사용하지 않았어. 내가 다 봤어."

"그럼, 화장실 안에 다른 사람이 또 있었다는 말이야?"

"아니. 그건 화장실 안이 다 보이는 영상이었어. 다른 사람은 아무도 없었어."

"그럼, 박사님이 혼잣말을 했다는 거야? 미친 사람처럼?"

키라의 헬멧이 위아래로 끄덕거렸다.

나는 뭔가 크게 잘못 생각하고 있는 거라고 따지고 싶었다. 그런데 그 말을 꺼내기도 전에, 키라의 반사경에 비친 뭔가를 발견했다.

내 뒤에서 어떤 물체가 다가오고 있었다. 속도가 제법 빨랐다.

"조심해!"

나는 키라를 잡고 옆으로 피했다.

잠시 후, 거대한 로봇팔이 우리가 서 있던 자리를 강타했다. 그 속도가 어찌나 빨랐던지, 36A 패널의 기둥이 칼로 베인 듯 두 동강 나고 지표면이 크게 흔들렸다. 패널들은 떨어져 산산조각이 나고 말았다.

"저게 뭐야?" 키라가 숨도 제대로 쉬지 못하며 물었다. "고장 난 거야?"

"아니. 누가 우릴 죽이려는 거야!"

내 생각이 맞다는 것을 증명하듯, 로봇팔이 다시 일어서더니 공격할 태세를 갖췄다.

비상 대응 훈련

달이라는 곳에 건설된 기지의 위치 특성 때문에, MBA를 지구상의 어떤 곳과도 같은 수준의 안전성을 확보한 장소로 만들기 위해 가능한 모든 예방조치들이 취해졌지만, MBA는 언제든 비상상황이 발생할 가능성이 존재하는 곳입니다. 그러나 MBA는 태양열 발전장치를 구역 단위로 나누어 가동할 수 있고, 화재나 태양 표면의 폭발에 대비하는 것은 물론, 유성과의 충돌에도 견딜 수 있는 설비들을 갖추고 있으니 안심하시기 바랍니다. 다만 혹시 모를 비상상황이 발생할 경우, 여러분의 안전은 미리 어떻게 준비하고 있었느냐에 따라 결과가 달라질 것입니다. 다음의 세 가지 절차를 명심하십시오.

1) 모든 비상설비의 작동법을 배우고 익힐 것.
2) 매월 실시하는 비상 대응 훈련에 반드시 참석하고, 비상 탈출 요령을 배울 것.
3) 적어도 일주일에 한 번은 비상상황을 가정하고 반복 훈련할 것.

배우고, 참석하고, 반복 훈련하기. 세 가지면 충분합니다!

로봇팔과의 결투

달 생활 190일째

어쩌면 내 생애 마지막이 될지도 모를 순간

"도망쳐!"

내가 소리치는 순간, 키라가 비명을 질렀다. 비명 소리가 어찌나 큰지 헬멧 속의 내 귀가 윙윙거렸다.

그런데, 우리 머리 위로 솟아올랐던 로봇팔이 이상하리만큼 잠잠히, 그대로 서 있었다. 마치 소리를 꺼놓은 액션 영화 속에 들어와 있는 느낌이었다.

잠시 후, 로봇팔이 최대치까지 팔을 쭉 펴더니, 주먹을 쥐는 동작을 취했다. 주먹의 크기가 소형 자동차와 맞먹었다. 그런 뒤 다시 우리를 향해 달려들었다.

겁을 잔뜩 먹고 있던 탓에, 우리는 함께 피할 생각을 못 하고 각각 다른 방향으로 움직였다. 나는 처음에 우리가 출발했던 방향으로 도망쳤고, 키라는 패널들이 빽빽이 들어선 집열판 깊숙한 곳으로 몸을 피했다.

로봇팔의 주먹이 방금 우리가 서 있던 곳을 내리치며 또 다른 패널들을 산산조각 냈다. 저중력 상태인데도 유리 파편들이 사방팔방으로 흩어져 내렸다.

"어디 가는 거야?" 키라가 소리 질렀다.

"다시 에어로크로 가려고!" 나도 고함을 질렀다. "넌?"

"지붕이라도 찾아야지! 넌 너무 뻥 뚫린 데 있잖아!"

키라의 말이 맞았다. 에어로크까지 돌아가는 길에는 숨을 만한 곳이 없었다. 그래서 키라가 있는 쪽으로 미친 듯이 달려가려 했지만, 달 표면에서 달리기란 여간 어려운 일이 아니었다. 나는 그저 슬로모션으로 움직이는 사람처럼 앞으로 통통 튈 수 있을 뿐이었다. 공포영화에서 누군가 바짝 쫓아오는데 아무리 애를 써도 마음처럼 도망칠 수 없는, 그런 느낌이었다.

로봇팔이 나와 패널들 사이에서 다시 한 번 팔을 치켜세웠다.

지구에서라면 로봇팔이 내는 소리로 그 위치를 가늠하고, 그게 나를 향할지 키라에게 갈 것인지 판단할 수 있었을 거다. 하지만 소리가 들리지 않는 달 위에서는 오직 눈으로만 판단해야 했고, 게다가 우주복을 입고 도망치는 상태에서는 어깨 너머로 확인하는 것조차 쉽지 않았다.

등 뒤에서 로봇팔이 아래쪽을 향해 달려들었다.

키라가 아니라, 바로 나를 향해 달려들고 있었다.

"조심해!" 키라가 소리 질렀다.

나는 로봇팔이 아래쪽으로 회전하는 방향을 잘 지켜보다가, 저중력 환경에서의 이점을 살려 튀어올랐다.

그러자 로봇팔이 공격 형태를 바꿔 기습적으로 손가락을 펴더니 측면을 공격해 왔다. 킹콩 같은 거대한 손가락들 중 하나가 내 가슴을 정통으로 가격했고, 그 바람에 내 몸이 붕 날아가버렸다.

내 몸이 허공을 가르며 탐사로봇 격납고를 훌쩍 지나쳐 날아갔다. 순간, 이러다가 궤도 밖으로 날아가버리는 건 아닌가 하는 두려움마저 느껴졌다. 나는 MBA의 지붕이 다 내려다보일 정도로 높은 곳까지 날아 올라갔다. 기지에서 가장 먼 곳에 위치한 태양열 집열판 1호기마저 보일 정도였다.

다행스럽게도, 내 몸이 다시 아래쪽으로 곡선을 그리며 하강하기 시작했다. 하지만 중력이 크지 않아 추락하는 속도가 빠르지 않았음에도, 나를 잡아당긴 중력은 내 얼굴을 달 표면에 내리꽂았다. 몸 전체를 동시에 얻어맞은 듯, 숨을 쉬는 것조차 힘들었다. 나는 지면에 깊은 골을 만들며 미끄러지다가 커다란 바위에 헬멧이 부딪히고 나서야 그대로 멈췄다.

헬멧 안에서 약하지만 무시무시한, 쨍그랑 소리가 들렸다.

질끈 감았던 눈을 뜨고 보니, 우려했던 최악의 결과가 실제로 벌어지고 말았다.

헬멧 유리에 금이 가 있었다.

달리는 자동차 유리창에 돌이 날아들었을 때처럼, 헬멧에 작은 거미줄 모양으로 금이 가 있었다. 설상가상으로 균열이 점점 커지고 있었다. 유리가 완전히 깨지면, 난 몇 초 만에 숨이 막혀 죽을 판이었다.

"대시!" 잔뜩 겁에 질린 키라의 목소리가 들렸다. "괜찮은 거야?"

격납고 측면에서 로봇팔이 또다시 몸을 일으키고 있었다. 손바닥을 지면으로 향한 채 이리저리 회전하고 있었다.

나는 로봇팔이 나를 찾고 있다는 것을 깨달았다.

로봇팔에는 서너 대의 카메라가 달려 있어서 사방으로 주위를 탐색할 수 있다. 하지만 로봇팔이 나를 30미터쯤 멀리 날려 보낸 탓에, 조종자의 눈에는 아직 내가 어디 있는지 보이지 않는 모양이었다.

이제 에어로크까지는 기껏해야 10미터쯤 되는 것 같았다. 한번 모험을 걸어볼 만한 거리였다. 하지만 나는 곧 모험을 포기했다.

달의 지면은 회색과 흰색이 섞인 색을 띠고 있었다. 내 우주복 색깔도 회색과 흰색이 섞여 있었다. 게다가 흙먼지까지 뒤집어쓴 상태였다. 지면 위에 잠자코 있으면 색깔이 비슷해서 눈에 띄지 않을지도 모른다는 희망이 생겼다. 완전히 몸을 숨길 수는 없겠지만, 움직이는 것보다는 가만히 누워 있는 게 훨씬 나을 것 같았다.

"대시!" 키라가 울먹거리듯 소리쳤다. "괜찮아? 대답해!"

"괜찮아."

"세상에, 다행이다! 지금 어디야?"

"착륙장 옆이야."

내가 그렇게 둘러대자, 로봇팔이 바로 그쪽을 향해 움직였다.

그건 바로, 범인이 우리의 무전 내용을 엿듣고 있다는 뜻이었다. 내 이럴 줄 알았지. 나는 로봇팔을 다른 곳으로 유인하기로 했다.

헬멧에서 또 금이 가는 소리가 들렸다.

시간이 별로 없었다.

나는 벌떡 몸을 일으키고 에어로크를 향해 달릴 태세를 갖췄다.

"기다려!" 키라가 말했다. "내가 너한테 갈게."

"안 돼! 그 자리에 가만있어! 나오지 말고! 난 괜찮다니까! 내가 너한테 갈게."

당연히 나는 제대로 달릴 수 없었다. 그저 천천히 통통거릴 뿐이었다. 그래도 그럭저럭 에어로크가 조금씩 가까워졌다.

그런데 그때, 내 오른쪽에서 햇빛에 뭔가 반짝이는 게 보였다.

홀츠 박사님 핸드폰이 든 봉지가 흙먼지 위에 놓여 있었다.

내 몸이 허공으로 날아가는 동안 내 딴엔 꽉 잡고 있었는데 지면으로 나가떨어질 때 장갑에서 빠져나간 모양이었다. 봉지가 놓여 있는 곳은 고작 몇 미터밖에 떨어져 있지 않았다. 나는 봉지를 집으려고 비스듬히 몸을 던졌다. 그렇지만 저중력 상태에서는 쉽지 않은 일이었다. 앞으로 향하던 관성을 죽이려다가 흙먼지 위에서 그만 미끄러져버렸다.

"대시!" 키라가 소리 질렀다.

고개를 돌려 보니, 내 위치를 알아낸 로봇팔이 공격 준비를 하고 있었다. 돌진하는 속도를 볼 때, 정통으로 맞았다간 내 몸이 홈런 볼처럼 기지를 훌쩍 넘어 태양열 집열판 1호기 위에 떨어져 와장창 작살날 것만 같았다.

로봇팔보다 먼저 도착한다는 건 말이 안 된다는 걸 알면서도 나는 통통 튀며 에어로크를 향해 있는 힘껏 달렸다.

로봇팔이 팔을 쭉 뻗어, 에어로크 바로 앞에서 나를 잡아채려 준비하고 있었다. 그래서 나는 다른 방향으로 튀어올랐다.

로봇팔이 내 머리 위로 솟구쳤다가 내 헬멧 뒤통수를 스칠 듯이 지나갔다. 로봇팔을 조종하는 사람이 누구인지 모르겠지만, 이제는 그도 로봇팔을 멈추기 위해 저중력 환경에서의 관성과 싸워야만 했다. 결국 관성을 이기지 못하고, 로봇팔이 탐사로봇 격납고를 들이받고 말았다.

나는 허둥지둥 몸을 일으킨 다음, 에어로크를 향해 달렸다.

로봇팔이 하도 세게 들이받은 나머지 격납고의 벽이 무너졌고, 로봇팔은 무너진 잔해 속에서 뒤엉켜버리고 말았다. 로봇팔이 빠져나오려고 발버둥 치는 바람에, 잔해뿐만 아니라 탐사로봇들도 흩어져 날아다녔다.

나는 간신히 에어로크에 도착했다. 바깥쪽에는 숫자판이 없고 '열림'이라고 쓰인 빨간 버튼만 있었다. 나는 주먹으로 버튼을 세게 내리쳤다.

에어로크 출입문이 미끄러지며 열렸다.

열림 버튼 바로 밑에는, 에어로크 출입문이 고장으로 작동하지 않을 때를 대비해 빨간색 버튼이 또 하나 있었다. 그 버튼에는 '경보'라고 쓰여 있었다.

나는 그 버튼을 주먹으로 내리쳤다.

로봇팔이 격납고 잔해를 헤치고 빠져나왔다. 그런 뒤 팔을 위로 치켜세우다가…

갑자기 작동을 멈췄다. 아마 기지 내에 울려 퍼진 경보음에 놀라, 로봇팔을 조종하던 사람이 조종을 포기하고 도망친 것 같았다.

나는 에어로크 안으로 들어간 다음, 안쪽에 있는 빨간색 버튼을 눌렀다. 바깥쪽 문이 미끄러지며 닫혔다.

잠시 후, 헬멧 유리가 산산조각 나면서 달 표면에서 전해지는 엄청난 열기를 고스란히 느낄 수 있었다. 나는 그저 이게 나의 마지막 순간이 되지 않기만을 바라며 숨을 참았다.

쉭 하는 소리와 함께, 에어로크 안이 기지 내부와 같은 압력으로 맞춰졌다. 압력이 조정되니, 기지 안에서 울려대는 경보음이 들렸다. 공기도 차가웠다.

"괜찮은 거야?" 키라가 다시 물었다.

나는 머뭇거리며 숨을 들이마셨다. 그동안 셀 수 없을 만큼 숨을 쉬었지만, 지금이 내 인생에서 최고의 순간 같았다. 나는 안도하며 한숨을 내쉬었다.

"나, 에어로크 안에 있어. 로봇팔이 멈췄으니까, 안심하고 이쪽으로 와. 너도 괜찮지?"

"응. 겁이 좀 났을 뿐이야. 계속 집열판 속에 숨어 있었어. 널 도우러 못 가서 미안…."

"괜찮아. 네가 도울 수 있는 건 없었어."

"알았어. 지금 가는 중."

에어로크 안쪽 문을 열고 기지 안으로 들어가니, 잠자던 사람들을 모두 깨울 만큼 큰 소리로 경보음이 울려대고 있었다. 나는 로봇 통제실을 힐끔 쳐다봤다. 문은 활짝 열려 있었고, 나를 공격했던 사람은 이미 사라지고 난 뒤였다.

캣워크 가장자리에 니나 대장이 기대서 있었다.

"너!" 그녀가 아래층의 나를 노려보며 소리 질렀다. "거기서 뭐 하는 거야?"

"그냥 훈련 좀 하느라고요."

니나 대장이 득달같이 나를 향해 계단 앞까지 달려왔다.

"그게 무슨 장난인 줄 알아? 천만에! 넌 지금 중대한 규칙 위반을 한 거라고!"

"우리, 큰일 난 거야?" 키라가 무전으로 물었다.

"엄청나게."

"아무래도 난 여기 좀 더 있을까 봐."

니나 대장 뒤쪽에서 우리 숙소의 문이 활짝 열렸다. 부모님이 겁에 질린 표정으로 밖으로 나왔다. 경보음 때문에 잠에서 깼다가 뒤늦게 내가 숙소 안에 없는 걸 눈치챈 모양이었다. 아빠는 두 팔로 바이올렛을 안고 있었다. 갑작스러운 소란에 바이올렛도 꽤나 놀란 표정이었다. 나를 발견한 부모님이 안도하면서도 걱정스러운 눈빛을 보냈다.

"기지 내의 모든 아이들은 기지 밖으로 나갈 수 없는 게, 이곳에서 가장 우선시하는 안전 규칙이잖아!"

니나 대장이 한껏 소리 높였다.

"대체 무슨 생각인 거니? 생각을 하긴 한 거니? 헬멧 꼴은 또 뭐고? 저 밖에서 죽지 않고 살아 돌아온 게 얼마나 운이 좋은 건지 알기나 해?"

"그럼요." 나는 차분히 말했다. "너무너무 잘 알죠."

니나 대장의 얼굴이 노여움으로 붉으락푸르락했다.

"대체 무슨 일 때문에 밖에 나갔던 거지?"

"이걸 찾느라고요."

나는 의기양양하게 홀츠 박사님의 핸드폰이 든 봉지를 치켜들었다. 하지만…

핸드폰 액정화면이 산산조각 나 있었다. 그리고 케이스는 반으로 쪼개져 있었다.

내가 목숨을 걸고 찾아온 증거물이 박살 나 있었다.

비상 대응 훈련(계속)

혹시 모를 비상상황이 발생했을 때는 반드시 명령 체계에 따라 행동해야 합니다. 기지 대장은 누구보다도 많은 비상 대응 훈련을 받았고, 발생 가능한 모든 비상상황에 대해 충분히 숙지하고 있기 때문에, 그러한 상황에서도 관제센터와 최우선으로 긴밀한 연락을 취할 수 있습니다. 그러므로 비상상황이 발생했을 경우에는 기지 대장이 내리는 모든 명령에 즉시 따라야 합니다. 만약 명령에 따르지 않으면, 반란행위로 간주되어 지구로 귀환하는 즉시 처벌을 받을 수 있습니다.

만일 기지 대장이 의식을 잃거나 사망, 또는 기타 다른 이유 등으로 인해 자신의 임무를 수행하지 못하는 지경에 처하게 되면, 대장의 임무는 부대장에게 이양됩니다. 하지만, 그러한 비상상황은 발생할 가능성이 극히 낮으므로 주민 여러분은 불안해하실 필요가 없습니다. 그 어떤 상황에서도, MBA의 주민 여러분은 차분하고 편안하게, 걱정 없이 지내실 수 있을 것입니다!

결정적 증거

달 생활 190일째

아주 이른 새벽

우리 가족을 제외하고, 주위에 몰려 있던 다른 무니들은 제정신이 아니었다. 라스 쇼버그 씨는 특유의 재수 없는 태도로, 이래서 MBA가 마음에 들지 않는다며 사람들을 향해 고래고래 소리 질렀다. 다프네 박사는 자신의 소중한 로봇이 그토록 나쁜 짓에 이용됐다는 사실과 앞으로의 일정에 심각한 차질이 빚어지게 된 것을 알고는 절망에 빠졌다. 창 박사와 킴 박사 같은 사람들은 무슨 일이 벌어진 건지 이해하려 애쓰고 있던 반면, 로디 녀석 같은 사람들은 경보가 울렸으니 기지를 탈출해야 하는 게 아니냐며 난리법석을 떨었다. 심지어 하워드 박사조차 이곳에 오고 나서 처음으로 불안감을 드러낼 정도였다. 키라가 에어로크를 통해 안전하게 기지로 들어오자, 그는 딸을 끌어안고 흐느끼기 시작했다. 잠자코 있는 사람은 경보기를 끄는 법을 알고 있는 그리산 씨와, 잔 퍼포닉뿐이었다.

한바탕 소란을 겪고 나서야, 나는 내가 겪은 일에 대해 말할 기회를 얻었다. 왜 내가 홀츠 박사님의 핸드폰을 찾기 위해 밖으로 나가야 했는지, 그 와중에 어떤 공격을 받았는지, 어떻게 해서 박사님 핸드폰을 찾았는지….

창 박사가 나한테서 핸드폰을 건네받아 자세히 들여다봤다.

"살릴 수도 있겠는데." 그가 말했다. "내가 복구해봐도 되겠니?"

나는 창 박사를 믿어야 할지 확신할 수 없어서 슬쩍 잔을 쳐다봤다. 그녀가 고개를 끄덕이며 괜찮다는 신호를 보냈다. 그래서 나는 증거물을 창 박사에게 건넸다. 창 박사는 우리가 지켜볼 수 있는 중앙관제실에서 복구 작업을 하겠다고 약속했다.

"너의 무책임한 행동이 이 기지에 얼마나 큰 물적 피해를 일으켰는지 알긴 하니?"

니나 대장이 다시 따져 묻기 시작했다.

"어림잡아 수백만 달러야. 수천만 달러가 될 수도 있고!"

그러자 엄마가 화가 난 표정으로 나와 니나 대장 사이에 끼어들었다.

"대시한테 무슨 잘못이 있다고 이러는 거예요! 이게 다 로봇팔을 조종한 놈 때문인데. 그러니 애는 그만 달달 볶고, 누가 우리 애를 죽이려 했는지 알아보시는 게 어때요?"

"이 모든 일의 원인은 댁의 아드님한테 있는 게 맞다고요!"

니나 대장이 되받아쳤다.

"아, 맞아요." 내가 말했다. "키라와 제가 장난으로 로봇팔을 갖고 놀다가 모두 박살 내고, 그걸 무마하려고 밖에 나갔다가 죽다 살아난 시늉까지 하게 됐네요."

"넌 그리고도 남을 녀석이야!" 니나 대장이 으르렁거렸다.

그때 하워드 박사가 소리 질렀다.

"아이고, 정말 뭣들 하시는 겁니까! 그만 좀 하세요, 대장님!"

그의 외침에 모든 사람들이 깜짝 놀랐다. 하워드 박사가 그렇게 목청을 높이는 건 고사하고, 그의 목소리를 들어본 사람조차 몇 명 되지 않았기 때문이다.

하워드 박사는 여전히 키라를 꼭 끌어안은 채, 니나 대장을 노려봤다.

"여기 있는 사람들 모두, 여기서 발생한 불미스러운 일에 대해 당신이 쉬쉬하고 싶어 한다는 것쯤은 알고 있습니다. 하지만, 이렇게 살인범이 기지를 활보하고 있다는 명백한 증거가 나온 마당에, 홀츠 박사님의 사망이 단순 사고였다는 소린 이제 그만 집어치우고, 현실을 직시하시란 말입니다!"

사람들이 웅성거리기 시작했다. 니나 대장에게 왜 이 사건을 숨기려 하는지 따져 묻는가 하면, 범인이 누구인지 수군대며 손가락질을 해대기도 했다.

"보나 마나 라스 쇼버그 씨죠!"

로디가 그렇게 말을 꺼내자, 순식간에 많은 사람들이 녀석의 말에 동의하고 나섰다.

"미치고 팔짝 뛰겠네!" 라스 쇼버그 씨가 목청을 한껏 높였다. "툭하면 범죄자 취급 당하는 것도 이젠 지겹다, 지겨워!"

"다람쥐 특공대라면 누가 범인인지 찾아낼 거예요!" 바이올렛이 말했다.

"모두 조용!"

니나 대장이 소리쳤다. 그래도 사람들이 계속 수군거리자, 그녀가 한 마디 덧붙였다.

"지금부터 한 마디라도 더 하는 사람은 에어로크 밖으로 던져버릴 겁니다!"

사람들이 금세 입을 다물었다.

"저는 절대로 홀츠 박사님 사망사건의 진실을 숨긴 적이 없습니다. 지금까지의 모든 증거들은 홀츠 박사님이 무모한 행동과 개인적 실수 때문에 사망했다는 것을 가리키고 있습니다. 그렇지 않다는 증거는 하나도 없습니다.

하지만, 깁슨 박사 가족과 하워드 박사의 말도 맞습니다. 기지안의 누군가가 로봇팔과 주요 시설에 심각한 피해를 일으켰습니다. 그것도, 대시와 키라가 달 표면에 나가 있는 동안 말이죠.

그래서 저는 이 일을 저지른 장본인을 찾아내려고 합니다. 만약 그가 정말로 대시와 키라를 해칠 목적으로 이 일을 벌였다면, 정식으로 죄를 묻겠습니다. 하지만 그때까지는, 여러분 모두 기지 내의 규칙을 따라주시기 바랍니다! 마녀사냥은 없을 겁니다! 여러분 모두의 안전을 위해, 추후 지시가 있을 때까지 각자 숙소로 돌아가시기 바랍니다."

"그럼, 우릴 모두 가둬놓겠다는 말이오?" 쇼버그 씨가 씩씩거리며 물었다.

"이건 명령입니다." 니나 대장이 받아쳤다. "달기지 알파 내규 제78조 A항에 근거한, 기지 대장의 권한으로 말입니다. 명령에 따르지 않는 사람은 누구든, 홀츠 박사님의 시신이 보관되어 있는 진료실에 구금될 겁니다. 내가 풀어주라고 승인할 때까지 말입니다. 무슨 말인지 알아들으시겠습니까?"

그제야 사람들이 찍소리 못 하고 각자 숙소를 향해 돌아가기 시작했다.

우리 가족도 마지못해 되돌아가려고 하는데, 중앙관제실에서 창 박사가 속삭이는 소리가 들렸다.

"잠깐만요."

그는 우리 가족한테만 말했을 뿐이지만, 하워드 박사와 니나 대장도 그 말을 듣고 말았다.

우리 모두 그쪽으로 고개를 돌렸다.

"발견한 게 있어요." 창 박사가 말했다. "손상된 부분도 있지만, 아무래도 홀츠 박사님이 우리한테 남긴 것 같아요."

엄마가 이리나 브라마푸트라 마르케스 박사를 불렀다.

"이리나, 잠깐만 우리 바이올렛 좀 데리고 있어줄래요?"

"그럼요." 그녀가 대답했다.

"그럼, 우리 파티 하는 거예요?" 바이올렛이 신나서 물었다.

"잠깐이면 돼."

엄마는 바이올렛의 이마에 입을 맞추고 바이올렛을 이리나 아줌마한테 넘겼다. 그러곤 아빠와 함께 나를 중앙관제실로 이끌었다. 하워드 박사와 키라도 뒤따랐다.

"잠깐만요." 니나 대장이 말했다. "부모님은 괜찮지만, 대시와 키라까지 있을 필요는 없을 것 같은데요."

"제 생각에, 저 애들은 그 핸드폰 때문에 죽을 고비를 넘겼으니 마땅히 같이 가야 할 것 같군요." 아빠가 말했다. "그리고 솔직히 말해, 범인이 누군지 모르는 이런 상황에서 더 이상 저 애들을 제가 볼 수 없는 곳에 두고 싶지 않습니다. 그래서 말인데, 이젠 애들한테 닦달 좀 그만하시고, 그냥 저 애들이 찾은 게 뭔지 보게 놔두시지그래요?"

니나 대장의 얼굴이 붉으락푸르락했지만, 그녀는 더 이상 아무 말도 하지 않았다.

줄지어 중앙관제실 안으로 들어가는데, 각자 숙소로 향하는 무니들 뒤에 잔이 홀로 남아 있는 게 보였다. 그녀가 나한테 윙크를 보내더니 우리 쪽으로 다가왔다. 사람들은 관제실 안에서 벌어지는 일을 지켜보느라, 그녀가 문밖에 서 있는 것을 전혀 눈치채지 못했다.

창 박사가 컴퓨터에 전선으로 연결된 핸드폰을 가리키며 설명하기 시작했다.

"핸드폰 상태가 아주 엉망입니다. 폐기 직전이라는 뜻이죠. 입출력 단자들도 망가졌고, 무선통신 기능도 박살났습니다. 하지만 컴퓨터에 연결해서 간신히 일부분을 복구할 수 있었습니다. 범인이 여전히 기지 안을 활보하고 있다는 걸 고려해서, 저는 가장 최근에 서장된 파일들을 복구하는 데 집중했고, 결국 홀츠 박사님이 에어로크를 나가기 바로 30분 전에 녹화한 영상이 있다는 것을 알아냈습니다."

기대감에 부풀어 웅성거리는 소리가 방 안을 가득 채웠다.

"그래서요?" 니나 대장이 다그치듯 말했다. "바로 봅시다."

"하지만, 손상 정도가 꽤 심합니다." 창 박사가 말했다. "최대한 해상도를 높이려 해봤는데, 그래도 화면 상태가 안 좋습니다."

"사설이 너무 길군요. 틀기나 해요."

"알겠습니다."

창 박사가 한숨을 내쉬었다.

"전 미리 경고했습니다. 컴퓨터, 영상 재생."

"명령을 실행합니다." 컴퓨터가 대답했다.

모니터에 영상이 띄워졌다. 그런데 대부분 정지 화면이었고, 가끔씩 불량 신호들이 쉴 새 없이 깜빡였다. 어느 것 하나 중요해 보이는 장면은 없었다. 홀츠 박사님이 핸드폰을 손바닥 안 혹은 다른 어딘가에 숨겨놓고 촬영했는지, 그나마 볼 만한 장면도 화면이 부옇거나 화면 일부가 보이지 않았다.

"이래 갖곤 뭐가 뭔지 알 수 없겠는데." 니나 대장이 투덜거렸다.

"화면이 중요한 게 아닙니다." 창 박사가 말했다. "정말 중요한 건 소리예요. 제 생각엔, 홀츠 박사님이 화면이 아니라 대화 내용을 알리고 싶었던 것 같아요."

"참나, 소리도 엉망인 건 마찬가지구만." 니나 대장이 계속 투덜거렸다.

맞는 말이었다. 들리는 소리라곤, 들쭉날쭉 높았다 낮았다 하면서 말벌들이 윙윙거리듯 어지간해선 알아들을 수 없는 말소리와 시끄러운 잡음뿐이었다.

"잠깐만 기다려보세요." 창 박사가 말했다. "자, 이제 잘 들릴 겁니다."

그 말이 떨어지기가 무섭게, 소리가 잘 들리기 시작했다. 말소리가 여전히 심하게 왜곡되어 있어서 말하는 사람이 누군지는 알 수 없었지만, 대화 내용을 알아들을 수 있을 정도는 됐다.

대화 내용은 문장의 중간부터 들렸다. 시작 부분은 복구가 안 된 듯했다.

"… 오늘 아침에 당신을 만날 수도 있다고 생각했소." 누군가 말했다.

"저건 홀츠 박사님이 하는 말입니다." 창 박사가 설명했다.

두 사람의 왜곡된 목소리는 몇 옥타브쯤 낮게 들렸다. 혹시 바윗덩이가 말을 할 수 있다면, 꼭 저렇게 들릴 것만 같았다.

"당신이 다른 사람들은 다 속일 수 있을지 모르겠지만," 영상 속의 홀츠 박사님은 그렇게 말하고 있었다. "나는 속일 수 없소. 나는 우리가 달에 온 직후, 당신이 이곳에서 한 일을 알고 있소."

"그럴 만한 일이 뭐가 있겠소?" 전화기 반대편의 사람이 뭔가 꺼려하는 듯한 어조로 말했다.

"계속 우리를 감시했잖소." 박사님이 말했다. "NASA가 아니라 국방부를 위해서 말이오. 한때 난 당신이 NASA 편에서 우리를 감시하는 거라고만 생각했는데, 알고 보니 그게 아니었소."

전화기 반대편에서 조롱하듯 웃는 소리가 들렸다.

"홀츠 박사, 아무래도 당신, 제정신이 아닌 것 같소."

"그래요? 지금까지 나를 감시하고 있었다는 게 분명한데도 말이오? 그게 아니라면, 굳이 새벽 5시에 나하고 이런 대화를 나눌 필요가 있겠소?"

잠시 동안 두 사람 사이에 대화가 끊겼다가, 전화기 반대편 사람의 말이 이어졌다.

"내가 졌소이다."

"이번엔 무슨 목적이 있어서 날 보자는 거요?" 박사님이 물었다.

"당신이 뭔가 중요한 걸 발견한 것 같더이다."

"그렇소. 새벽에 내가 화장실에서 했던 말까지 도청한 게요?"

"그 놀랍다는 발견이 뭐요?"

박사님이 대답을 해야 할지 말아야 할지 잠시 망설이는 듯하더니, 혼자만 숨겨놓고 있던 얘기를 기어이 꺼내놓기 시작했다.

"외계 생명체를 발견했소."

나는 놀라움에 입을 다물지 못했다. 방 안에 있는 다른 사람들도 마찬가지였다. 모두들 기대감에 부풀어 얼굴에 화색이 돌았다.

전화기 반대편의 사람마저도 깜짝 놀란 것 같았다. 제법 시간이 흐르고 나서야, 두 사람의 대화가 다시 이어졌다.

"확실한 거요?"

"물론이오." 박사님이 대답했다. "몇 번이고 다시 확인한 사실이오. 그 사실을 뒷받침할 확실한 증거도 가지고 있소."

"혹시 미생물이나 단세포생물 따위를 말하는 게 아니오? 박테리아 뭐니, 그런 거?"

"아니오." 박사님의 목소리에는 흥분하는 기색이 역력했다. "복합생물체란 말이오. 그것도 지능을 갖추고 있는 생명체. 사실, 우리 인간보다도 훨씬 지능이 높은 생명체요."

관제실 안이 또 한 번 술렁거렸다. 홀츠 박사님의 얘기를 듣고 나니, 밖에서 로봇팔과 목숨을 걸고 싸웠을 때만큼이나 내 몸속에서 많은 아드레날린이 솟구치는 것 같았다.

아무 동요도 하지 않는 사람은 전화기 반대편에 있는 사람뿐이었다. 그 사람의 목소리는 그저 일상적인 대화를 나누는 듯 거의 변화가 없었다.

"그렇게 고도의 지능을 가진 생명체를 몇이나 만났소?" 그 사람이 물었다.

"이번이 처음이오."

"그 생명체는 당신 말고 다른 인간들도 만난 적이 있답니까?"

"내가 알기론 없소."

"어째서 당신뿐이지?"

"그건 잘 모르겠소."

두 사람 사이에 잠시 정적이 흘렀다.

"내 생각엔, 당신은 알고 있을 것 같은데." 전화기 반대편의 사람이 말했다. "거짓말할 생각 마시오, 홀츠 박사. 이 일은 엄청나게 중요한 사건이란 말이오."

"나도 이게 엄청나게 중요한 사건이라는 건 알고 있소!" 박사님이 버럭 소리 질렀다. "인류 역사를 통틀어 가장 중요한 사건이 될 수도 있는 일이지! 지능을 가진, 다른 행성의 생명체와 실제로 접촉한 사건!"

"그게 어떤 행성이오?"

홀츠 박사님은 곧바로 대답하지 않았다. 왠지, 그분이 만났다는 외계 생명체로부터 그것까지는 발설하지 말라는 얘기를 들은 것 같았다.

"다른 사람들에게 공개되면, 곧 알게 될 거요. 나는 오늘 오전에, 기지 전체와 NASA에 공식 발표를 할 예정이오."

"그건 안 되오." 전화기 반대편의 사람이 위협적인 말투로 말했다. "그럴 순 없소."

내 옆에 서 있던 키라가 몸을 떨었다. 그녀는 잔뜩 겁에 질린 표정이었다.

홀츠 박사님도 깜짝 놀란 것 같았다.

"그게 무슨 소리요?"

"공식 발표 따원 없던 일로 하시오. 전 인류는 아직 그럴 준비가 안 돼 있소."

"무슨 소리! 준비는 이미 돼 있소!"

박사님의 목소리가 지금까지와는 달랐다. 화가 나서 그런 건지, 아니면 불안해서 그런 건지는 확실하지 않았다.

"인류는 존재 이후로 줄곧 이 순간을 기다려왔소."

"아니! 인류는 줄곧 두려워했소. 인류는 낯선 것을 맞이할 준비를 했던 적이 없소. 그동안의 역사를 보더라도, 서로 다른 문명이 충돌할 때마다 평화보다는 늘 전쟁을 택해왔소. 그게 바로 인류 간 갈등의 근원이며, 수천 년간 벌어졌던 유혈사태의 주원인이오. 나와 내가 아닌 다른 사람들 간의 싸움이지. 피부색이나 사용하는 언어, 숭배하는 신을 빼곤 어느 것 하나 자신들과 다를 게 없는 사람들끼리 충돌할 때마다 벌어졌던 일이란 말이오.

인류가 정말로 지능을 가진 외계 생명체가 있다는 사실을 알게 되었을 때, 과연 어떤 일이 벌어질지 장담할 수 있겠소? 그것도 우리보다 지능이 높은 외계 생명체인데? 그들이 지구로 쳐들어올지 안 올지 누가 확신할 수 있겠소? 전 세계가 극심한 공황상태가 될 건 불 보듯 뻔한 일이오."

"나는 전혀 그렇게 생각하지 않소." 박사님이 받아쳤다. "인류는 이 소식을 듣고 오히려 기뻐하게 될 거요."

"나는 그런 위험 부담을 감수할 수 없소."

목소리가 왜곡된 탓에, 전화기 반대편 사람의 말이 무척이나 불길하게 들렸다.

"이건 당신이 결정할 일이 아니오. 결정은 내 몫이오. 나는 내가 경험한 외계인과의 접촉에 대해 모두 공개할 거요. 당신이 나를 막을 수 있는 방법은 아무것도 없소."

"이런, 사실은 있소, 홀츠 박사."

전화기 반대편 사람이 잠시 뜸을 들였다가 말을 이었다.

"내 말을 허투루 듣지 마시오. 내겐 내 지시가 떨어지기만을 기다리는 사람들이 많이 있소. 지금 이 순간, 당신 따님의 집 밖에서 대기하고 있는 팀도 있지."

헉 소리를 내며 홀츠 박사님의 말문이 막혀버렸다. 소리가 왜곡되어 들리는 와중에도, 박사님의 목소리에서 두려움이 느껴졌다.

"감히 어떻게!"

그때 갑자기 영상이 끝났다. 칙 하는 잡음만 들릴 뿐, 더 이상 아무 말소리도 들리지 않았다.

사람들의 시선이 창 박사를 향했다. 그들의 표정에서 충격과 실망감을 읽을 수 있었다.

"나머지 부분은요?" 니나 대장이 보채듯 물었다.

"나도 모릅니다." 창 박사가 말했다. "이만큼 살려낸 것만 해도 다행이죠."

"다행이라고요?" 니나 대장이 쏘아붙였다. "우리가 지금 본 건

쓰레기에 불과해요. 홀츠 박사가 누구랑 상대했는지조차 알 수 없
잖아요!"

"그래도 누군가 박사님을 상대했다는 건 알아냈잖아요." 엄마가
말했다. "그리고 그분의 발견이 공개되지 못하도록, 누군가 강제
로 그분을 에어로크 밖으로 몰아냈다는 사실도요."

"우린 범인이 남자인지 여자인지조차 모른다고요." 니나 대장이
투덜댔다. "범인이 홀츠 박사에게 어떤 방법을 썼는지도…."

"협박을 했잖습니까!" 아빠가 큰 소리로 말했다. "당신도 들었잖
아요! 범인은 그분 가족까지 위협했는데!"

"실제로 협박이 먹혀들었는지는 알 수 없죠." 니나 대장이 쏘아
붙였다.

"나였다면 먹혀들고도 남았을 거예요." 엄마가 퉁명스럽게 말했
다. "결국 박사님은 목숨을 잃었잖아요. 도대체 뭐가 더 필요하죠?"

"아이고, 여러분." 창 박사가 말했다. "살인이다 뭐다 해서, 여러
분 모두 자제력을 잃고 있는 건 알겠지만, 그래도… 홀츠 박사님이
외계인을 만났다잖습니까! 이건 정말 엄청난 사건이라고요!"

"그렇다는 증거는 아직 하나도 없습니다." 니나 대장이 잘라 말
했다. "홀츠 박사 혼자서 그렇다고 했을 뿐이죠. 우리 모두 알고
있다시피, 그분은 미쳐 있었을 가능성도 있는 상황이라고요."

아빠가 니나 대장을 빤히 노려봤다.

"제 생각엔, 방금 범인이 있다는 영상을 확인했으니, 박사님이 길
을 잃고 헤매듯 에어로크 밖으로 나갔다고 볼 순 없을 것 같군요."

"그게 박사님이 미치지 않았다는 증거라고 볼 수도 없죠." 니나 대장이 응수했다. "우리가 누군지도 모르는 범인을 심문할 수 있는 것도 아니고!"

"보안 영상을 확인해보면 되잖아요." 키라가 끼어들었다. "그럼 로봇팔을 누가 조종했는지 알 수 있겠죠."

니나 대장이 고개를 저었다.

"너희들을 뒤쫓기 전에, 범인은 이미 녹화 시스템을 중지시켰어. 몇 시간 전부터 아무것도 녹화된 게 없다는 말이지. 우리가 확보한 영상은 저것뿐이야."

나는 가슴이 마구 뛰고 있었다. 그렇게 죽을 고생을 했는데도 녹화가 되지 않아서 범인이 누군지 알아낼 수 없다는 현실을 도무지 믿을 수가 없었다. 아무래도 내가 뭔가를 놓친 것만 같았다. 최근 며칠 동안, 내가 미처 보지 못하고 지나친 게 분명히 있을 것 같았다.

"범인은 아직 도망치지 못했을 겁니다."

아빠가 중요한 사실을 지적하고 나섰다.

"이 기지 안에 있는 사람들 중 한 명일 테니까요. 모든 사람들에게 일일이 이 사건에 대해 심문해봅시다. 그러다 보면, 범인은 어떻게든 실수를 하고 말 겁니다."

"아무 증거도 없는데," 니나 대장이 한숨을 내쉬었다. "괜히 요란하게 일을 벌여봤자 결국 원점으로 돌아올 게 뻔해요."

"그래도, 뭐라도 해봐야 할 것 아닙니까!" 하워드 박사가 한껏 목청을 높였다. "범인은 홀츠 박사님만 죽인 게 아닙니다. 우리 애들까지 죽이려 했다고요! 우리가 빨리 범인을 찾아내지 못한다면, 또 누가 무슨 일을 당할지 어떻게 알겠어요?"

엄마가 창 박사를 향해 말했다.

"저 영상에서 다른 데이터를 추출해낼 방법이 없을까요?"

"이미 해볼 건 다 해봤죠." 창 박사가 말했다. "나는 전문가이지, 기적을 만드는 사람은 아닙니다."

나는 창 박사의 말이 과연 진심일까 하는 의문이 들었다. 만에 하나 그가 범인이라면, 영상을 확실히 복구하지 않았을 수도 있었다. 어쩌면 원래 멀쩡했던 영상을, 자신의 존재를 숨기기 위해 일부러 훼손시켰을지도 몰랐다.

"제발요." 엄마가 말했다. "도저히 안 되겠어요?"

창 박사가 한숨을 내쉬곤 다시 모니터 쪽으로 몸을 돌렸다.

"컴퓨터, 영상을 좀 더 선명하게 할 수 있을까?"

"어떤 설명을 해드릴까요?" 컴퓨터가 대답했다.

"이 멍청한 녀석아! 설명이 아니고," 창 박사가 쏘아붙였다. "선명하게 말이야! 화질을 더 선명하게 할 수 있냐고!"

"죄송합니다만," 컴퓨터가 말했다. "영상의 상태가 너무 좋지 않습니다. 지금 보시는 화면이 최선으로 보입니다."

사람들 모두 실망한 듯 몸이 축 늘어졌다.

하지만… 나는 아니었다. 방금 뭔가 중요한 것을 깨달은 느낌이었다.

컴퓨터도 실수를 하곤 한다. 컴퓨터는 정말 놀라운 능력들을 가지고 있지만, 잘못 이해하거나 잘못 알아들을 때가 전혀 없는 건 아니었다. 어제도 지금과 똑같은 상황이 발생했었다.

"누가 홀츠 박사님을 죽였는지 알 것 같아요."

컴퓨터

여러분의 편의를 위해, MBA는 최신 기술이 적용된 컴퓨터를 갖추고 있습니다. 기지의 중앙 컴퓨터는 지구로의 컴링크 접속에서부터 달의 토양 샘플 분석에 이르기까지, 여러분의 일상적인 요구사항들을 처리할 수 있습니다. 또한, 최신의 음성 인식 소프트웨어가 탑재되어 있기 때문에, 여러분은 그저 말로 명령만 내리면 됩니다! 컴퓨터는 24시간 내내 어느 곳에서든 음성 인식 기능을 활성화하고 대기 중이기 때문에, 도움이 필요하면 언제, 어디서든 명령만 내리면 됩니다!

위기의 기지

달 생활 190일째

아주 이른 새벽

사람들의 시선이 나한테 향했다.

"그게 누군데?"

"그게요," 나는 얼버무렸다. "아직 확실한 건 아니지만…."

"그럼 그렇지." 니나 대장이 비아냥거렸다.

"…확인할 방법은 있어요. 아시다시피, 홀츠 박사님은 범인이 누군지 알리려고 시도하셨잖아요… 그게 누군지 우리가 암호를 풀지 못했을 뿐이죠."

사람들이 동시에 같은 질문을 던졌다.

"언제?"

"왜?"

"그걸 어떻게 알았지?"

"잠깐만요!" 아빠가 말했다. "대시가 설명할 시간을 줍시다."

나는 과연 내 생각이 맞을지 반신반의하며, 갑자기 주눅이 들었다. 하지만 어쨌든 밀어붙이기로 했다.

"홀츠 박사님이 밖으로 나가기 직전 에어로크 안에서 녹화된 영상을 키라가 찾아냈거든요. 박사님은 수화를 사용하고 있었는데, 저희 둘 다 수화를 몰라서 컴퓨터한테 무슨 말인지 통역해달라고 했죠. 컴퓨터가 통역을 해줄 때만 해도 저희는 그게 무슨 말인지 이해가 안 돼서 뭔가 이상하다고만 생각했어요. 그런데 지금 생각하니, 컴퓨터가 실수한 것 같아요."

"박사님이 무슨 말을 했는데?" 니나 대장이 물었다.

"박사님은 살해당하고 있다고 하셨어요. 지구가 자길 죽였다고 하셨어요."

사람들이 어리둥절한 표정으로 나를 봤다.

"그게 바로, 컴퓨터가 실수한 부분이에요. 그 영상이 이 안에 있어요."

로봇팔한테 공격당해서 만신창이가 되었지만, 우주복 안에 있었던 스마트워치는 멀쩡했다. 그 영상은 홀츠 박사님의 핸드폰에 저장되어 있는 것보다 훨씬 상태가 나았다. 나는 컴퓨터에 접속해서 영상 파일을 전송했다. 모니터에 영상이 떴다.

"엄마는 아직 수화를 할 줄 아시죠?"

"아." 엄마가 말했다. "자유자재로 할 수 있는 건 아니고, 간단히 의사소통만 가능한 정도야."

"그래도 어느 정도는 아실 거 아녜요, 그렇죠?"

"그렇긴 한데, 수화한 지가 워낙 오래돼서 말이다."

"아무튼, 한번 해봅시다." 니나 대장이 말했다.

나는 홀츠 박사님이 에어로크 안에서 수화로 신호를 보내는 장면이 나올 때까지 영상을 빠르게 돌렸다.

"여기예요. 여기가 바로, 박사님이 살해당하고 있다는 말을 하는 장면이에요."

우리는 홀츠 박사님이 손바닥을 펴고 신호를 보내는 장면을 지켜봤다.

"맞아, 저건 살해라는 신호야." 엄마가 말했다.

홀츠 박사님은 두 손으로 연이어 다른 동작들을 취하고 있었다.

"이 부분이 컴퓨터가 실수했다고 생각한 장면이에요. 컴퓨터가 이 부분을 '지구가 나를 죽였다'고 통역해줬어요."

영상을 지켜보던 엄마가 고개를 끄덕였다. 그러곤 영상을 일시정지시켰다.

"네 말이 맞구나. 저 표시는 '지구'라는 말이 아니야. 지금 글자를 표시하고 있어."

"철자를 하나씩 표시하고 있다고?" 아빠가 물었다.

"맞아요. 수화는 모든 사물을 일일이 표현할 수 없거든요. 그럴 땐 단어의 철자를 하나씩 표시하는 방식을 써요."

"그럼, 왜 컴퓨터가 '지구'라고 통역한 걸까요?" 키라가 물었다.

"아마 박사님이 '지구(Earth)'라는 철자를 말하는 줄 알았나 봐." 엄마가 말을 이었다. "박사님은 '지구'가 아닌 다른 이름의 철자를 말한 건데, 컴퓨터가 그 부분을 잘못 통역한 거지."

"그럼, 정확한 철자는 뭐였을까요?" 창 박사가 물었다.

"다시 볼까요?"

엄마가 영상을 뒤로 돌려, 홀츠 박사님이 손으로 동작을 취하기 시작하는 곳에서 멈췄다. 박사님이 처음에 한 행동은 손가락으로 측면을 가리키는 것이었다.

"오, 이런."

엄마의 얼굴이 하얘졌다.

"E로 시작한 게 아니죠?" 내가 물었다.

"응."

엄마는 충격이 가시지 않은 표정이었다.

"혹시, G예요?"

사람들이 놀란 눈으로 나를 봤다가 엄마를 쳐다봤다.

엄마가 고개를 끄덕였다.

"박사님은 '지구(Earth)'를 말하려는 게 아니었어. 그분이 보낸 신호는 '가스(Garth)'였어."

방 안에 있던 사람들이 동시에 소스라치게 놀랐다.

"혹시 그리산 씨?" 키라가 놀란 눈으로 물었다. "그 아저씨가 국방부 스파이라고요?"

"박사님이 남기려 했던 말이 그게 맞다면, 그렇겠지." 내가 말했다. "그 사람이 누구를 위해 일하는지는 모르겠지만, NASA까지 마음대로 할 수 있었던 건 분명해. 마르케스 박사님이 나한테 그랬거든. 기지 내에서 자기한테 정기적으로 상담을 받지 않는 사람은 그리산 씨뿐이라고."

"컴퓨터." 니나 대장이 다그치듯 말했다. "가스 그리산 씨는 지금 어디 있지?"

"에어로크를 해체하고 있습니다." 컴퓨터가 담담히 대답했다.

우리 모두 깜짝 놀라서 말문이 턱 막혔다.

니나 대장이 문을 박차고 관제실 밖으로 나갔다. 다른 사람들도 따라 나섰다.

그런데 그때, 스피커에서 그리산 씨의 목소리가 울려 퍼졌다.

"그 자리에서 꼼짝들 마시오."

중앙 컴퓨터의 말처럼, 그는 에어로크 쪽에 서 있었다. 출입문 조작판이 뜯겨 있었고, 전선들은 뒤엉킨 채 나뒹굴고 있었다.

그리산 씨는 우주복은 물론이고 헬멧까지 완벽하게 착용한 상태였다. 내성적이고 온순한 사람의 가면을 벗은 진짜 가스 그리산이 냉정한 눈빛과 위엄 있는 목소리로, 우리가 감히 어쩌기 힘든 기운을 뿜어내고 있었다.

"누구든 한 발만 더 가까이 오면, 저 두 개의 문을 동시에 열어 기지 전체를 감압시켜버리겠소."

"그건 불가능해요." 니나 대장이 말했다.

"이젠 가능하오. 내가 자동안전장치의 작동을 중단시켰거든. 당신들이 아무 짓도 하지 않는다면, 아무 일도 일어나지 않을 거요."

그가 숫자판 위에 엄지손가락을 올려놓으며 고개를 가로저었다.

"일이 이 지경까지 되진 않기만을 바랐는데."

우리가 서 있는 곳에서 에어로크까지의 거리는 6미터쯤 됐다. 그리산 씨보다 먼저 숫자판을 장악할 방법은 없었다.

나나 대장이 두 손을 들어 올리더니, 진정하라는 신호를 보내며 조금씩 앞으로 나아갔다.

"일단 진정하시고…."

"멈추시오!" 그리산 씨가 단호하게 명령했다. "괜히 빈말하는 게 아니오!"

나나 대장이 얼어붙듯 멈춰 섰다.

나는 그제야 잔의 모습이 보이지 않는다는 사실을 알았다. 그녀가 언제부터 보이지 않았는지, 얼마나 이 상황을 지켜봤는지는 알 길이 없었다. 나는 그저, 그녀가 우리 주변을 맴돌다가 어떻게든 그리산 씨를 덮치기만을 바랐다.

"우리한테 원하는 게 뭡니까?" 아빠가 물었다.

"애석하게도, 당신들은 알아선 안 될 사실을 알고 말았소." 그리산 씨가 대답했다. "그래서 난 다른 곳까지 그 사실이 확산되지 않도록 하기 위해, 이렇게 극단적인 방법을 취할 수밖에 없었소."

"지금 제정신입니까?" 창 박사가 말했다. "에어로크 문을 열면, 우리만 죽는 게 아니라 이 안에 있는 사람이 모두 죽는다고요."

"이렇게 절박한 상황에서 수단과 방법을 가릴 순 없는 법이지."

그리산 씨가 침착하게 말했다.

"그 이유를 우리한테 설명하면 되잖아요." 엄마가 애원하듯 말했다. "외계인과의 접촉이 있었다는 사실을 아무도 알아선 안 된다는 게 왜 그리 중요한 거죠?"

"이번 일은 경우가 좀 다르오." 그리산 씨가 설명했다. "그 사실은 알아도 되는 사람들만 알아야 하오. 홀츠 박사는 좀처럼 말을 들으려 하지 않았소. 그 사람은 모든 사람들에게 알리고 싶어 했소. 전 세계가 다 알기를 원했지. 난 그 사람의 입을 닫게 하는 건 어렵다는 걸 알았소."

"전 세계가 알면 왜 안 되죠?" 내가 물었다.

"그로버스 밀 사건 때문이지."

"이런, 말도 안 돼." 창 박사가 앓는 소리를 내며 말했다. "설마."

"그로버스 밀 사건이 뭔데요?" 키라가 물었다.

창 박사가 설명을 하려는데, 그리산 씨가 먼저 말을 꺼냈다.

"1938년 10월 30일, 오손 웰스라는 배우가 뉴저지 주의 그로버스 밀에 화성인이 착륙했다는 신고가 접수됐다는 라디오 방송을 진행한 적이 있었소. 웰스는 방송 시작 전 청취자들에게 단순히 재미를 위한 것이라고 안내했지만, 중간에 방송을 들은 사람들은 그게 사실이라고 믿고 말았소. 그리고 공포에 휩싸였지. 그야말로 어마어마한 혼란의 도가니에 빠지고 말았던 거요."

"그거야 화성인이 지구를 침공했다는 소식을 들었으니 그럴 만

했죠!" 니나 대장이 반박하듯 따졌다.

"그건 순전히 꾸며진 얘기였소!" 그리산 씨가 단호하게 받아쳤다. "그런데 이제, 전 세계인이 진짜로 외계인이 쳐들어온다는 얘기를 듣게 된다면, 과연 어떤 일이 벌어질지 생각해보시오. 일반 대중은 고지식하게도 외계인은 무조건 위험하다고 믿는 사람들이오. 제아무리 당신이 이번에 접촉한 외계인 종족은 평화를 목적으로 찾아왔다고 말해봤자, 일반 대중은 그 말을 믿지 않을 거요. 솔직히, 나도 그 말은 믿지 않소."

"그래서 이 일이 이 지경이 된 거잖소!" 창 박사가 소리 질렀다. "일반 대중이 아니라, 당신이 그렇게 생각하는 거지. 당신처럼 사이코패스 같은 국방부 사람들도."

그리산 씨의 미간이 분노로 잔뜩 일그러졌다.

"이게 우스갯소리로 들리오? 당신은 그 외계인 종족이 진정, 그 깟 친구나 만들자고 은하계의 절반을 날아왔을 것 같소? 세상이 그렇게 만만하게 돌아가지는 않는다고, 이 양반아. 유럽인들이 600년 전에 바다를 건넌 건 아메리카 대륙 원주민과 잘 지내보겠다는 목적이 아니라, 원주민들을 쓸어버리고 그들이 가진 것을 모조리 약탈하기 위함이었소. 그러니, 외계 종족이 그와 다를 거라고 믿을 이유는 하나도 없는 거지."

"인간들이 그렇게 사악했다고 해서, 외계 종족들까지 똑같다는 뜻은 아니잖소." 창 박사가 항변했다.

"마음대로 생각하시오." 그리산 씨가 무시하듯 말했다. "당신은 그저 영화 속의 E.T.나 믿고 살면 되겠지만, 내 임무는 다른 대비책을 준비하는 거요. 다른 행성에서 온 생명체라면 아무래도 적대적일 가능성이 크고, 그들이 우리와 접촉을 시도하려는 것도 우리의 약점을 간파하려는 계략일 가능성이 크단 말이오."

"와우." 창 박사의 말문이 막혔다. "국방부 사람들은 죄다 그렇게 정신 나간 사람들뿐이오? 아니면, 당신만 특별히 그런 거요?"

엄마가 창 박사의 팔을 꼬집으며 속삭였다.

"괜히 신경 거슬리게 하지 말아요."

그리산 씨가 고개를 절레절레 흔들더니 같잖다는 듯 비웃었다.

"홀츠 박사도 딱 당신과 똑같았소. 순진해 빠진 낙천주의자였지. 자기와 접촉한 외계인은 절대 위험할 리가 없다면서 말이오. 난 그 사람에게 선택권을 줬소. 그 외계인을 나한테 넘겨서 대화를 통해 그들의 의도가 뭔지 알아낼 수 있도록 말이오. 하지만 그는 그 선택을 포기하고, 내가 먼저 손을 쓸 수밖에 없게끔 만들고 말았지."

"그래서 지구에 사는 그분 가족까지 들먹이며 협박했던 겁니까?" 아빠가 물었다. "에어로크 밖으로 나가지 않으면, 가족들을 죽이겠다고요?"

"가족까지 죽일 계획은 처음부터 없었소." 그리산 씨가 말했다.

"하지만 협박한 건 맞잖아요?" 엄마가 다그치듯 물었다. "그게 당신 일이니까, 안 그래요? 당신보다 힘없는 사람들을 위협하는 거. 대시한테 메시지를 보낸 것도 당신이 한 짓이죠?"

"그건 당신 아들을 위한 길이었소." 그리산 씨가 반박했다. "당신들 모두를 위해선 어쩔 수 없었소. 당신 아들이 진즉 이 일에서 손을 뗐다면, 이런 상황이 오진 않았을 거란 말이오!"

"이게 다 대시의 잘못이란 말인가요?" 엄마가 소리 질렀다. "지금 우리 목숨을 위협하고 있는 사람은 바로 당신이잖아요! 홀츠 박사님을 죽인 범인도 바로 당신이고! 뻔뻔하게도 외계 종족한테 책임을 덮어씌우고, 그들을 잔악무도한 존재로 몰고 있는 건 바로 당신 아닌가요?"

"난 내 할 일을 했을 뿐이오!" 그리산 씨가 소리 질렀다. "당신이 여기서 암석 따위나 들여다보는 동안, 난 지구에서 혼란이 발생하지 않게 외계인의 침공을 대비해왔단 말이오! 그렇소, 내가 홀츠 박사를 제거했소. 전 세계 인류의 안전을 위해서 말이오. 당신들이 나한테 협조하지 않겠다면, 나는 기꺼이 당신들한테도 똑같이 해주겠소!"

"이봐요!" 잠옷 차림에 슬리퍼만 신은 라스 쇼버그 씨가 갑자기 캣워크에 나타났다. "대체 뭔데 이렇게 소리를 지르고 난리야? 잠을 잘 수가 없잖아!"

그 소리에 깜짝 놀란 그리산 씨가 그를 쳐다봤다.

그 순간을 놓치지 않고, 창 박사가 즉각 몸을 움직였다.

창 박사의 몸이 6미터나 되는 거리를 순식간에 날아가서 그리산 씨를 덮쳤다.

그리산 씨가 에어로크 문을 작동시키기 위해 급히 몸을 돌렸지만, 창 박사에게 부딪혀서 바닥에 쓰러지고 말았다. 그리산 씨가 저항하는 바람에 창 박사가 떨어져나가자, 아빠와 니나 대장이 그 순간을 놓치지 않고 그에게 달려들었다. 두 사람은 창 박사와 힘을 합쳐 그리산 씨를 제압하는 데 성공했고, 그를 바닥에 엎어뜨린 다음 그의 팔을 뒤에서 비틀었다.

"가스 그리산 씨." 니나 대장이 말했다. "당신을, 로널드 홀츠 박사에 대한 살인 및 대실 깁슨과 키라 하워드에 대한 살인미수, 그리고 고의적인 업무방해, 협박, 연방 재산을 파괴한 혐의로 체포합니다."

"지금 무슨 짓을 하고 있는지 아시오!" 그가 으르렁거렸다.

그러거나 말거나 니나 대장이 말을 이었다.

"당신에게 수갑을 채워 내일까지 진료실에 구금시킬 겁니다. 그다음, 당신은 호송을 받으며 랩터 호에 승선해 지구로 귀환 조치될 것이며, 지구에 도착하는 즉시 관계 기관에 신병이 인도될 겁니다."

국방부에 자기 뒤를 봐줄 사람이 있다는 둥, 감옥에 가더라도 금세 풀려나올 거라는 둥, 그리산 씨가 내키는 대로 소리를 질러댔다.

"네 말이 맞았구나." 엄마가 말했다. "박사님은 미친 게 아니었어. 우리가 경계해야 할 사람은 그리산 씨였는데, 널 믿어주지 못해 미안하구나. 홀츠 박사님이 어디에 계시든, 분명 네가 한 일에 대해 고마워하실 거야."

"그럼, 외계인은요? 홀츠 박사님의 발견은 어떻게 되는 거죠?"

엄마가 안타깝다는 표정을 지었다.

"글쎄다. 유일하게 접촉한 사람이 홀츠 박사님인데, 이제 그분이 안 계시니… 외계인이 있다는 증거도 없고."

"로즈!" 니나 대장이 소리 질렀다. "제 방에 가면, 책상 서랍 왼쪽 맨 위 칸에 수갑이 있을 거예요. 그것 좀 갖다 주실래요?"

"알았어요."

엄마가 즉시 니나 대장의 숙소를 향해 달려갔다.

사람들이 에어로크 주변으로 몰려들기 시작했다. 아빠와 니나 대장은 그리산 씨를 꼼짝 못하게 찍어 누르고 있었고, 창 박사는 그리산 씨가 무슨 짓을 해놨는지 알아내기 위해 에어로크를 자세히 살펴보고 있었다. 쇼버그 씨는 자기 가족이 그토록 원했던 지구 귀환 우주선의 좌석 하나를 그리산 씨가 차지하게 된 데 대해 강하게 반발하며, 니나 대장에게 고래고래 소리를 질러댔다. 키라와 그녀의 아빠는 한쪽으로 물러나서 그런 상황을 잠자코 지켜보고만 있었다.

나는 방금 전 홀츠 박사님의 증거가 사라졌다는 엄마 말에 대해 곰곰이 생각해봤다. 어쩌면 박사님은 핸드폰에 더 많은 증거들을 남겨놨을지도 모르는데, 설령 그렇다 해도 핸드폰은 이미 망가진 상태였다. 그 말은 곧, 그 외계인이 다시 한 번 우리와 접촉을 시도하기 전까지는 모든 사실이 수수께끼로 남게 될 것이란 뜻이었다.

그 순간, 갑자기 어떤 깨달음이 뇌리를 스쳤다. 나는 난장판이 된 현장을 뒤로하고 모퉁이를 돌아 다른 사람들의 눈을 피할 장소를 찾아 나섰다.

왼쪽에는 구내식당이, 오른쪽에는 온실이 위치해 있었다. 아이들은 온실 출입이 금지되어 있지만, 나는 온실 안으로 들어갔다.

온실은 기대했던 것과는 달라도 너무나 달랐다. 달 위에서 곡물을 재배하는 일은 생각보다 훨씬 어려워서, 온실 안에는 죽지 않고 살아남은 식물이 별로 없었다. MBA의 홍보용 책자에는 온실 안이 온갖 식물들로 빽빽해서 마치 열대우림처럼 보였지만, 실제로는 가뭄 뒤의 대평원을 보는 듯했다. 그저 작은 녹색 잎들만 살아남겠다고 제멋대로 싹을 틔우고 있을 뿐이었다.

나는 출입문 쪽을 등지고 자리에 앉았다. 아직 한 개의 열매도 맺지 못하고 있는 가엾은 토마토 몇 포기가 눈에 띄었다.

"안녕, 대시."

나는 몸을 돌렸다. 잔 퍼포닉이 내 뒤에 서 있었다.

그녀는 마치 내 머릿속을 들여다보기라도 하는 것만 같았다.

"나를 만나고 싶었니?"

"네. 사실대로 말해주세요. 어느 행성에서 오셨어요?"

마지막으로

이 안내서를 끝까지 읽어주신 데 대해 깊은 감사를 드립니다. 부디 유익하고 도움이 되는 정보가 되었기를 바랍니다. 이제 여러분은 지구를 벗어나 우주에서 생활하는 최초의 인류로서 위대한 모험을 시작할 시간입니다!

앞으로도 해결해야 할 일이 많이 남아 있지만 우리 NASA의 모든 임직원들은 여러분 스스로 이 기회를 만끽하는 시간으로 만들 수 있기를 기대합니다. 우리는 MBA를 지구에 있는 여러분의 집과 똑같이(비록 더 낫지는 않겠지만) 편안한 장소로 만들기 위해 이미 수많은 시행착오를 거친 바 있습니다. 그러므로 그곳에서 마음껏 즐기시기 바랍니다! 함께 생활하는 주민들을 친구로 만드는 것은 물론, 주민 공동체의 일원이 되시길 바랍니다. 독서 동아리나 영화 동아리, 또는 댄스 동아리 등을 만들어 각종 행사를 이끄시길 바랍니다.

달기지 알파는 앞으로 상당 기간, 여러분의 집이 될 것이라는 점을 명심하십시오. 여러분의 참여가 많을수록, 그 기쁨은 배가 될 것입니다.

즐거운 비행이 되시길 바랍니다! 그리고 잊지 마십시오. 전 세계가 여러분을 지켜보고 있다는 사실을!

보스코에서 온 그녀

달 생활 190일째

오전

"내가 외계인이라는 건 언제부터 알았지?" 잔이 물었다.

"얼마 안 됐어요." 나는 사실대로 털어놓았다. "솔직히 말하면, 방금 전까지도 확신이 섰던 건 아니에요."

잔이 커다랗고 파란 눈을 반짝이며 미소를 지었다. 이제야 내가 그런 눈을 본 적이 없었다는 게 이해가 됐다. 그건, 그녀가 인간이 아니기 때문이었다.

"우리 행성은 은하계에서 그렇게 멀진 않아. 기껏해야 10광년 거리지. 너희 인간들은 SG61109b 행성이라고 부르더라. 우리 행성 이름은 너희 언어로는 표현하기가 힘들어. 그래서 홀츠 박사님과 난

간단히 보스코 행성이라고 불렀지."

"보스코요?"

잔이 어깨를 으쓱거렸다.

"홀츠 박사님은 그게 SG61109b보다 낫대."

"듣고 보니 그렇긴 하네요."

우리 머리 위쪽의 온실 지붕에는 커다란 채광창이 나 있었다. 그 채광창은 온실 안의 식물들이 햇빛을 받기 위해 필수적인 것으로, MBA로 운반하고 설치하는 데 비용이 가장 많이 들었던 것 중 하나였다. 나는 머리 위에서 수많은 별들과 함께 어우러져 있는 지구를 올려다봤다.

"보스코는 어디 있어요?"

잔이 북쪽을 가리켰다.

"우리 행성은 저쪽이야. 드라코 성좌에 속해 있지."

내 머릿속에는 서로 먼저 물어보겠다고 다투고 있는 질문이 천 개쯤 있었다.

"저만 당신을 볼 수 있는 거, 맞죠?"

잔의 두 눈이 반짝거렸다.

"그걸 눈치챘어?"

"항상 우리 둘이 따로 있을 때만 저한테 말을 거시더라고요. 옆에 다른 사람들이 있을 때도 많았는데, 당신이 다른 사람들한테 말을 거는 걸 본 적이 없거든요. 당신과 대화를 한 사람은 저밖에 없었는데, 일전에 키라가 우리 대화를 엿들었을 때도, 키라가 들을 수 있었던 건 제 목소리뿐이었죠."

"너에 대한 홀츠 박사님의 생각은 옳았어. 네가 똑똑한 아이라고 하셨지."

"그날 새벽, 박사님이 화장실에서 대화했던 상대가 바로 당신이죠? 맞죠? 그런데 카메라엔 당신 모습이 잡히지 않아서, 박사님 혼자 중얼거리는 것처럼 보인 거였고요."

"맞아. 박사님과 그런 곳에서 만나지 말았어야 했는데. 그곳에 너도 있으리란 건 미처 생각 못 했지."

"제가 박사님과 대화한 적이 있냐고 물어본 적이 있었는데, 저한테 거짓말을 하셨어요."

"엄밀히 따지자면, 거짓말은 아니었어. 넌 그날 새벽 내가 박사님과 통화한 적이 있냐고 물어봤잖아. 그래서 아니라고 했던 거지."

그건 맞는 말이었다. 나는 얼굴을 찌푸렸다.

"어쨌든, 저를 헷갈리게 하셨어요. 그 바람에 온갖 일이 뒤죽박죽돼버렸잖아요."

"난 네가 아직 진실을 받아들일 준비가 되지 않았다고 생각했거든."

"홀츠 박사님이 당신과 대화하는 걸 들은 사람이 저만 있었던 건 아니에요. 우리 엄마도 들었고, 다른 사람들도 있었어요. 다만, 홀츠 박사님이 제정신이 아니라서 혼자 중얼거렸다고만 판단했을 뿐이죠."

잔이 고개를 끄덕였다.

"홀츠 박사님은 다 알고 계셨어. 그게 바로, 나의 존재를 세상에 알리려는 이유 중 하나였지. 그분은 우리가 더 이상은 숨기기 힘들 다고 생각하셨거든."

온실 밖, 복도 건너편에서 그리산 씨를 진료실 안에 가두는 소리 가 들렸다. 그가 고래고래 소리를 질러댔다.

"외계인이 쳐들어와도 꼼짝 못해봐야 정신들을 차리지!"

잠시 후 문이 쾅 닫히자 잠잠해졌다.

나는 잔을 빤히 쳐다봤다. 그녀는 전혀 나쁜 존재처럼 보이지 않 았다. 뭐라 설명할 수 없는, 선량함과 따뜻함, 그리고 순한 기운만 을 느낄 수 있을 뿐이었다. 그렇지만, 동시에 내 마음 한구석에서 는, 그리산 씨가 경고했듯이, 그런 모습이 실은 속임수이면 어쩌나 하는 의구심이 들고 있었다.

"그나저나, 어떻게 그러실 수 있는 거예요? 어떻게 해서 다른 사 람들 눈에 안 보이게 할 수 있는 거죠?"

"실제로 내가 여기에 있는 게 아니기 때문이지."

잔은 그렇게 당연한 걸 왜 묻느냐는 듯 말했다. 하지만, 내겐 전 혀 당연한 일이 아니었다.

"네? 그게 무슨 말이에요?"

"일전에 네 친구 로디가 우주비행에 대해 했던 말이 맞아. 우리 종족은 너희보다 훨씬 앞선 문명을 가지고 있지만, 우리도 다른 행성까지 가려면 30년 이상이 걸리거든. 하지만 너희 별 과학자들 의 주장과는 반대로, 빛보다 빠른 게 한 가지 있어. 빛보다 엄청나게 빠르지. 바로 생각이야."

홀츠 박사님 사건의 범인을 밝히고 잔의 비밀까지 알아낸 터라 마음 한구석에서 뿌듯함마저 느껴질 정도였지만, 그 말은 내게 너무나도 놀라운 사실이었다.

"그렇다면… 당신은 이곳에 생각으로만 존재한다는 건가요?"

"그렇다고 볼 수 있지. 말처럼 그렇게 단순한 건 아니지만. 사실, 그 과정은 굉장히 복잡하거든. 아무튼, 그런 개념이야."

"생각만으로 존재하는데 저는 어떻게 볼 수 있는 거죠? 또 듣는 건요?"

"생각은 상상을 초월할 만큼 강력하기 때문이지. 제대로 사용할 줄만 안다면 말이야. 상대방이 아무 말도 하지 않고 있는데 그 사람 생각을 알 수 있었던 적이 있지 않니?"

"있었던 것 같아요."

"그런 거랑 비슷한 거야. 난 네 머릿속과 직접 의사소통을 할 수 있어. 네 뇌가 네가 보고 듣는 것을 제어할 수 있는 것처럼, 나도 네가 보고 듣게 만들 수 있지."

"그럼, 당신은 인간과 다르게 생겼나요?"

잔이 다시 미소를 지었다.

"전혀 다르게 생겼지. 난 그저 최대한 인간과 비슷하게 보이도록 모습을 꾸몄을 뿐이야. 마음에 들긴 하니?"

나는 놀랍도록 푸른 그녀의 눈을 빤히 쳐다봤다.

"네. 눈은 진짜 지나치게 예쁘게 만드셨어요."

"그건 맞아. 언젠가 홀츠 박사님이 나한테 그런 말을 하신 적이 있거든. 인간은 눈을 영혼의 창으로 여긴다고 말이야."

온실 바로 옆에 있는 구내식당에서 키라와 그녀 아빠의 목소리가 들려왔다.

하워드 박사가 말했다. "앞으론 절대 허락 없이 기지 밖으로 나가지 않겠다고 약속해라. 그게 뭐든 위험한 일은 하지 않겠다고. 네가 잘못되면 이 아빠는 어떻게 살라고 그러니."

"약속할게요, 아빠." 키라가 말했다. "이번에 충분히 겪었으니, 한동안은 그럴 일 없을 거예요."

나는 다시 잔에게 집중했다. 그녀의 실체를 알게 된 것만도 놀라운 일이었지만, 나는 너무나도 차분한 그녀 모습에 또 한 번 놀라고 말았다. 최근 며칠 사이에 일어난 이상한 일들이 비로소 이해가 되기 시작했다. 어째서 잔이 그동안 한 번도 문을 열고 들어온 적이 없었는지, 또 나는 물론이고 다른 어떤 것들도 한 번도 만진 적이 없었는지 등등. 그리고 식당에서 그녀가 다른 사람들에게 둘러싸여 있을 때, 그녀에게 접근하려던 나에게 왜 그렇게 경고의 신호를 보냈었는지도. 그건 그녀가 실제로 그곳에 있지 않기 때문이었다. 내가 그녀를 발견했을 때마다 그녀는 그저 실제로 그 자리에 있는 것처럼 시늉만 한 것뿐이었다.

"홀츠 박사님과 접촉하신 지는 얼마나 됐어요?"

"2~3주밖에 안 됐어. 하지만, 우리 종족은 오래전부터 너희 지구인들을 지켜보고 있었어. 인간들과 접촉하기 전부터 너희들의 존재를 알고 있었지."

"그게 언제부터인데요?"

"우리 종족은 너희 시간으로 100년 전에 인간의 존재를 알게 됐어. 인간이 처음으로 핵폭탄을 터뜨렸을 때였지. 그토록 강력한 사건이 아니었다면, 우리는 인간의 존재를 몰랐을 거야. 그건 천문학적 시공간에 파장을 일으킨 사건이었지. 인간이라는 종족이 존재한다는 사실과 그들이 벌인 일을 알고 나서, 우리는 인간이 어디에 있는지 찾기 위해 첫 번째 탐사단을 보냈어."

"그럼, 100년 전에 이미 지구를 찾아왔었다는 거예요?" 나는 깜짝 놀라 물었다. "그러고도 지금까지 한 번도 인간과 접촉하지 않았어요?"

"응. 우리는 이 일을 매우 신중하게 생각하기로 했지."

온실 안까지 쩌렁쩌렁 울려 퍼지는 쇼버그 씨의 목소리가 들렸다. 그는 니나 대장을 계속 꾸짖듯 몰아붙이고 있었다.

"당신이 직접, 지구로 돌아가는 우주선에 우리 가족을 태워주겠다고 약속했잖소!"

"그건 살인범이 잡히기 전의 얘깁니다." 니나 대장이 말했다. "날 믿으세요, 쇼버그 씨. 나도 당신을 범인과 함께 우주선에 태워 보내고 싶은 마음이 굴뚝같네요. 하지만 NASA에서 승인을 하지 않고 있으니 현재로서는 다른 방법이 없어요."

나는 그들의 말소리가 들리지 않을 때까지 기다렸다가, 다시 말을 꺼냈다.

"그럼, 왜 이제야 스스로 존재를 드러내기로 결정한 거죠?"

"그건, 이 기지 때문이야. 인간들은 꾸준히 식민지 행성을 구축하려고 노력해왔어. 너희가 속한 태양계에서 보면 아직 먼 길이긴 하지만, 어쨌든 한 걸음 떼긴 했지. 그건 꾸준히 그 일을 진행하다 보면 언젠가는 우리 행성까지 올 수도 있다는 뜻이었고, 그래서 우리는 접촉을 시도하기로 결정했어. 엄청난 시간 동안 심사숙고한 끝에, 그 대상으로 홀츠 박사님을 선택했지. 그동안 인간들이 만든 영화를 보면 하나같이 못된 외계인들이 지구를 침공하는 것으로 돼 있어서, 홀츠 박사님 역시 처음엔 나를 보고 겁을 먹을 거라고 생각했어. 그런데 박사님이 나랑 접촉하는 걸 어찌나 좋아하던지, 나는 깜짝 놀라면서도 기뻤어. 박사님은 우리 존재를 알릴 수 있게 해달라고 계속 졸랐고… 아무튼, 그분의 열정만큼은 막을 수가 없었어. 너무나도 확신에 차 있었거든."

잔이 비통한 표정으로 고개를 떨궜다.

"일이 이렇게 비극적으로 끝날 줄은 꿈에도 생각 못 했지…."

"왜 모르셨어요?"

"한순간도 빠짐없이 이곳에 있을 수는 없었거든. 그러기 위해선 엄청난 생각과 집중력이 필요한데, 나도 우리 행성에서는 잠을 자고 일을 해야 하니까. 홀츠 박사님이 그리산 씨에게 당했을 때, 마침 난 다른 일로 바빴고, 내가 돌아왔을 때는 이미…."

"그래서 저를 찾아오신 거예요? 홀츠 박사님한테 무슨 일이 있었는지 알아내려고요?"

"맞아. 그건 나로서도 엄청나게 파격적인 행동이었지만, 그 방법 말고는 딱히 뾰족한 수가 없다는 게 문제였지. 난 진실을 알고 싶었지만, 여기 있는 어느 누구도 사건을 조사하겠다고 나서는 사람은 없었어. 너만 빼고 말이야."

그때 로디가 형과 함께 구내식당으로 들어가면서 떠들어대는 소리가 들렸다. "난 처음부터 그리산 씨가 의심스럽더라니까." 로디가 으스대며 말했다. "전혀 믿음이 안 가더라구. 차라리 해왕성 괴물을 믿고 말지, 내가."

"로디." 세사르가 말했다. "새로 온 여자애한테 우주 최고의 꼴통이란 소리 듣기 싫으면, 그딴 말은 입 밖에 꺼내지도 마라."

나는 최근 며칠 사이에 일어난 일들을 하나로 연결시키면서, 다시 잔에게 주의를 돌렸다.

"제가 어려서 절 선택한 것도 있죠? 어른이라면 잔 퍼포닉이란 사람이 탑승자 명단에 없다는 걸 눈치챌 테고, 당신 말을 무턱대고 따를 리도 없으니까요."

"꼭 그런 건 아니야." 잔이 말했다. "널 선택해야 할 다른 이유가 있었지. 넌, 내가 예상했던 것보다 훨씬 똑똑한 아이야. 내 존재까지 눈치챌 거라곤 생각도 못 했지. 원래 내 계획은, 홀츠 박사님 사건의 진실을 밝힌 다음 우주선을 타고 지구로 돌아가는 걸로 꾸미고 영원히 모습을 감추는 거였어."

"저한테 거짓말한 게 한두 가지가 아니네요… 당신 직업도, 내 도움이 필요하다고 했던 이유도. 대체 뭐가 진짜…."

"그건 정말 미안하게 됐다. 딱히 다른 이유를 댈 만한 게 없었어. 내가 훨씬 진화한 종족인 건 맞지만, 완벽한 건 아니거든."

잔이 눈부시게 푸른 눈으로 나를 빤히 쳐다봤다.

"어쨌든, 이제 너도 내 존재를 알게 됐으니, 홀츠 박사님과 마찬 가지로 우리와 계속 접촉할 만한 인간인 것 같다. 어쩌면 더 훌륭 한 상대일지도 모르지."

"정말요?"

"그럼. 인간에게 접근하는 임무는 결코 만만한 일이 아니야. 아 무나 너처럼 반응하는 건 아니니까. 대부분의 인간들은 너희 인간 들의 표현으로 하면 '멘붕'이 오고 말 거야. 난 우리가 계속 대화를 나눌 수 있으면 좋겠다. 물론 지난 며칠간의 일은 우리 둘만의 비 밀로 간직해야겠지. 아무래도 인류는 아직 우리 존재를 받아들일 준비가 덜 된 듯 보이는구나."

"제가 분명히 말씀드릴 수 있는 건, 그리산 씨가 저렇다고 다른 사람들까지 다 그런 건 아니…."

"설령 그렇더라도, 난 너한테 무슨 일이 생기는 걸 원치 않아. 자, 어떡할래? 너도 인간과 외계인 간의 교류를 계속하고 싶니?"

물론이죠! 나는 그렇게 소리 지르고 싶었다. 잔의 제안은 생각만 으로도 너무나 짜릿했다. 하지만 그래도 어쨌든, 나는 마음을 가 다듬었다. 그런 내 모습이 나 스스로도 너무나 놀라웠다.

"잘 모르겠어요."

처음으로 잔이 놀란 표정을 지었다.

"아니, 왜?"

온실 밖에서, 우리 가족이 내 이름을 부르며 찾는 소리가 들렸다. 오직 잔을 찾겠다는 생각에 급히 자리를 뜨는 바람에, 가족들에게 내가 어디로 가는지 알리는 걸 까맣게 잊고 있었다. 불과 한시간 전만 해도 내가 죽을 고비를 넘겼던 터라, 부모님의 목소리에는 근심 걱정이 가득했다. 물론 바이올렛은 그렇지 않았다. 바이올렛은 마치 숨바꼭질이라도 하듯 노래를 부르고 있었다. "대시 오빠! 꼭꼭 숨어라, 머리카락 보일라!"

"가족들 때문에 안 될 것 같아요." 나는 차분히 말을 이었다. "홀츠 박사님은 혼자 이곳에서 사셨지만, 전 아니잖아요. 가족들한테도 숨기면서까지 당신과의 비밀을 지키긴 어려울 것 같아요. 제가혼자 중얼거리는 모습을 발견하게 되는 건 시간문제일 텐데, 그랬다간 저도 미쳤다고 생각할 거예요."

"서로 조심하면 돼. 이 일은 너희 별만큼이나 우리 행성에서도 엄청나게 중요한 사건이 될 거야. 사실, 네가 상상하는 것 이상으로중요한 사건이지."

나는 채광창 밖의 지구를 올려다봤다. 몇 달 만에 처음으로, 내고향 지구로 돌아가고 싶다는 생각이 별로 들지 않았다. 달기지에 처박혀 옴짝달싹 못하는 내 처지 때문에 치밀었던 분노는 어느새 사라지고 없었다. 물론 그건 잔이 꺼낸 말 때문만은 아니었다. 나에겐 키라라는 새 친구도 생겼다. 마침내 달기지 알파에서 할 게없다는 불평만 늘어놓으며 살지 않아도 되는 것이다.

"좋아요. 대신… 조건이 하나 있어요."

잔의 푸른 눈이 여태 보이던 것보다 훨씬 밝게 빛났다.

"말만 해. 그게 뭔데?"

"생각으로 행성 간을 이동하는 방법 말인데요. 그건 당신 종족 만 가능한 거예요?"

"글쎄. 쉽진 않겠지만, 다른 종족도 가능하지 않을까?"

"저도 해보고 싶어서요. 저한테 가르쳐주실래요?"

잔이 곰곰이 생각에 빠진 채 채광창을 올려다봤다. 순간 더 이상 그녀가 내 옆에 있지 않는 것처럼 느껴졌다. 내 눈에는 여전히 그녀 의 몸이 보였지만, 그녀의 생각은 몇 광년 떨어진 곳에 가 있는 것 만 같았다. 왠지 그녀가 자기 행성의 누군가와 그 문제를 상의하 고 있다는 느낌이 들었다. 그녀의 두 눈은 무서울 정도로 공허한 느낌이었고, 태양과 지구 그리고 수많은 별들이 그 안에 투영되고 있었다.

그때, 갑자기 그녀가 되돌아왔다. 그녀의 두 눈에 생기가 느껴졌다.

그녀가 나를 쳐다봤다.

그리고 미소를 지었다.

(다음 편에 계속)

한때 우주비행사였고, 지금은 우주선 개발 회사인 스페이스X에서 인간의 우주비행 프로그램 관리자로 일하고 있는 나의 절친 개릿 라이스만의 도움이 없었다면, 이 책은 세상에 나오지 못했을 것이다. 우주를 여행하는 상상만으로도 늘 흥분되고 설레지만, 실제로 그 일을 경험한 친구를 두었다는 사실은 내가 직접 우주를 여행하는 것에 버금가는 일이 아닐 수 없다.(내 나이 열세 살 때, NASA에서 주최한 최초의 십대 우주비행사 선발대회에 지원한 적이 있다.)

개릿은 몇 년에 걸쳐, 내게 현재와 미래의 놀라운 우주여행 모습을 보여주었다. 나와 내 가족을 초대해 우주왕복선의 발사 장면을 직접 볼 수 있게 해주고, 우주정거장에서 나와 영상통화를 하기도 했으며(그때 그는 '무중력 상태에서의 저글링'이 얼마나 형편없는 것인지를 선보였다), 게다가 존슨 우주센터에서 우주선 안의 화장실을 체험할 기회를 주기도 했다. 그러한 경험들은 내가 이 책을 쓰는 데 많은 영감을 주었으며, 내 아들 대실 역시 어렸을 적 대부분의 시간을 우주비행사 복장을 입고 지냈다. 더구나 개릿은 최근에 정신을 차릴 수 없을 만큼 바빴으면서도, 우주에서의 생활이 어땠는지 궁금해하는 질문에 언제든지 답을 해줬다.(그렇긴 하지만, 이 책의 주인공이 달에서의 생활을 보는 관점은 소설을 위해 꾸며낸 것일 뿐, 개릿은 물론, NASA나 스페이스X에서 일하는 어떤 사람의 의견도 아니라는 점을 분명히 해둔다.)

또한, 내게 수화를 가르쳐준 리아 일란, 나를 위해 엄청나게 많은 자료를 찾아준 팀 델라니와 대니 아이센버그, 멋지게 편집을 도와준 크리스틴 오스비, 그리고 우주라는 소재가 청소년들을 위한 시리즈에 대단히 적합할 것이라는 제안을 해준 나의 위대한 에이전트, 제니퍼 조엘에게도 감사의 마음을 전한다. 마지막으로, 이 책의 내용을 감수하기 위해 초인적인 노력을 기울여준, 나의 절친이자 과학이라면 나만큼이나 환장하는 스콧 루에게도 깊은 감사의 마음을 전한다.